여자는
허벅지

여자는
허벅지

다나베
세이코

조찬희 옮김

바다출판사

일러두기

- 이 책은 다나베 세이코의 《女は太もも》(분게이슌주, 2013)를 번역한 것이다. 《女は太もも》는 다나베 세이코가 1971년부터 1977년까지 주간지 《슈칸분슌(週刊文春)》에 연재했던 글을 바탕으로 꾸린 에세이집이다. 다나베 세이코는 《슈칸분슌》에 1971년부터 1990년까지 20여 년에 걸쳐 칼럼을 연재했다. 2013년 출판사 분게이슌주에서 '다나베 세이코 에세이 베스트 셀렉션'이라는 이름으로 총 3권의 시리즈를 새롭게 구성했고, 이 책은 그 시리즈의 첫 권이다.
- 본문의 주석은 내용의 이해를 돕기 위해 모두 옮긴이가 작성했다.

왠지 핀트가 어긋난 것 같기도 하고
원래 그런 건가 싶기도 하고.

차례

○

여자의
매듭

내가 사는 곳(지금 이 글을 쓰고 있는 곳)은 고베神戶 번화가 옆에 있는 오래된 주택가다. 보통 고베라고 하면 세련되고 모던한 곳을 생각하시겠지만, 꼭 그런 곳만 있는 건 아니다. 이곳처럼 휑뎅그렁한 동네도 있다.

  우리 집 앞을 쭉 내려가면(고베에서는 해변을 향해 남쪽으로 가는 것을 '내려간다'고 말한다) 그 유명한 후쿠와라福原* 유곽의 중심 야나기스지柳筋가 나온다. 그런 까닭에 우리 동네는 밤늦게까지 난봉꾼들의 발길이 끊이지 않고 경찰차 사이렌이 시도 때도 없이 울리

---

* 고베에 있는 유명한 환락가.

며, 이따금씩 H회나 Y단 졸개들이 우리 아파트에 와서 싸움을 하기도 하고, 후쿠와라 어느 삼류 바에서 일하는 호스티스가 장바구니를 들고 어슬렁거리기도 하고, 종일 비가 내리는 날이면 부둣가하역 인부들이 아침부터 하릴없이 술잔을 기울이며 노래하는 소리도 들려온다. 그런 곳이 바로 우리 동네다. 그리고 그 길모퉁이에 기요모토淸元*라는 온천이 있다. 주인장이 기요모토를 좋아해서인지, 혹은 원래 이름이 그런 건지 모르겠지만, 어쨌거나 그런 목욕탕(대중탕)이 있다.

이 동네 분위기는 대체적으로 참 소탈한 편이다. 예를 들어 남자들이 목욕탕 가는 모습을 보면 여름에는 잠방이 한 장, 겨울에는 파자마 차림, 아니면 잠옷에 두꺼운 조끼 차림을 하고 거리를 활보한다. 집에 갈 때 잠옷을 입는다면야 뭐 그럴 수도 있겠다 싶겠지만, 출발할 때부터 이미 잠옷을 입고 출발한다. 이것만 봐도 이 동네 사람들이 얼마나 매사에 얽매이지 않는 삶을 사는지 알 수 있다.

우리 집 앞 기요모토 온천을 기준으로 해서 동쪽으로 가면 미나토가와 신사湊川神社**가 나오는데, 이것은 말하자면 우리 동네 사람 모두가 미나토가와 신사를 모시는 사람이라는 의미다. 충성심

---

* 일본의 전통악기 샤미센(三味線)으로 연주하는 음악의 일종이다.
** 가마쿠라시대 말기 무관 장수였던 구스노키 마사시게(楠木正成)를 모시는 신사. 구스노키 마사시게는 1336년 무사 아시카가 다카우지(足利尊氏)와 싸우다 미나토가와 강에서 전사한 인물로 싸우는 모습이 용맹하기로 유명했다고 한다.

이라면 천하에 비할 자 없었던 충신의 넋을 기리는 지역에 살면서 잠옷 바람으로 목욕탕에 가다니, 아무리 생각해도 송구스럽기 그지없는 일이지만, 고베 시민에게 남코 님楠公樣*이란 감히 함부로 할 수 없는 무서운 신이 아니라 아주 친근한 사람이다. 동네 사람들 모두가 그 친근함에 너무 익숙해진 나머지 남코 님이 생전에 어떤 뜻을 품고 있었는지에 대해서는 크게 개의치 않는 것 같다. 참고로 미나토가와 강(즉 우리 동네에서 아주 가까운 곳)은 남코 님이 전사한 곳이다.

한편, 여자 여럿이 목욕탕에 가면 그곳에 들어앉아 무슨 이야기를 하는지 궁금해하는 남자들이 있을 것이다. 하지만 보통 남자들이 궁금해할 만한 이야기는 나오지 않는다. 가령 기요모토 온천이 아니라 산속 깊은 곳에 자리한 노천 온천에 앉아 몸과 마음이 제법 누그러져도 남자들 하는 정도의 이야기는 나오지 않을 것이다. 남자들끼리 온천 여행을 가면, 그리고 또 그들끼리 탕에 들어가 앉기라도 하면 그때부터는 무슨 일이 벌어지는지 알 길이 없어진다. 무슨 이야기를 하는지는 오로지 하느님만이 아실 뿐이다. 어느 날 멋들어진 신사(그는 저명한 음악가였다)가 목욕탕 안에 들어가 동행한 다른 신사들과 무슨 내기를 했는데(무슨 내기인지는 모른

* 고베 사람들에게 구스노키 마사시게는 매우 친근한 인물이고 '남코 님'이라는 별명으로 불리고 있다.

다) 너무 열중한 나머지 탕에 첨벙 빠졌다는 이야기를 들은 적이 있다. 이런 이야기를 들으면 나로서는 그저 부러울 따름이다.

여자는 알몸으로 목욕탕에 들어가도 그렇게까지 거리낌 없이 행동하지는 않는다. 오히려 도도하게 군다. 여자끼리인데도 서로가 신경을 쓴다. 아니, 여자끼리라서 괜히 더 신경을 쓰는 것인지도 모른다. 슬쩍슬쩍 몸을 가리며 씻고 상대방보다 1초라도 빨리 탕에 들어가려고 허둥거린다. 그럼 그 상대방 또한 탕에 들어간 친구가 자기 몸을 힐끔거리며 관찰할까 봐 질세라 탕 안으로 뛰어들어간다. 그리고 나서 목욕을 끝내면 약속이라도 한 것처럼 동시에 일어나 허둥지둥 부산을 떨면서 몸을 훔치고 미처 땀 닦을 겨를도 없이 슬립에 얼굴을 내리꽂는다. 남이 본다고 해서 닳는 것도 아닌데 여자끼리는 보여 주는 것을 아까워하는 것 같다. 하지만 또 그런 와중에 전광석화 같은 곁눈질로 '아랫배가 꽤 나왔네'라든가 '의외로 쭈글쭈글하잖아'라면서 상대방의 몸을 구석구석 뜯어본다.

그렇게 서로가 숨기기 바쁜데 대단한 이야기가 나올 리 없지. 그런데 아무리 생각해 봐도 이건 여자의 습성 같은 것이다. 때문에 여자가 뭔가를 숨기거나 거짓말을 한다면, 그 원흉은 바로 매달 소소하게 치르는 예의 그것일 것이다.

"알았니? 절대 다른 사람이 눈치 못 채게 해야 해. 아무것도 아닌 것처럼 옷차림을 단정히 하고 화장실에서 나올 때도 어디 더러워진 곳은 없는지 한 번 더 살펴봐야 해. 혹시나 스커트에 묻지 않았는지 꼭 확인해야 한단다!"

엄마와 여선생님은 그렇게 '시치미를 떼'라고 강조하신다. 여자라면 뻔뻔스럽게 감출 줄 알아야 한다, 숨길 수 있어야 한다고 말이다. 그렇게 여자는 신비로운 어른으로 자라게 된다. 동료들과 함께 대중탕에 가서 알 수 없는 내기를 하다가 너무 열중한 나머지 탕 속에 빠지고 마는, 그런 낭랑한 일이 일어날 리가 없는 어른, 왠지 모르게 수상하고 거짓말을 잘하며 숨기기 좋아하는 어른으로 키워지는 것이다.

그렇기 때문에 참으로 의심스럽다. 첫 경험 이야기를 하자고 했을 때 사실대로 털어놓을 여자가 과연 있을까? 평소 남자들이 하는 이야기를 들어 보면, 그들에게는 이제까지 인생을 살며 경험한 한두 가지의 커브길이랄까, 매듭 같은 것이 있다. 예를 들어 전쟁을 경험한 사람이라면 패전의 충격이라든가 학생운동의 좌절 같은 것 말이다.

하지만 여자에게는 그런 것이 없다. 남자에게는 매듭이 있고, 여자에게는 그런 것 없이 매끈하다. 나는 그 점이 신기하다. 개중에는 젊은 시절 전쟁을 경험한 여자가 가끔 남자들이 하는 것과 비슷한 이야기를 떠벌이기도 하지만, 적어도 겉으로 봤을 때는 남자의 그것과 다른 느낌이다.

그렇다면 여자의 매듭이란 무엇일까? 고마쓰 사쿄小松左京* 씨에게 물었더니, 그는 자못 흥미로워하며 대답했다.

"그야 당연히 첫 경험 아니겠습니까?"

하지만 생각건대 그것 또한 여자의 매듭이 아닌 경우가 많다. 고마쓰 씨뿐만 아니라 남자들은 모두 그것이 매듭일 거라고 말하고 싶어 하지만, 글쎄⋯⋯.

여자에게는 실제로 경험했을 때보다 그에 관한 지식을 처음 접했을 때가 훨씬 더 충격이 크기 때문에 오히려 그때가 여자의 매듭이 될 가능성이 크다. 나부터도 지식이 실제 경험을 앞서는 세대이기 때문에 아무리 순진하고 곱게 자란 아가씨라고 해도 그런 경험 한 번쯤은 하게 되어 있다. 책으로 접한다든지 친구가 떠드는 소리를 우연히 듣는다든지 하는 경험 말이다.

나의 경우는 규세이旧制 여자고등학교 3학년 때였다. 친하게 지내던 조금 얼빠진 친구가 하나 있었는데, 어느 날 동네 아줌마한테 그에 관한 지식을 배워 왔다. 다 같이 있는 자리에서는 말하고 싶지 않다며 네다섯 명에게 가위바위보를 시키고 순서를 정한 다음 한 명씩 귀엣말을 해 주었다.

---

* 일본의 SF 소설 작가. 대표작으로는 《일본침몰》이 있다.

그 당시 나의 소감을 말하자면, 기나긴 세월 동안 품고 있던 의문이 한 번에 풀리는 느낌이랄까. 하지만 그래도 아직 63퍼센트 정도는 거짓말일 거라고 생각했다. 왜냐하면 전쟁이 한창인 시대를 살고 있는 여학생으로서 존경의 대상이었던 충신 구스노키 마사시게 님이 그런 짓을 했을 거라고는 도저히 믿을 수 없었기 때문이다.

"당연히 마사시게 님도 했지. 안 그러면 마사쓰라 님正行樣*이 어떻게 태어나셨겠니?"

그 당시 친구는 딱 잘라 말했다.

마사시게 님을 모시는 고장 사람이 된 지금 생각해 보면 참으로 감개무량할 따름이다.

* 구스노키 마사시게의 아들.

○

조몰락거리는
여자

앞의 글에서 여자들은 평소 목욕탕 안에서도 다른 여자가 자신의
알몸을 볼까 봐 슬쩍슬쩍 가리고 다닌다고 말했지만, 당연히 그런
여자만 있는 건 아니다. 위풍당당 훌륭한 사람도 있다.

그렇다고 해서 그들이 예의에 어긋나는 행동을 했다는 말은 아
니다. 그들은 손수건이나 목욕수건으로 몸을 잘 가리고 다니고 탕
에 들어갈 때도 몸을 꼼꼼히 씻고 들어간다. 물을 끼얹을 때는 웅
크리고 앉아 주위 사람들에게 비누 거품이나 물방울이 튀지 않도
록 조심하기도 한다. 모든 면에서 일본 여성으로서의 조신함을 지
키고 있는 부인들이다.

그렇다면 어디가 위풍당당한가. 바로 여성의 그곳을 꼼꼼히 닦

는 모습이다. 보통 3, 40대 부인이 여기에 해당한다.

10대, 20대는 대충 닦고 넘어간다. 나이는 많지만 경험 없는 여자 또한 적당히 씻고 만다. 그런 여자 대부분은 부끄러워하며 씻는다. 5, 60대 부인들은 뭐 대충 아무렇게나 씻는데 그 모습이 아주 예스럽고 담담한 경지에 이르러 있다.

어느 날 나는 여느 여성들처럼 탕에 몸을 담그고 다른 여성들의 행동을 힐끔힐끔 관찰했다. 그 결과를 한마디로 요약하자면, 현역 부인이 가장 꼼꼼하게 씻는다.

후보생 혹은 신병이라고 할 수 있는 젊디젊은 경험 미숙한 여성들은 마치 '내부 상황 파악 불가입니다. 더는 들어갈 수 없습니다'라는 느낌이랄까. 만지는 것조차 두려워하는 듯 보였다. 퇴역 장교 혹은 재향군인 같은 느낌의 노부인은 '무슨 소린가. 여긴 아무것도 없네'라는 느낌으로 씻는다. 그렇게 봤을 때 현역 부인이 위풍당당한 것은 당연하다.

그런데 이 현역 부인들 중에서도 아이가 있는 사람과 그렇지 않은 사람을 나누어 살펴보면 전자가 훨씬 위풍당당하다.

한 손으로는 바가지의 물을 끼얹고 나머지 한 손으로는 공들여 어루만진다. 이런 상황과 딱 잘 어울리는 오사카 사투리가 있는데 그건 바로 '꼼꼼히 조물락거리다'라는 말이다. 이 '조물락거리다' 혹은 '조물락대다'라는 말에는 '만지다'와 '희롱하다'의 의미가 모두 담겨 있다. 어감이 다소 야한 단어다.

천천히 '조몰락거리고' 마음 내킬 때까지 물을 끼얹은 다음 목욕탕을 육중한 몸으로 활보하는 그런 그녀들을 바라보고 있으면, 나 같은 사람은 같은 여자면서도 두려움에 사로잡힐 수밖에 없다.

언젠가 어떤 잡지 투고란에서 이런 구절을 본 적이 있다.

"아이를 몇이나 낳고 밤바다를 헤엄치누나."

정말 굉장한 인생 아닌가? 아이를 낳는다는 것은 여자의 성적性的 궁극이기 때문에 아이를 낳느냐 낳지 않느냐로 여자는 어떤 선을 뛰어넘게 된다고 생각한다. 무서울 것 없는 경지에 이르고 나서야 비로소 정성 들여 '조몰락거릴' 수 있게 되는 것이다. 그때 부인들의 표정을 보면 그야말로 무념무상, 마치 미야모토 무사시宮本武蔵*가 간료지마로 향할 때의 느낌과 비슷하다.

그런 면에서 나는…… 여기서 나 스스로가 얼마나 어중간하고 미숙한 여자인지를 되새겨 봐야 할 것 같다. 결혼은 했지만 아이를 낳지도 않았고, 가정이 있지만 아내로서 해야 할 일도 제대로 하지 않는 편이다. 그렇다고 해서 엄청난 재능이 있는 것도 아니다. 말하자면 무책임하고 매사가 이도 저도 아닌, 되는 대로 사는 존재다. 평생 살면서 옆 사람에게 민폐만 끼치는 여자인 것 같아

---

* 아즈치모모야마시대의 사무라이이자 예술가. 대결에서 한 번도 지지 않은 검술가로 유명한데, 그중 가장 유명한 대결이 '간료지마의 결투(巌流島の決闘)'다.

스스로 반성하고 부끄러웠던 적도 아주 많다.

하지만 나는 무라사키 시키부紫式部*가 환생했다는 찬사를 받는 재원이 되기보다는 아이를 몇이나 척척 낳고 알몸으로 밤바다를 헤엄치는 여자, 목욕탕에서 신중히 물을 끼얹고 꼼꼼히 조몰락거릴 수 있는 여자, 그렇게 위풍당당함을 사방에 떨치는 여자가 되고 싶다. 하지만 되고 싶다고 해서 되는 건 아니다. 사람이란 저마다 적성이란 게 있으니까.

한편, 남자가 봤을 때 육감적인 여자란 말을 들을 때가 있다. 이 말이 대체 무슨 뜻인지 이해가 가지 않기에 나는 내 옆에서 항상 말벗이 되어 주는 한 남자에게 물어보기로 했다. 우선 그를 '가모카 아저씨カモカのおっちゃん'라고 부르기로 하자. 왜냐하면 덥수룩한 수염과 무서운 인상이 마치 가모카 아저씨를 연상시키기 때문이다. 가모카 아저씨란 아이들이 장난을 치면 나타나 입을 크게 벌리고 "이놈들! 말 안 들으면 잡아먹을 테다!"라고 위협하는 인간의 모습을 한 도깨비인데, 여기서 '가모카'라는 말은 오사카 사투리로 '잡아먹을 테다咬もうか'라는 뜻이다. 어렸을 때 장난을 심

---

* 일본의 대표적인 여류 작가로, 헤이안시대 중기에 집필한《겐지 모노가타리(源氏物語)》는 현재에 이르기까지 수많은 독자들이 읽은 고전으로 알려져 있다. 다나베 세이코는 천여 년 전에 쓰인 고전문학《겐지 모노가타리》를 지금의 독자들이 위화감 없이 이해할 수 있도록 현대어로 풀어내는 작업을 했다. 다나베 세이코의《신(新) 겐지 모노가타리》는 출간된 후 독자들의 열렬한 지지를 받았고, 그런 이유로 평단으로부터 무라사키 시키부가 환생했다는 평가를 받기도 했다.

하게 치면 어른들이 "너희들 자꾸 그러면 가모카 아저씨 부를 거야!"라며 으름장을 놓곤 했다.

"육감적인 여자란 이를테면 어떤 이미지를 말하나요?"

나는 당차게 물었다.

"글쎄요……, 바이쇼 미쓰코倍賞美津子*라는 배우가 있지요? 그런 이미지입니다."

그는 생각에 생각을 거듭한 뒤 말했다.

"음…… 난 그녀의 언니 바이쇼 지에코倍賞千惠子**가 더 좋은데."

지에코 씨는 청춘스타다.

"아니요, 단연코 미쓰코입니다. 그리고 음…… 니시다 사치코西田佐知子***라는 분이 계시죠. 그분도 육감적이라 할 수 있죠."

"흠…… 그런 이미지란 말이죠."

인정하기는 싫지만 가모카 아저씨는 직업란에 번듯하게 써 넣을 수 있는 직업을 가진 마흔일곱 살, 일본의 평균 남성이다. 그렇기에 그런 그의 생각도 지극히 평범하다고 볼 수 있을 것이다.

가모카 아저씨는 니시다 사치코와 바이쇼 미쓰코 외에도 여러

* 1946년생 일본 여배우로 젊은 시절 섹시한 이미지로 다수 영화에 출연했다. 대표작으로 〈복수는 나의 것〉〈도쿄타워-엄마와 나, 때때로 아빠〉 등이 있다.
** 1941년생 일본 여배우로 야마다 요지 감독의 〈남자는 괴로워〉 시리즈에 출연했으며, 〈하울의 움직이는 성〉에서 소피의 목소리 연기를 담당했다.
*** 6, 70년대 특유의 나른하고 그윽한 목소리로 인기를 모았던 일본의 여가수. 대표곡으로 〈아카시아 꽃비가 그칠 무렵〉 등이 있다.

여성들을 예로 들었다. 하지만 그들 사이에 어떤 공통점이 있어 보이지 않았다. 나는 인형처럼 예쁜 스타나 탤런트를 좋아하지만 남자들에게 그 모습이 꼭 육감적인 것은 아닌 모양이었다.

나는 가모카 아저씨가 예로 든 여성들을 천천히 떠올려 보았고, 이윽고 한 가지 공통점을 발견했다. 그것은 바로 그 여성들 모두 왠지 모르게 음탕하고 문란한 분위기—그렇다고 해서 건전하지 않다는 말은 아니다—를 풍기고 있다는 점이다.

어딘가 모르게 신비스럽게 보이면서도 위엄이 있어서 쉽게 다가갈 수 없는 분위기. 한마디로 말해서 '조몰락거리는 여자'다(바이쇼 씨나 니시다 씨가 그렇다는 것이 아니라, 하나의 이미지로서 예를 든 것이니 너그러이 이해해 주시기 바랍니다).

목욕탕에 들어올 때의 자태는 너무나도 단아하다. 몸을 웅크리고 앉아 한 손으로는 물을 끼얹고 나머지 한 손으로 꼼꼼히 씻는다. 그 모습을 보면, 마치 천군만마를 거느린 노련한 무사 같기도 하고 일기당천의 사무라이 같기도 하다. 눈을 반쯤 감고 내부 상황이 어떤지 파악하려는 듯, 오래 사용해 길이 잘 든 익숙한 도구를 다루듯 애착을 담아 씻는다. 그 모습에는 범접하기 힘든 관록이라는 것이 묻어 있다. '조몰락거리는 여자'라고 해서 전부 육감적인 것은 아닐 테지만 육감적인 여자 대부분이 그런 느낌을 지니고 있다. 현역 여성으로서의 악착스러움이 느껴진다.

○

사랑 연극

여자는 왜 신부 의상을 입고 싶어 하는 걸까?

그건 여자가 연극을 좋아하기 때문이다. 어린 여자아이를 키우고 있는 사람이라면 분명 한 번쯤 본 적이 있을 것이다. 여자아이들은 서너 살 때부터 머리에 무언가를 얹고 엄마의 기모노를 질질 끌고 다니면서 신부 놀이나 공주님 놀이 하는 것을 좋아한다. 여자란 이 세상에 태어나 생을 마감할 때까지 연극하기를 좋아하는 동물이다.

분위기를 최고로 치며 무대장치를 그럴듯하게 꾸며 놓고 그 안에서 스타인 양 행동하고 싶어 한다. 일상이 영화 같지 않으면 못 견디고 분위기에 취하는 것을 무엇보다 좋아한다.

그런 면에서 결혼식은 일생에 한 번뿐인 야심작이다. 여자는 다카시마다高島田*를 올리고 후리소데振袖**나 새하얗고 레이스가 풍성한 웨딩드레스를 입는다. 식장은 금박으로 장식된 병풍, 아름다운 꽃과 술 그리고 진수성찬으로 꾸며져 있다. '와! 모두 여길 보고 있잖아. 네, 아름다운 날이에요. 이젠 죽어도 여한이 없답니다.' 여자는 마음속으로 생각한다. 그녀에게는 그야말로 최고의 순간인 것이다.

그 순간 여자의 머릿속에는 결혼식이 끝나고 이어질 화려한 신혼여행, 그 꿈결 같을 며칠간에 대한 생각밖에 없다. 아니, 오히려 그것을 상상한 순간 의식이 뚝 끊겨 버릴지도 모른다. 화려한 신부 의상과 여행지에서 입으려고 새로 마련한 옷과 꽃다발 등으로 머릿속이 가득 차 버릴 것이기 때문이다.

하지만 신랑은 남자라는 사실을 잊어서는 안 된다. 남자는 실질적이고도 현실적이다. 그는 연기의 본질이 무엇인지 잘 알고 있다. 남자는 지금 하고 있는 이 모든 행위가 사실은 오늘 밤 그녀와 자기 위한 선언이라고 생각할 것이다. 그렇기 때문에 상복 같은 턱시도를 차려입고 낯간지러워 어쩔 줄 몰라 하는 것이다. 남자는 마치 못 올 데라도 온 사람처럼 그저 멋쩍게 웃고만 있다가 하객

---

* 결혼식 때 신부가 하는 높이 올린 머리 스타일을 말한다.
** 일본 전통 결혼식에서 여성이 입는 기모노를 말한다.

이 놀려 대면 바로 얼굴이 빨개질 것이다. 남자는 결혼식을 그녀와 자기 위한 통과의례 정도로밖에 여기지 않기 때문에, 왜 이런 원숭이 연극 같은 것을 해야 하는지 불만을 품고 있다. 하지만 주뼛주뼛 서서 식은땀을 흘릴 뿐이다.

드디어 식이 끝나면 신혼여행을 떠난다. 그리고 호텔에 도착한다. 이제부터가 연극의 제2막이다. 이 무대에서는 반드시 구나시리國後*가 보이거나 산등성이에 안개가 자욱이 끼어 있거나 그곳이 바다라면 석양이 지는 풍경이 펼쳐져 있어야 한다. 잘못해서 폐품 수집장의 작업장이 보이거나 돈부리 배달원이 철가방을 들고 만담 극장 대기실 입구를 드나드는 모습이 보이기라도 하면 아주 큰일 난다. 연극이란 모름지기 아름다워야 하는 법.

아름다운 배경 속 첫날밤은 완벽해야 한다. 여자라면 모두 그렇게 생각할 것이다. 하지만 세상 남자들 모두가 오나시스는 아닌지라 이렇게 사치스러운 무대를 항상 만들어 낼 수는 없다. 이것은 평생에 단 며칠뿐인 오나시스 흉내일 뿐이다.

그렇지만 여자에게 반드시 호텔과 비행기만이 로맨틱한 것은 아니다. 좁지만 행복한 우리 집 방 두 칸짜리 비좁은 아파트라고 할지라도 사랑을 연기할 세트로는 충분하다. 남자가 아주 조금 로

---

* 홋카이도 시레토코 섬 동쪽에 위치한 섬을 말한다. 홋카이도에서 육안으로 관측할 수 있으며, 아이누어로 '검은 섬'이라는 뜻이다.

맨틱한 연기를 해 주고 서로 합을 맞춰서 사랑 노래를 속삭인다면 더할 나위 없다.

하지만 남자란 어떠한가. 제 보금자리인 아파트에 돌아오자마자 재빨리 자기 페이스를 되찾고 본심을 드러낸다. 부엌살림 정리는 끝날 줄 모르는데 그런 여자 때문에 속을 끓이며 소리를 지른다.

"여보, 뭐하는 거야. 적당히 좀 하고 빨리 와!"

부끄러움도 체면도 없다. 험상궂은 목소리로 침대로 불러들이는 모습을 보면 여자로서 환멸이 느껴질 정도다.

비록 단칸방에서 시작했다 하더라도 여자는 신혼집 또한 연극 무대처럼 꾸미고 싶어 한다. 자신이 이 집의 공주인 것처럼 행동하고 싶은 것이다. 《아라비안 나이트》에 나올 법한 속이 비치는 잠옷을 입고 싶을 때도 있을 것이고, 실내용 방향제를 사용해 집 안을 아로마 향으로 채우고도 싶을 것이다.

하지만 대부분의 남자는 이렇게 호통을 치겠지.

"이게 무슨 짓이야. 집 안이 온통 끈적거리잖아. 하 참, 별짓을 다 하는구나."

"그래도 이렇게 하면 분위기가……"

여자가 반박하면 남자는 또 소리 지른다.

"바빠 죽겠는데 무슨 분위기 타령이야! 지금이 분위기 찾을 때야?"

정말 남자는 어쩜 이러는 걸까? 같은 인간이 맞기는 한 걸까?

이런 사람일수록 또 그러고 싶은 기분이 들기 시작하면 아내가 화장실 청소를 하고 있든, 뜨개질을 하고 있든, 비좁은 아파트 부엌에서 된장국을 끓이고 있든 상관없이 덮치려고 할 것이다. 하지만 여자 입장에서는 남편이 갑자기 들이닥쳐 부엌 마룻바닥에 억지로 눕히려고 하면 머리끝까지 화가 치미는 게 당연하다. 그날그날 상황도 봐야 하고 마음의 준비도 해야 한단 말이다.

너무 원시적이고 야만적이지 않은가? 이 정도라면 유인원 쪽이 더 신중하지 않을까 생각하며 여자는 남자를 하찮게 여기고 경멸할 것이다. 연극할 마음이 없다는 것은 말이 통하지 않고 멋과 흥을 모르며 속이 좁다는 것을 의미한다. 적어도 교양 있는 신사라고 할 수는 없다.

그런데 이와는 반대로 그저 연기만 잘하지 실제 생활이 뒤따라 주지 않는 애송이가 있다. 이런 남자 또한 여자에게는 분노와 경멸의 대상이 된다.

여자는 생각한다. 예의 그것은 연극으로 포장해야 즐겁고 아름다울 수 있다고. 어느 하나라도 빠지면 안 되는 것이다. 하지만 남자는 그런 것 따위는 전혀 알려고 들지 않는다.

그러니까 에고이스트는 연극을 할 수 없다. 속이 좁아서도 안 된다. 조급해서도 안 된다. 느긋한 마음을 가져야 한다. 그런데 일본 남자에게는 이 조건 전부가 결여되어 있다. 눈이 벌게져서 그새를 참지 못하고 발끈하는 남자는 안 된다는 말씀이다.

요즘 일본 남자는 대부분 에고이스트다. 여자의 연극에 동참해 줄 마음이 전혀 없는 것 같다. 애초에 없었던 마음이 이제 와서 생길 리가 없지.

"야, 답답해. 이제 저리 가."

아나나 다를까 일이 끝나면 아내를 툭 밀치며 침대에서 내쫓고 자기는 정작 코를 골며 잔다. 인간은 무엇을 위해 결혼하는 걸까? 그 순간 여자는 철학적 사유를 강요받는다. 야심한 밤 아파트 창밖을 내다보면 혼자 창가에 서서 커튼을 부여잡고 쓸쓸하고 따분하게 창밖을 바라보는 여자를 목격할 때가 있다.

이들은 그렇게 내쫓긴 아내들이다.

남자란 정말 이상한 동물이라니까!

○

남자의
욕망

휴! 요전에 아주 못 볼꼴을 당하고 말았다.

일이 있어서 마이니치 방송국에 갔을 때였다. 무슨 일이었는지
는 잊어버렸다. 요전이라고는 해도 꽤 한참 전, 약 반 년 정도 전의
일이기 때문이다.

마이니치 방송국은 센리千里의 만국박람회장 옆에 있다. 메이신
名神 고속도로를 타고 가도 우리 집에서(고베의 허름한 주택가 아라
타초荒田町에서) 적어도 한 시간은 꽉 채워 걸린다.

집에 가려고 하는데 방송국 측에서 택시를 불러 주셨다. 그리고
나는 혼자서 택시에 탔다. 사실은 그때 화장실에 잠깐 들르고 싶
었지만 근엄해 보이는 분이 직접 배웅하러 나와 주셨기에 창피해

서 말을 꺼내지 못했다. 결국 그대로 택시에 탔는데 이것이 참사의 근원이었다.

시간이 갈수록 나는 참을 수 없는 지경에 이르렀다. 메이신 고속도로를 탄 다음 휴게소에서 잠깐 세워 달라고 하고 싶었지만, 기사 아저씨가 어렵게 느껴지기도 하고 창피해서 도저히 말을 꺼낼 수 없었다. 그러는 중에도 차는 원활히 쌩쌩 달려 곧 한신阪神 고속도로 니시미야西宮에 접어들 참이었다. 한신 고속도로를 타면 더는 방법이 없다. 휴게소가 없기 때문이다.

나는 엉거주춤 몸을 일으켜 최대한 차체의 흔들림이 몸에 전해지지 않도록 했다. 얼굴이 파랗게 질리는 것 같았다. 감정이 북받쳐서 눈물이 쏟아지려고 했다. 나란 사람은 어쩜 이렇게 못난 거야. 한없이 슬퍼졌다. 마이니치 방송국을 떠나기 전에 "잠깐만요"라고 한마디만 했으면 됐을 것을……. 몇 번이나 위기가 찾아왔다. 눈앞이 갑자기 흐려지고 머릿속은 깜깜했다. 눈 딱 감고 저질러 버릴까.

차 안에 대홍수가 나겠지. 에잇, 까짓것 변상하면 되지. 방광이 파열되는 것보단 돈으로 해결하는 게 낫지 않을까. 하지만 택시에 홍수를 냈다는 사실이 금세 떠들기 좋아하는 방송국 사람들에게 퍼지겠지. 택시 회사에서 악질 손님을 태웠다며 위자료 청구를 할 테니까. 창문 너머로 해 볼까. 하지만 내 몸은 불행하게도 그에 적

합한 구조가 아니다.

현재로서는 손쓸 방법이 없다. 남은 방법은 단 한 가지. 내 건강을 희생시켜서라도 내 명예와 자존심을 지키는 것이다. 나는 두 손을 꽉 쥐거나 시트 가죽을 부여잡으면서 필사적으로 참았다. 그러는 동안 기사 아저씨는 예전에 유명 야구선수를 태운 적이 있다며 태평하게 그때의 이야기를 늘어놓았다. 택시를 타고 가다가 펑크가 났는데 그 선수가 거뜬히 타이어를 교체해 주었다는 것이다. 그 이야기를 듣고 나는 더더욱 택시에 실수하면 안 된다고 굳게 마음먹었다. "어휴, 며칠 전 별 괴상한 아줌마를 태웠다는 것 아니오." 기사 아저씨가 다음 손님한테 이렇게 말하지는 않을까 걱정이 이만저만 아니었기 때문이다.

차 안에서 실례를 하셨다면서요, 라는 말을 듣게 된다면 이건 일본문예가협회 모든 회원의 수치일 뿐만 아니라 일본 여성의 수치다.

기사 아저씨가 재밌는 이야기를 하는 것 같았지만 나는 웃을 수 없었다. 웃으면 기침이 나올 것 같아서다. 일단 둑이 터지면 이제 뒷일은 감당 못한다. 어떤 일이 벌어질지 가늠이 안 됐다.

마음을 비웠더니 느닷없이 엄숙하고 장엄해진 기분이 들었다. 엉덩이를 들어 올리고 두 손으로 몸을 지탱했다. 머리가 윙윙거렸고 금방이라도 터질 것 같은 무언가(그것은 무언가다. 그렇게밖에 표현할 수 없는 엄청난 에너지였다. 처음에는 지극히 희미하지만 마지막에는 비로소 대폭발을 예지하게 만드는, 큰북을 난타하는 듯한 자연의 부르심이었다.)를 필사적으로 견뎌 내고 있었다.

그날따라 가는 길이 어찌나 길게 느껴지던지.

교바시京橋에서 한신 고속도로를 타자 엄청난 교통체증이 이어졌다. 고베의 모든 차가 여기 다 모여 있는 것 같았다. 전후좌우를 둘러싼 차들 모두 내 고통을 알고 일부러 심술을 부리는 것처럼 느껴졌다. 이제 어떻게 되든 내 알 바 아니다. 내가 홍수를 낸다면 이 교통체증을 컨트롤하지 못한 이쿠타 경찰서장과 고베 시장의 잘못이다……. 자포자기한 순간 차가 움직이기 시작했다. 아니야, 조금만 참자. 그리운 우리 집 화장실이 점점 가까워 오고 있잖아. 또 다음 신호에서 정체……. 그래, 나는 여기까지인가 보다.

무사가 칼을 쓰기 전 칼을 살짝 빼 놓는다는 것이 이런 걸 의미하는 건가. 그 순간 또 허둥지둥 차가 달리기 시작한다. 다시 참아 본다. 이 패턴을 몇 번인가 반복한 뒤에야 마침내 나는 집에 도착했고, 그다음은 누구나 아는 이야기일 테니 굳이 언급하지 않겠다.

후련한 얼굴로 그제야 "다녀왔습니다" 하고 거실로 들어서자 집안 식구들 모두 어안이 벙벙한 표정이었다. 도둑이 든 줄 알았는데 엉뚱한 곳으로 들어가기에 이상한 녀석이라 여기고 있던 참이었다고 한다.

나는 이튿날 가모카 아저씨에게 이 일을 털어놓았다.

가모카 아저씨는 내 이야기를 들으면서 눈을 반쯤 감은 채 술을 마시고 있었다. 이야기가 끝나자 그는 마시던 잔을 천천히 내려놓으며 말했다.

"그 봇물이 터졌을 때의 기분은 이루 말할 수 없이 좋았겠군요."

"봇물이 터졌다는 건, 그 쏴…… 요?"

"그래요. 급류가 휘몰아쳤을 때……."

"어휴, 말도 마세요."

"무척 시원하셨겠어요."

"어휴, 말하면 입 아프죠."

"그다음에는 광풍제월光風霽月*이로다……."

"뭐, 그랬죠."

"마음가짐이 청량해지고 진여월眞如月**의 진리를 터득하게 되니 평온하고 후련한 마음이로다……."

"뭐, 그렇다고 할 수 있죠."

"말하자면 그때로군요."

"어떤……?"

---

* 비가 갠 뒤 맑게 부는 바람과 밝은 달.
** 진여(眞如)는 불교에서 의미하는 중생심의 근원이 되는 참되고 한결같은 마음을 뜻한다. 진여월이란 진여의 이치가 중생의 미망(迷妄)을 깨우침을, 어두운 밤을 비추는 밝은 달에 비유한 말이다.

"남자가 일을 끝낸 다음이요."

남자의 몸에 대해서도 잘 모르는데, 하물며 남자의 성적인 부분이다. 더더욱 모르는 게 당연하지 않은가. 그저 막연하게 유추할 뿐.

"남자의 욕망과 비슷하지 않습니까? 남자도 그러고 싶어지면 눈앞이 깜깜해지고 머릿속이 윙윙거리며 다른 생각이 전혀 나지 않습니다. 말하자면 순간적으로 '으악' 하고 몰아치는 에너지 같은 거라고 할 수 있지요. 하지만 발산하기만 하면 곧바로 마음이 후련해지고 평정심을 되찾습니다. 이제 조금 이해가 가십니까?"

알 것 같기도 하고 모를 것 같기도 하다.

○

여자의
성욕

남자의 성에 대해 살펴봤으니 여자의 성에 대해서도 다뤄야 공평
하겠지.

남자들의 일대 의문이 있다.

"여자에게는 성욕이 있습니까? 없습니까?"

내 친구 가모카 아저씨가 물었다.

"여자에겐 욕구가 없지 않나요?"

그렇지 않으면 모든 여자들에게 당뇨병이 있지 않냐고 묻는다.

이건 또 무슨 소리야.

당연히 여자에게도 있다. 하지만 여자의 성욕은 평생에 걸쳐 만
물과 닿아 있는 것으로, 남자처럼 좁고 깊게 응고돼 있는 것이 아

니다.

평소 우리 여자들은 남성 작가의 소설을 읽을 때 이따금 불신감을 느낀다. 그 이유는 여성의 성욕을 남성의 그것과 같은 수준에 두고 이야기하고 있기 때문이다. 《곤자쿠 이야기今昔物語》*를 보면 기묘한 에피소드가 나온다. 어떤 남자가 여행을 하던 중 별안간 음란한 마음이 일어 주변을 둘러보았더니 어느 밭 한가운데였다고 한다. 당장 어쩔 도리가 없었던 남자는 다급한 마음에 결국 밭에 있던 순무를 뽑아 가운데를 칼로 도려내 구멍을 뚫은 다음 그 일을 끝낸다. 말하자면 이 이야기에 나오는 '도저히 못 참겠다' 싶은 마음이 여자에게는 없다. 여자가 남자를 강간했다는 이야기가 없는 건 꼭 체력과 신체적 구조 때문만은 아닌 것이다.

뭐 능동적으로 음란한 여자도 만 명 중 한두 명 정도는 있을 수 있겠지만, 적어도 남성 작가가 그들 소설에 그린 미망인과 노처녀의 욕구 처리 방법 따위는 어처구니가 없어서 말이 안 나올 정도다. 밭의 순무를 뽑아 구멍을 내 처리할 정도로 참을성 없는 남자들에게는 여자가 어떻게 자신의 욕구를 처리하는지가 흥미의 대상이 될지 모르겠지만, 여자는 분명 그렇게까지 치닫지 않을 것이다. 여자의 분출구는 한 가지가 아니다. 평생에 걸쳐 폭넓게 구

* 11세기 후반에 쓰인 작자 미상의 설화집.

석구석 이르러 있다. 따라서 여자의 욕구는 직접적인 행위가 아니라 그것에 이르게 하는 환경과 상황의 충족이 그 목표라고 할 수 있다.

매춘부는 차치하고 극히 평범한 일반 여성들은 평생에 걸쳐 성생활을 하고 싶어 한다. 즉 연애, 결혼, 임신, 출산, 육아 모두를 지향하는 성생활 말이다. 여자의 성이란 나침반 바늘이 항상 북쪽을 가리키듯 오로지 '출산'이라는 방향만 가리키고 있다. 이를 위해 본능적으로 둥지를 만들고 먹이를 물어다 줄 누군가가 필요해 수컷을 찾아 헤맨다. 또한 수컷이 갑자기 사라지면 둥지가 말라붙게 될 테니 때때로 사슬로 묶어 두기도 한다.

여자도 때로는 도저히 참을 수 없는 성욕을 느낄 때가 있다. 하지만 아무리 그런 때라고 해도 심리적 욕구 또한 충족되었으면 하는 의식이 아주 심층적으로 자리하고 있다. 아무리 한 번 스쳐 지나가는 해프닝에 불과한 바람이라도 성욕만 충족시킨다는 건 있을 수 없는 것이다.

그렇기 때문에 여자에게 결혼은 역시나 마음의 평온을 얻을 수 있는 기반이다. 여자라는 여자, 즉 대부분의 여자는 남자가 "결혼해주세요!"라며 프러포즈를 하면 마음이 놓여 속으로 외칠 것이다.

(됐어!)

여자의 성욕은 이 말을 듣기 위해 있는 것이다. 단순히 남자와 성적으로 결합하기 위해서라는 꽉 막힌 이유 하나 때문만이 아니다. 여자는 자신의 성욕을 충족시키기 위해 '~의 부인'이라 불리고 싶어 한다. '~의 부인'이라 불러 주었을 때 여자는 비로소 꽃이 된다. 이것은 단순히 '이제는 매일 남자랑 잘 수 있겠다'라는 즉물적이고 쩨쩨한 이유 때문만은 아니다. 남자의 성욕은 한순간 발산하면 그것으로 끝이 나지만, 여자의 그것은 느리고 느긋하고 지긋하며 길고 천천히 피어난다. 다시 말해 남편을 두고 아이를 낳아 키워 세상에 내보내는 그 모든 행위가 성욕인 것이다.

여자에게 성욕이란 침대 속뿐만 아니라 온갖 것에 넓게 펴져 끝없이 이어져 있다. 설령 미망인이나 노처녀, 즉 남자와 함께 살지 않는 성인 여자가 성적 굶주림 때문에 고민한다고 해도 그것은 '처리'해서 끝나는 문제가 아닌, 더 큰 마음의 결핍을 해소해야 채워지는 것이다.

여자는 태어나면서부터 마음속에 큰 동굴을 가지고 있다. 그것은 여자를 이유 없이 욕구불만으로 만들고 우울하게 만들며 불평하게 만든다. 그건 오로지 남자와 사랑하고 아이를 낳아(즉 현대의 사회윤리적 측면에서 본다면 결혼이라는 형태를 취하는 것) 잘 키우는 것으로 충족될 수 있다. 그렇기 때문에 이 모든 걸 배제한 채 단순히 성욕 하나를 해결하려고 밭에 있는 순무를 뽑아 몸에 댄다는 것은 절대로 있을 수 없는 일이다. 설령 있을 수 있다고 해도, 그건 그녀가 정말 원하는 것이 아닐 것이다.

여자의 성욕은 머나먼 절에 있는 종과 같다. 어둠 속에 숨겨져 있지만 그윽하고 강한 소리를 내며, 여운이 어둡고 묵직하게 깔리면서 음파를 형성하고, 그 음파는 언제까지고 사라지지 않는다. 그래서 남자가 가벼운 마음으로 여자를 유혹하려고 하는 건 무거운 죄다.

여자의 욕구는 느리게 다가온다. 아까 할 만큼 하지 않았느냐, 아직도 뭐가 부족한 거냐, 남자들은 모두 여자의 욕심에 진력이 난다고 말하지만, 여자의 성적 만족은 단순히 톱니가 맞물리느냐 아니냐로 결정되는 유치한, 혹은 간단하고 천박한 것이 아니다. 남자를 거미줄로 공들여 휘감고 아이를 만들어 둥지를 꾸리는 그 긴 시간 동안의 충족을 말하는 것이다. 한두 번 만났다가 헤어지는 것으로 끝나는 남자의 성욕과는 근본부터가 다르다. 알겠는가?

성욕. 남자에게 그것은 주사기에 들어 있는 약간의 에센스이고, 여자에게 그것은 양치액처럼 희석시켜 오래도록 쓰는 것이다. 또는 남자에게 그것이 한 방울의 향수라면, 여자에게 그것은 샤워하고 넉넉히 바르는 오드콜로뉴 같은 것이다.

넓고도 깊게 어디에나 이르러 있는 것. 그것이 바로 여자의 성욕이다. 따라서 겉치레를 좋아한다거나 거짓말이나 질투를 하는 것, 그 외에도 여자가 하는 여러 가지 악행 모두는 성욕의 일부에

지나지 않는다.

그렇기 때문에 그런 행동을 전부 뜯어고치는 것은 아마도 무리일 것이다. 그건 여자가 여자이기를 그만둔다는 것과 마찬가지니까.

"그럼 여자한테는 교육이 필요 없다는 것이로군요. 어차피 고쳐 지지 않을 테니까요."

가모카 아저씨는 말했다.

그것참, 시끄럽네. 남자는 그저 저기 저 순무나 껴안고 가만히 계세요. 여자가 시키는 대로만 하시면 됩니다.

○

음풍

내 친구 가모카 아저씨 말에 따르면, 남자가 여자를 봤을 때 그녀
가 마음에 드는지 아닌지를 정하는 포인트는 딱 한 가지라고 한다.

"안고 싶은 마음이 드는가, 아닌가."

"안고 싶은 마음은 어떤 때 생기나요? 젊거나 섹시한 글래머를
봤을 때? 혹은 상대가 미인일 때요?"

"아니요, 꼭 그런 것만은 아닙니다. 뭐 그런 점들도 상당 부분
차지하겠지만 그게 전부는 아닙니다. 여자의 성격이라고 할까요.
인간미나 애교 같은 것들도 그것 이상으로 중요한 요소이고 플러
스알파 작용을 합니다."

"나이도 있으신데 꽤 로맨틱하시네요."

"나이가 들었으니 로맨틱해지는 것이지요."

"요즘 남자들은 여자라면 아무나 좋다고 하잖아요?"

"그게 꼭 그런 것만은 아닙니다. 이십대라면 그럴 수 있지만 어른, 즉 사십대가 되면 젊고 예쁜 여자라고 해서 다 좋은 게 아니에요."

"남자들은 원래 까다로우니까요."

"아니, 남자는 정신적입니다. 음…… 예를 들어 나카네 지에中根 千枝* 여사 같은 분이라면 꼭 안아 보고 싶습니다."

"그렇군요."

"그분은 말씀하시는 것도 쓰시는 글도 재미있고 웃는 모습 또한 천하일품이에요. 그 모습을 지켜보면 무척 사랑스럽습니다."

나카네 선생님, 여기 치한 있어요. 고베에 오시면 정조에 위기가 찾아올 테니 꼭 조심하세요! 늑대가 노리고 있답니다!!

그건 그렇고, 그렇다면 여자는 남자의 어떤 점을 보고 좋다, 싫다를 결정할까? 좋고 싫고의 문제가 아니라 적어도 나에게 괜찮은 남자, 나에게 남자다운 남자, 나에게 바람직한 남자, 나에게 있어서 남자 냄새 나는 남자를 구분 짓게 하는 기준은 무엇일까?

"생각해 봤는데 저는 사적인 시간에 어떤 표정을 할지 어떤 모

* 일본의 사회인류학자. 대표 저서로는 《수직사회와 인간관계》가 있다.

습일지 가늠할 수 있는 남자가 좋아요. 그리고 그 모습이 우스꽝스럽거나 거부감이 들어서도 안 되고요."

"사적인 시간이라 함은 화장실에서 쭈그려 앉아 있을 때나 다리를 쫙 벌리고 서 있을 때를 말씀하시는 건가요?"

"바보. 그것 말고 다른 사생활이요. 당연히 침대에서를 말하는 거죠."

요즘 남자들은 각자 분야에서 열심히 일한다. 이 세상에는 여전히 착실하지 않은 사람보다 착실한 사람이 압도적으로 많고, 대부분의 남자가 생업에 종사하며 열심히 일한다.

단상에 서서 사자후를 토하는 정치가, 장거리 트럭 운전사, 목소리가 쉬어라 떠드는 경마 예상 전문가, 텔레비전에 나와 땀 흘리며 노래하는 가수, 지하철을 만들기 위해 지방까지 파견돼 근무 중인 아저씨, 남의 장례식장을 집요하게 취재해 눈살을 찌푸리게 하는 주간지 기자 등 모두가 열심히 제 일에 몰두한다.

그렇게 자기 일에 몰두하는 모습과 내가 상상한 밤의 모습이 딱 맞아떨어지는 남자. 나는 그런 남자가 자연스러워서 좋다.

"그런데 상상했던 것과 그렇게 많이 다르던가요?"

그게 그렇게 다르더라고.

남자들 중에는 아무리 애를 써도 사적일 때의 표정과 모습을 가늠할 수 없는 유형의 남자가 있다. 이를테면 자신을 그다지 내세

우지 않고 매사에 주의 깊고 신중하며 평소 언동을 삼가는 남자, 나무랄 곳 하나 없는 처세가에 마음을 알 수 없는 남자가 그런 유형이다.

그리고 또 상상만으로도 우스꽝스럽고 머리가 지끈거리는 유형의 남자도 있다. 시종일관 뻐기고 설교하기를 좋아하며 언뜻 봤을 때 그럴싸한 위엄을 휘감고 있는 남자도 그런 유형이다.

마지막으로 밤에 어떤 얼굴을 하고 있을지 그 사적인 모습을 꿈에서라도 상상해서는 안 될 것 같은, 상상하면 오히려 나 자신이 수치스러워질 것 같은 남자도 있다. 절대 그럴 사람이 아닐 것 같은 신성불가침적 존재. 보기만 해도 마음이 엄숙해지는 유형의 남자가 바로 그것이다.

이런 유형의 남자들은 모두 나와 맞지 않는다. 나는 일도 치열하게 하고 침대에서도 한결같이 성실한 남자 아니면, 그 간극을 연결해 주는 탯줄 같은 곳에 제대로 피가 흐르는 듯한 사람 아니면, 한마디로 말해서 인간미가 없으면 매력을 못 느낀다.

이 남자가 어떤 얼굴을 하고 있든 그것 또한 그의 인생이 가진 얼굴이구나, 그것 또한 진심이구나, 라는 느낌이 드는 솔직한 사람이어야 한다. 그렇지 않으면 '생동하는 남자'라는 느낌이 들지 않는다. 음란한 느낌이 없으면 안 되는 것이다.

머리끝에서 발끝까지 뜨거운 피가 철철 끓고 있는 남자. 그런 남자는 모두 솔직하고 정직하며 빼기지 않는다. 거짓말도 안 하고 오만하지도 않으며 허세도 없다. 설령 있다고 해도 그것은 오히려 인간다움을 드러내기 위한 질 좋은 허세다.

누군가가 자신을 그렇게 볼 거라고 꿈에도 생각하지 못하는, 그런 남자가 좋다.

"이야, 당신 참 음란한 여자로군요."

가모카 아저씨는 또 딴지를 건다.

"남자를 보면 밤에 어떤 얼굴을 할지 상상하신다는 말씀이잖아요?"

"남자를 볼 때만 그러는 건 아니에요."

집을 볼 때도 마찬가지다. 요즘 잡지나 주간지를 보면 집의 디자인이나 방의 모양, 붙박이 가구 등의 사진과 기사가 실려 있다.

나에게 있어서 좋은 집, 좋은 방의 기준은 그곳에서 자고 싶어지느냐 아니냐다. 으리으리한 궁전의 응접실에서 자고 싶다고 생각하는 사람은 아마 없을 것이다. 가라데 도장의 살벌한 매트 위에서 그러고 싶은 사람도 아마 없을 것이다.

여기서 '잔다'라는 단어의 의미는 물론 그것을 말한다. 나는 사람이 사는 집, 사람이 머무는 방에서는 좋은 의미의 음풍淫風이 느껴져야 한다고 생각한다. 그렇기 때문에 너무 화려하게 꾸몄거나 과하게 점잔을 뺀 집을 보면 나도 모르게 '이 집 주인은 그걸 할 때마다 집 밖에 나가 모텔을 이용할 것 같다'는 억측을 하게 된다. 집뿐만 아니라 나아가서는 동네 전체에 음풍이 훈훈하게 감돌았으면 좋겠다. 얼마나 인간답고 좋을까. 그렇게 봤을 때 빌딩과 지하철이 들어서고 시내 전체가 오피스 거리로 둔갑한 오사카 도심은 이미 죽은 상태나 마찬가지다.

그런 면에서 아파트 단지 같은 곳은 실로 엄청나다. 죽 늘어선 무수한 창문과 불빛, 수많은 창문 속 사랑, 음풍의 냄새가 십리 밖에서까지 전해진다. 장안 하늘에 한 조각 달, 무수한 집들, 그 안에서 몸이 싸우는 소리가 들리는구나.*

이야, 더할 나위 없도다.

---

* 중국 당나라 시인 이백(李白)의 〈자야의 노래(子夜吳歌)〉에 나오는 시구 "장안 하늘에 한 조각 달, 집집마다 다듬이질하는 소리"를 패러디한 표현이다.

○

잠재적
소망

고마쓰 사쿄 씨가 언젠가 한번 해 보고 싶은 역할은 천하에 둘도 없는 잔악무도한 아저씨라고 한다.

에도시대를 배경으로 한 영화나 연극에 자주 등장하는 돈놀이 꾼과 유녀遊女는 에도의 정수다. 어느 날 잔악무도한 사내가 나타나 빚을 담보로 불쌍한 여자아이를 잡아가 유녀로 팔아넘긴다는 구도. 이 얼마나 흔한 줄거리인가.

"긴 병마에 포주가 보이누나. 아, 가엾기도 하여라"라는 짧은 옛 시도 있지 않은가.

끌어모을 대로 다 끌어모아 더는 질 빚도 없는 가난한 아버지는 결국 제 딸을 유녀에게 팔아넘긴다. 그게 아니라면 험상궂은 도박

쟁이 두목이나 호색한 고리대금업자가 들이닥쳐 억지로 끌고 가는 상황도 자주 벌어진다.

호색한은 벌벌 떨며 우는 딸에게 다가가 히죽대며 말한다.

"아가야, 무서울 게 뭐 있다고 자꾸 우냐."

그러면 병에 걸려 누워 있던 깡마른 아버지가 목소리를 쥐어짜며 바짓가랑이를 붙잡고 사정한다.

"제발, 우리 딸 만큼은……."

호색한은 그런 아버지를 퍽 하고 차 버린 뒤 험악한 표정을 지으며 느닷없이 악을 쓴다.

"어허, 거참! 그럼 빌려 간 돈 끝자리까지 딱 맞춰서 내 앞에 가지고 오란 말이야. 못 갚을 것 같으니 딸을 데려간다는 것 아냐. 불만 있어?"

딸은 더 크게 엉엉 운다.

"이야, 재밌을 것 같지 않아? 그런 역할 한번 해 보고 싶다니까."

고마쓰 씨는 퍽이나 설레어 보였다. 하지만 요즘 세상에 그런 역할을 한다 해서 그 어린 딸이 무서워하겠는가. 무서워하기는커녕 데굴데굴 구르며 비웃을 것이다.

인신매매나 착취 모두 여전히 자행되고 있는 일이긴 하지만, 현대에 와서는 형태가 많이 변했고 점점 교묘하게 벌어지고 있다. 때문에 이렇게까지 노골적이지는 않다. 그런데 이 남자가 해 보고 싫어 하는 게 바로 그 노골적인 방식이라니.

"어때요? 아저씨도 해 보고 싶으세요?"

가모카 아저씨는 어떤지 궁금해 넌지시 물었더니 생각하는 시 늉도 하지 않고 얼굴에 화색을 띤다.

"캬아, 당연히 그렇지요. 남자들의 잠재적 소망 아닙니까."

망할 영감탱이.

고마쓰 씨는 언젠가 꼭 '호색한 영감 클럽'을 만들어 같은 취향 의 신사 분들을 모집할 거라고 했다.

남자들은 왜 하나같이 이 '호색한 영감'을 동경하는 것일까? 이 제 더는 능동적으로 행동할 수 없어졌기 때문일까?

남자들 모두가 타인의 기분을 살피며 움직여야 하는 것이 요즘 세상이다. 그중에서도 특히 여자의 기분을 잘 살펴야 한다. 무슨 말만 하면 단칼에 거절당하고 뭔가 이야기하려고 해도 말할 가치 도 없다며 역정을 듣는다. 당황해서 허둥거리면 "이런 바보!"라며 목덜미를 잡힌다.

얼마나 분하고 원통하겠나.

그런 분통이 쌓이다 보니 텔레비전이나 영화 속 잔악무도한 영 감에게 박수갈채를 보내는 것이다. 그리고 자신이 그 인물을 연기 하는 상상을 하며 황홀해하겠지. "제발, 이번 한 번만 봐 주세요" 라며 힘없이 저항하는 여자아이를 끌고 나와 뺨을 때리고 바닥에 내동댕이친 다음 발길질을 하고 허름한 기모노를 벗긴다. 그럴 때의 그 쾌감. 와, 만세!

남자는 여자를 괴롭히면, 게다가 여자가 가난하기까지 하면 그것이 그렇게 행복한가 보다.

'호색한 영감 클럽'에 서로 가입하겠다며 아우성을 치겠군.

요즘 여자들 중에서는 사토 아이코佐藤愛子* 씨만큼은 아닐지라도 남편이나 친형제의 돈을 마련하기 위해 내키지 않아도 이리 뛰고 저리 뛰는 여장부와 여걸이 적지 않다. 기한 내에 돈을 갚지 못해 고리대금업자에게 통사정을 해 가며 어떻게든 협상하려고 몸과 마음을 소모시킨다.

편하기로 따지고 보면 옛날 여자들이 더 편했던 것 같다. 운명의 파도에 몸을 맡기고 떠다니며 울기만 하면 됐으니까 말이다. 어떤 괴로운 상황 속에 놓이더라도 잘못은 오로지 이 세상과 호색한 영감에게만 있다. 어린 딸은 그저 가냘프고 애처롭고 불쌍하고 불안한 착한 존재였을 뿐이다.

약하고 아무런 힘이 없으니 당연히 아무것도 할 수 없다. 어떠한 책임도 없다. 어린 딸이 잘못한 것은 단 한 개도 없다. 그저 비

---

* 1923년생 일본의 여류 작가. 빚을 갚기 위해 전국을 돌며 강연을 하거나 TV 출연을 한 것으로 유명하다. 특유의 독설과 유머로 많은 사랑을 받았다. 대표작으로《싸움이 끝나고 날이 저물고》가 있다.

호되어야 할, 혹은 능욕당할 뿐인 가여운 존재로 있으면 되는 것이다. 하느님 혹은 갓난아기 같은 존재로, 그저 울기만 하면 된다. 머리를 쓸 필요도 없고 본때를 보여 줄 필요도 없다. 그저 당하고만 있으면 되는 것이다. 어쩐지 편해 보인다.

옛날이 좋았구나.

여러모로 따져 봤을 때 옛날 여자들이 더 편했을 거라는 결론에 도달하면, 요즘 여자들 새삼스레 깜짝 놀라겠지. 요즘 여자들은 똑똑해졌지만 불행해지기도 했다. 강해졌지만 힘들어지기도 했다.

옛날 여자처럼 엉엉 울어 보고 싶은 여자가 의외로 많을지도 모른다. 모르긴 몰라도 속으로는 운명의 파도에 휩쓸리며 되는 대로 살고 싶다고 생각하는 여자도 있을 것이다. 구식일지라도 구식이 가진 장점이라는 게 있다며 여자는 여자대로 '구식 클럽'을 만들려고 할지도 모른다.

그런데 여자가 그렇게 생각한다고 해서 요즘 남자들이 호기롭게 옛날의 그 호색을 고수하고 있을까? 꼭 그렇지도 않다. 오히려 여자 쪽이 그런 느낌인데, 남자들이 좀처럼 맞춰 주지 못한다. 남자들은 대부분 서투르기 때문에 그때그때 상황을 파악해 가며 장단 맞춰 주는 것을 잘 못한다.

하지만 여자는 여자 나름의, 언뜻 봤을 때 아무리 조신해 보이는 여자라고 해도 자기 나름의 생각이 있고 의도도 있을 것이다.

자기 생각대로 하려면 두루두루 마음 쓸 곳 역시 많아지기 때문에 옛날 여자처럼 엉엉 울고만 있어서는 안 된다.

교육이란 자신에게 맞는 지혜를 몸에 익히는 것이다.

요즘 여자가 옛날 여자 그대로 남자가 시키는 말만 따르는 착하고 온순하고 가녀리고 애처로운 여자였다면? 아무리 그런 여자라 해도 속으로는 이렇게 생각할 것이다.

(바보야, 거기가 아니잖아!)

(이번에도 또 잘못 짚었어. 어휴, 정말 어떻게 안 되겠니……!)

이렇게 속으로 욕도 할 것이고 애가 타 어쩔 줄 몰라 할 때도 있을 것이다.

(지금 하면 되는데 왜 이렇게 꾸물거리는 거야.)

뭐 그런 면에서 봤을 때 호색한 영감이나 옛날 여자는 야담 혹은 영화 속에서나 가능한 역할일 뿐이다. 그렇다면 그들은 남자와 여자가 평생 이루지 못할 꿈같은 것 아닐까?

○

사십팔수

이로하 마흔여덟 글자*를 일곱 글자씩 세로로 나열한 다음 맨 밑에 있는 글자를 가로로 읽어 보면 '과오 없이 죽다とかなくてしす'라는 뜻이 된다. 혹자는 아코 번赤穗藩의 47인의 사무라이가 이 문장에 빗대어 집필되었기 때문에 '가나데혼 주신구라仮名手本忠臣藏'라는 제목이 붙은 거라고 주장하던데, 과연 정말일까?**

그렇다면 예의 러브스타일 48수***도 '과오 없이 죽다'라는 문장

* 히라가나 ん을 포함한 일본어 마흔여덟 글자를 말한다.
** 아코 번의 사무라이 47인이 주군의 원수를 갚은 사건을 제재로 하여 집필된 《가나데혼 주신구라》의 제목 중 '가나데혼'은 이로하 마흔여덟 글자, 즉 히라가나를 말한다. 작가 다케다 이즈모가 이로하 글자 속 암호인 '과오 없이 죽다'에 착안했기 때문에 제목에 '가나데혼'을 집어넣었다는 설이 있다.
*** 에도시대부터 내려오던 성행위의 마흔여덟 가지 체위를 말한다.

때문에 48수가 된 것 아닐까?

48수라면 무엇 무엇을 가리키는 걸까? 학구열 왕성하기로 어디 가서 지지 않는 나는 지금까지 살면서 온갖 문헌을 섭렵해 왔지만, 불행하게도 그에 대해 기록된 문헌은 찾지 못했다. 이로써 내 행동반경이 얼마만큼 좁고 인생 경험이 얼마만큼 얄팍한지 알 수 있으리라.

대선배 노사카 아키유키野坂昭如* 선생에게 여쭈면 단박에 알 수 있겠지만 그렇게 하자니 부아가 치민다. 선생님을 내가 모르는 것도 아니고 분명 막대한 재물을 요구한 다음 겨우 입문은 시켜 주겠지만, 얼마 후 지식을 전수하기 아까워하면서 두 번 다시 오지 말라고 내치실 것이다. 그게 아니면, 본인이 그쪽에 관한 한 진정한 스승이라며 수상한 행동을 해 올지도 모른다. 군자여, 위험한 곳을 가까이하지 말지니.

가모카 아저씨는 두말할 필요 없이 안 된다. 이 나잇대 남자들 대부분은 잘 놀아 보지도 못한 데다가 세상 물정을 모르기 때문에 애초에 감자가 익는 건지 고구마가 익는 건지도 잘 모른다. 솔잎 겯지르기 자세가 어느 방향인지, 맷돌 자세가 어떤 걸 말하는지 알 리가 없다. 그런 주제에 48수에 대해 물으면 대단한 흥미를 보

---

* 일본의 소설가로 제2차 세계대전 당시 고베에서 아버지를 잃었다. 대표작으로 《반딧불의 묘》가 있다.

이며 호기심 어린 눈빛으로 "알았네, 내가 조사해 볼게"라고 호언 장담하겠지. 독학으로 문부성 검정 시험이라도 치르려는 듯 의욕만 불사를 것이다.

그래서 결국 단골 바의 마담 일행이나 호스티스 나카이 씨 같은 그 분야에 정통한 여자들한테 물었는데, 일고여덟 가지 정도는 이름을 알려주었지만 마흔여덟 개나 외우고 있는 등신은 없었다.

"자세는 기본적인 것 두세 가지면 족해. 마흔여덟 가지가 다 무슨 소용이 있어."

그녀들은 48수에 대해서 매우 냉담한 모습이었다. 그때 나는 한 가지 사실을 발견했다. 그건 바로 대체로 남자들이 이런 놀이에 열심인 반면, 여자들은 냉담하다는 점이다. 남자에게는 놀이일 수 있지만 여자에게는 진지함이란 점이다. 춘화春畵대로 따라하다가 삐끗하는 것은 남자이지 정작 여자는 그것을 즐기지 않는다. 48수가 대체 무엇 무엇을 말하는 거냐며 손바닥에 침을 퉤퉤 뱉고 투지에 불타서 일일이 시도해 보려고 기를 쓰는 사람은 남자이고, 그게 다 무슨 소용이냐며 무관심해하는 건 여자다.

여자는 이것저것 시도해 봐야겠다는 생각까지는 하지 않는다. 대체적으로 여자는 성에 대해 보수적이고 불완전하며 진취적 기상이 부족하고 개척자적 정신이 결여되어 있다. 설령 성적 호기심이 왕성한 여자라고 하더라도 그것은 그녀 본연의 것이 아니라 그녀를 그렇게 만든 과거 남자들의 영향 때문일 것이다.

예를 들어 딱 한 번 꽤 근사한 쾌감을 알게 되었다고 치자. 그럼 남자들은 다른 방법으로도 그에 필적할 만한, 혹은 뛰어넘을 만한 쾌감을 맛보기 위해 이것저것 시도하려고 광분할 것이다. 그럴 때의 남자의 집념은 엄청나고도 집요한 것이니까. 즉, 남자는 쾌락에 대해서 매우 게걸스럽고 공격적이다. 반면에 여자는 지난번과 조금의 어긋남도 없이 똑같이 반복하려고 함으로써 비슷한 쾌감을 얻고 싶어 할 것이다. 남자와 여자는 그만큼 다르다.

즉, 남자는 지식의 폭을 넓힌다는 생각으로 48수를 나열할 것이고, 여자는 48수를 자신의 내면에서 찾으려고 할 것이다.

나 또한 여자로서 한마디 하자면, 똑같은 남자와 똑같은 조건으로 시도해 본다고 해서 항상 결과가 같으리라는 보장은 없다. 어떤 때는 최고였지만 어떤 때는 최악일 수도 있다. 그때그때 다르다.

"그런 의미에서 48수라고 하는 것 아닐까?"

서른둘셋 정도 된 호스티스가 말했다. 그녀는 결혼은 안 했지만 애인이 따로 있다. 그런 그녀가 말하길, 3년 동안 사귀고 있는 애인과 몇 번이나 사랑을 나눴지만 단 한 번도 똑같았던 적은 없었다고 한다. 매번 느낌이 다르단다. 심지어 스타일이 매번 같았는데도 말이다. 하지만 상대방 남자도 매번 다르다고 느꼈을지 어떤지는 알 수 없는 일이다.

그녀의 경우를 보면, 우선은 그날의 기상 조건이 그날의 느낌을 좌우한다고 한다. 사람 좋은 그녀는 남자에게 돈 뜯어내는 재주가 없기 때문에 그리 좋은 맨션에 살지 않는다. 지극히 평범한 목조 아파트에 사는데, 그렇기 때문에 여름에는 덥고 겨울에는 매우 춥다. 바깥 기상 조건이 곧바로 집 안에 이른다. 더위와 추위, 습기와 건조함이 피부로 직접 느껴지는 것이다.

그리고 또 먹는 것과 마시는 것에 따라서도 매번 다르다. 배가 부를 때, 너무 취했을 때, 딱 적당할 때의 기분이 일일이 영향을 미친다.

그나마 이런 것들은 물리적인 원인이지만 가장 큰 것은 감정적인 원인이다. 이를테면 두 사람 사이가 아주 좋아서 서로를 이해해 주는 최상의 컨디션일 때와 사소하게 감정이 부딪혀 대화가 부드럽게 이루어지지 않았을 때가 확연히 다르다고 한다.

"참 이상하다니까."

그녀는 감상에 젖어 말했다.

지난번에 최고였으니까 이번에도 그렇겠지 했던 날에는 어딘가 삐걱거리다가 시시하게 끝나 버린다. 하지만 반대로 기대하지 않은 날이 오히려 훌륭했던 적도 있다. 그래서 그다음에도 같은 조건으로 하려고 애를 써 보는데, 그러면 또 어영부영 넘어가게 된다.

"그것도 결국 인간이 하는 일이니 재미있다면 재밌는 부분이겠지."

그녀는 아쉬운 듯 말했다.

이런 생각까지 하다니 여자란 참으로 섬세한 동물 아닌가? 남자들은 오로지 자세와 파트너의 나이만 좇으려고 하지만, 여자는 옛날부터 해 오던 형식을 굳게 지키며 애호한다. 새로운 자세를 추구하려고 애쓰지 않는다. 남자가 주장하는 48수에는 한계가 있지만, 같은 사람과 같은 스타일로 해도 매번 다르게 느끼는 여자의 그것에는 한계가 없을 것이다.

옛날 사람들이 자주 읊었던 "들을 때마다 진귀하도다 두견새 울음소리, 마치 처음 듣는 것 같으니"라는 시조는 이런 경우를 말하는 건지도 모른다.

여자의 그것은 평생에 걸쳐 100수, 1000수를 터득해 가는 것이리라. 여자의 성은 깊고도 한이 없으니 이는 남자의 성에 비할 바가 아니다.

○

아이보다
남자

요즘에는 결혼하지 않고도 아이를 낳는 여자가 꽤 많다. 하지만 아이나 남자냐 한 명만 선택해야 한다면, 나는 아이보다 남자를 선택할 것이다. 사생아가 있는 것보다는 내연녀, 아니 내연남이 있는 편이 더 좋을 것 같기 때문이다.

하지만 그녀들이 왜 아이를 갖고 싶어 하는지 그 마음을 이해 못하는 것은 아니다. 남자는 늘상 주위를 두리번거리며 갈피를 못 잡는 동물인지라 손목을 붙들어 매기 쉽지 않지만, 아이는 일단 낳으면 엄마의 것이라는 사실이 변하지 않는다. 남자를 지배하고 휘두르고 싶은 욕망이 아이를 통해 발휘될 수 있고, 아이로 인해 평생 동안 한 남자와 인연이 닿게 되는 것이니 이 얄궂은 기쁨을 어찌 말로 표현할 수 있으랴. 남자가 도망가 버린다고 해도 아이가 있다는 사실은 사라지지 않는다. 이렇게 되면 무조건 낳은 사람이 승리다.

여자가 혼자 아이를 낳으면 그날부터 남자는 두 다리 쭉 뻗고 잘 수 없게 된다. 자신이 한 일이 있으니 야밤에 느닷없이 잠에서 깨어나 안절부절못하며 고민할 것이다. 그렇게 되면 자꾸만 좋은 방향이 아니라 나쁜 방향으로 생각하게 된다. 모름지기 사람이란 그런 법이다. 최악의 경우에는 가정도 깨지고 직장에서도 잘리겠지. 그리고 신용 불량자로 전락해 손가락질 받으며 세상의 비웃음거리가 되겠지. 혼자 앉아서 그런 암담한 일이 벌어지는 모습을 상상하면 으악 하고 비명을 지르게 된다. 간담이 서늘해질 것이다. 남자들 참 불쌍하기도 하지.

그래도 아이와 남자 중 하나를 골라야 한다면, 나는 아이를 좋아하기는 하지만 남자를 선택할 것이다. 그래서 나는 아이를 낳지 않았다.

추운 날 밤, 따뜻한 남자의 침대에 기어 들어가 남자가 목 언저리까지 이불을 덮어 주면 남자 품에 안겨 차가운 얼굴을 묻고 포근하게 잠드는 것이 아이를 안고 자장가를 불러 주는 것보다 좋기 때문이다.

이거 사 줘, 저거 해 줘, 라며 떼쓰는 아이의 어리광보다 남자한테 이거 사 줘, 저거 해 줘, 하면서 어리광을 부리는 것이 더 좋기 때문이다. 그럴 때 남자가 내 말을 들어 주지 않으면 삐쳐서 구두로 남자의 발등을 밟고 남자가 무슨 말을 하든 대답하지 않는다. 그러면 남자는 마지못해 원하는 것을 사 준다. 나는 그제야 생글생글 웃으며 남자의 팔짱을 끼고 애교를 부린다. 그런 것이 좋다.

날씨가 무더워 잠 못 이루는 밤, 남자한테 부채질을 해 달라고 부탁한다. 부채질을 하다 보면 남자도 졸음이 와서 어느새 손이 멈춘다. 그러면 남자의 손을 탁 하고 때린다. 남자는 깜짝 놀라 허둥지둥 다시 부채질을 시작한다. 그럴 때가 좋다.

하루 종일 밖에서 놀다 들어와 집에 있던 남자에게 내가 오늘 밖에서 얼마나 인기 있었는지에 대해 종알종알 이야기한다. 그러면서 코트, 모자, 옷, 장갑, 양말을 하나하나 벗어 이곳저곳에 흘뜨린다. 그럼 남자는 내 이야기를 들으면서 옷가지를 하나하나 주워 옷걸이에 걸어 준다. 그럴 때가 좋다.

이른 아침, 남자가 내 뺨을 가볍게 토닥이거나 머리카락을 만지면서 "이제 일어나야지"라고 말하며 다정하게 깨워 줄 때가 좋다. "알람 소리 안 들리니? 어서 일어나. 학교 가야지"라고 잔소리하며 아이를 깨우는 것보다 훨씬 좋다.

남자가 수염 깎는 모습을 유심히 지켜보면서 '남자들은 왜 매일매일 수염이 자라는 걸까' 궁금해할 때가 좋다.

남자 코트를 입었는데 옷자락이 질질 끌리고 손이 소맷부리 바깥으로 나오지 않을 때, 내 발바닥이 세 개는 들어갈 정도로 큰 남자의 구두를 신고 뒤뚱뒤뚱 걸으며 까르르 웃을 때가 좋다.

"귀찮아. 오늘은 목욕 안 할래"라고 투정 부리면 남자가 내 엉덩이를 팡팡 때리며 억지로 옷을 벗겨 욕조 안으로 데리고 들어간다. "앗 뜨거워, 뜨겁단 말야"라고 아우성치면 남자는 엄한 표정을 지으며 말한다.

"열 셀 때까지만이야!"

숫자를 띄엄띄엄 세면서 빨리 나가려고 하면 남자는 날 꼼짝 못하게 양손으로 붙잡고 안아서 다시 욕조에 앉힌다. 남자의 가슴털이 맑고 뜨거운 물속에서 해초처럼 흔들리는 것이 재미있어서 가만히 보고 있는데 남자가 "아홉, 열!" 하고 외치며 안아 일으켜 준다. 그럴 때가 좋다.

해수욕장에 가면 남자가 첨벙첨벙 바다로 뛰어 들어가고 수영을 못하는 나는 해변에 앉아 바닷물에 발을 담근 채 물장난을 친다. 한참 놀다가 남자에게 튜브를 밀어 달라고 부탁해서 튜브를 타고 먼 바다를 바라보며 헤엄치는 시늉을 한다. 큰 파도가 밀려와 물에 빠질 것 같으면 남자의 목에 매달려 안긴다. 남자가 나를 안고 물 밖으로 나와 내려놓고 다시 유유히 바다로 들어가 수영을 한다. 부럽기도 하고 슬프기도 해서 남자가 한없이 그리워지기 시작한다. 슬픈 마음으로 물거품인지 눈물인지 모를 젖은 얼굴로 먼 바다를 바라볼 때가 좋다.

차를 마실 때 찻잎 줄기가 똑바로 서 있는 것을 발견하고 찻잔을 부러 남자한테 가져가 보여 주며 신기해할 때가 좋다.

새 원피스가 도착해 서둘러 입어 본다. 남자가 원피스 지퍼를 올려 주고 나는 몸을 돌려 앞을 본다. 그 순간 남자가 싱글벙글 웃으며 잘 어울린다고 이야기해 줄 때가 좋다. 원피스 청구서를 남자의 책상 위에 올려놓고 그 뒤로 어떻게 됐는지 관심을 두지 않는다. 양복점에서 연락이 없는 것을 보면 '남자가 냈구나'라고 막연히 생각은 하는데, 그렇다고 깊게 생각하지는 않는다. 그럴 때가 좋다.

레스토랑에 갔을 때, 남자가 주문한 음식이 더 맛있어 보인다고 말하면 남자가 내 접시에 자신의 음식을 덜어 준다. 하지만 내가 주문한 건 남자에게 주지 않고 전부 다 내가 먹는다. 그럴 때가 좋다.

남자가 새우 껍질을 벗겨 주고 달팽이도 껍데기에서 살을 발라 내 접시에 놓아 준다. 나는 항상 남자가 손질해 준 음식을 먹기만 한다. 그런 것이 좋다.

매일 밤 남자 품에 얼굴을 묻고 잠들기 전에 수다를 떤다. 그러다가 남자가 졸려서 카세트테이프 늘어지듯 말이 점점 느려지면 귀를 잡아당기고 코를 꼬집으면서 잠을 깨울 때가 좋다.

그래서 나는 아이를 낳아 기르며 귀여워하는 것보다 남자가 나를 아이처럼 귀여워해 줄 때가 더 좋다.

문제는 그렇게 나를 귀여워해 주는 남자를 어디에서 찾느냐는 것인데…….

그걸 알면 내가 이 고생을 하겠습니까?

지금까지 말한 그 남자는 바로 우리 아버지, 오 마이 파파였습니다. 우리 남편이 그런 걸 해 줄 리가 없죠. 말도 안 돼요. 하지만 비교적 비슷한 편이긴 하답니다. 미안요. 히히힛.

○

세일러복을 입은
여학생

우리 집은 지금 붕괴 직전, 이혼이 불가피한 상황이다. 그도 그럴
것이 글 쓰는 아내를 가진 남자는 언제나 후회에 후회를 거듭할
수밖에 없기 때문이다. 그러다 보면 이혼을 생각하게 되는 것은
지당한 일. 그런 사정 때문에 나와 남편 사이는 지금 일촉즉발이
다. 신나게 남편 자랑을 했던 것은 여자로서의 허영이었을 뿐. 요
즘 사람들이 우스갯소리로 이런 이야기를 한다고 한다. "와! 신난
다! 옆집 부부 이혼했대. 아이고, 감사합니다."

되도록 빠른 시일 내에 기대에 부응할 것을 약속드린다.

그건 그렇고 요즘 가모카 아저씨 댁도 붕괴 직전이라고 한다.
이야기를 들어 보니 가모카 아저씨의 주관적 결단이라는 느낌을

지울 수 없다.

그 댁 부인은 아저씨한테 앙알앙알 잔소리를 해 대면서도 정작 아저씨를 잘 챙기지 않는다고 한다. 그뿐만 아니라 나이를 먹을수록 먹기도 더 많이 먹고 밤에 잘 때 코를 심하게 골며 땀까지 많이 흘리고 낭비벽도 심하다고 한다. 그러고도 미안하다는 말 한마디 한 적이 없단다. 평소 칠칠맞지 못한 성격에 수다스럽고 밝히기는 또 얼마나 밝히는지. 포동포동 살찐 허리를 가리려고 나이와 어울리지 않는 나팔바지를 입고, 다른 사람이 하니까 자신도 해야 한다며 빌리켄ビリケン* 같은 머리 위에 가발을 얹고서도 부끄러운 줄 모르고 거리를 활보한다. 텔레비전에 출연한 날에는 집에 돌아와 그날 만났던 유명인을 자랑하려고 친척들에게 일일이 전화를 돌린다. 남자가 팬티 한 장만 입고 돌아다니면 아이들 교육상 안 좋다고 잔소리를 늘어놓는 주제에 정작 자신은 핫팬츠 같은 것을 입고 놀라 자빠질 정도의 허벅지를 드러낸다. 구제불능의 중년 아줌마다. 밤에 하는 인사가 다소 뜸해지면 빈정거리며 가시 돋친 말을 툭툭 내뱉어 남자를 점점 더 쇠약하게 만드는데, 그 언사가 어찌나 불쾌한지……. 부러 들으라고 그러는 듯 문을 쌀쌀맞게 열어젖힌다. 그럴 때마다 아저씨는 마음이 불안해지고 도무지 안정

* 뾰족한 머리와 치켜 올라간 눈이 특징인 아이의 모습을 한 인형이다. 오사카의 유명 관광지 쓰텐카쿠 5층 전망대에 동상이 있다.

이 되지 않았다고 한다.

몸가짐이 나비처럼 가볍고 마음이 따뜻한 여자. 조신하고 온순하며 남자를 오로지 존경할 줄 아는 여자. 남자를 진심으로 사랑하고 경멸하는 것은 가당치 않은 일로 여기는 여자. 남자가 하는 말에 등을 돌리지 않고자 마음을 쓰고, 어느새 화장실에 다녀왔는지도 모를 정도로 품행이 고상한 여자. 식사도 가볍고 적게 하며 돈에 대한 불만 같은 것은 해 본 적도 없는, 안살림을 도맡아 처리하며 요리 또한 맛있고 정갈한 여자. 언어 사용이 아름답고 웃는 얼굴은 시원시원하며, 그 일을 한 지 열흘, 보름, 아니 한 달이 지나도 농담으로라도 삐친 얼굴을 내보이지 않는 여자. 언제까지나 부끄럽다는 감정을 잃지 않고 늙지 않으며 아무 때나 따지려 들지 않는 여자. 거기에 깨끗한 성적 매력이 흘러 넘쳐서 볼 때마다 안고 싶어지는 여자.

"어디 그런 여자 없습니까?"

"있다면 여기 있겠어요? 승천하셨겠지요. 선녀 정도는 되어야 그럴 수 있을 테니까요."

"옛날에는 있지 않았습니까? 적어도 우리가 중학생이었을 때 봤던 여학생은 그랬답니다. 어른이 되면 그런 여자가 될 것 같다는 느낌을 그때 이미 머금고 있었습니다. 그랬기 때문에 우리 중학생들은 먼발치에서나마 여학생을 동경과 경애의 눈빛으로 우러

러봤어요. 존경해 마지않는 여학생이었죠. 옛날에는 소년소녀들 서로 말도 못 붙이고 떨어져서 교육을 받았잖습니까."

"맞아요. 옛날에는 중학교와 여학교*가 각각 있었죠. 통학 전차도 달랐고 서로 이야기 나누는 것도 금지였고요."

"그랬으니까 중학생(옛날에 중학생이라고 하면 남학생을 가리켰다)에게 있어서 모든 여학생은 불멸의 여성, 베아트리체였습니다. 세일러복 입은 자태가 어찌나 청아하던지. 바람이 불면 하얀 넥타이가 나부끼고 검은 머리카락이 휘날리지요. 보기 좋게 딱 떨어지는 스커트 주름. 그것을 차려입은 맵시 하며 눈빛 하며 어찌나 고상하던지. 앞을 향해 똑바로 걷는 모습에 우리 같은 중학생 따위는 안중에도 없어 보였습니다. 그때의 그 우아함이란……. 여학생 치맛자락에 아주 살짝 닿기라도 하면 그때는 정말 죽어도 여한이 없었습니다. 저는 여자 형제가 없었기 때문에 여학생들의 일상에 대해 전혀 몰랐거든요. 여학생들은 어떻게 지내는지가 어찌나 궁금하던지. 오세이 상ぉせいさん**도 여학생 시절이 있었지요?"

"그럼요. 물론 있었죠."

"여학생들은 매일 뭘 먹고 살았습니까? 우리가 보기엔 매일 이

---

* 제2차 세계대전 직전까지 일본은 '여학교'라고 하여 여자 교육을 실시하기 위한 학교를 따로 두었다. 반대로 중학교에는 남학생만 다닐 수 있었다.
** 다나베 세이코의 애칭이다.

슬만 먹는 것 같았는데……. 성모 마리아처럼 신성하고 품격 있는, 때 묻지 않고 땀도 흘리지 않으며 더러움을 모르는 청결한 몸과 무구한 마음을 가진, 새하얀 손수건과도 같은 고결한……. 아아, 나의 우상 여학생이여……."

"에헴, 그 실체가 궁금하세요?"

나는 새어 나오는 비웃음을 겨우 참아 내며 알려 주기 시작했다.

우선 여학생은 대식가다. 내가 여학교에 다닐 때는 전시 중이었던 터라 물자가 여학교 1학년까지만 배급되었기 때문에, 학교에서 돌아오면 간식, 주먹밥, 센베, 볶은 완두콩, 뻥튀기, 구운 떡, 라무네 등 집에 있는 모든 음식을 닥치는 대로 먹어 치웠다. 그게 다가 아니다. 날씨가 더운 날에는 그 단아해야 할 주름 스커트 안으로 구식 검은 선풍기를 쑤욱 집어넣고 선풍기 바람으로 치마를 부풀린 다음 허벅지와 아랫배의 더위를 빼낸다. 날씨 좋은 날 검은색 견모 스커트를 입으면 어찌나 푹푹 찌는지, 하반신이 땀으로 범벅이 돼 땀띠가 생기고 짓무르는 것도 예사였다. 스커트를 펄럭일 때 풍겨 나오는 냄새는 또 어찌나 지독했는지.

여학생 셋만 모이면 얼마나 떠들어 대는지, 웃음소리도 하마 혹은 들소가 우는 것과 비슷했고, 웃을 때마다 절구 못지않은 엉덩이와 풍만한 가슴이 출렁거렸다. 단체로 체조라도 하려고 치면 땅이 흔들릴 정도였다.

점심시간이 되면 도시락 뚜껑에 붙은 밥풀을 혀로 떼어 먹는 아이가 있는가 하면, 이쑤시개 대신 연필 끝으로 이를 쑤시는 아이도 있었다. 검은색 셀룰로이드 책받침에 비듬을 털고 그걸 모아 동그랗게 뭉치는 아이까지 있었다.

세일러복 입은 모습이 멀리서 보면 아름다울는지 모르겠지만, 가까이 가서 보면 옷깃에 비듬이 내려앉아 새하얗고 소맷부리에는 침이 말라붙어 반짝거린다. 머리카락이 덕지덕지 붙은 옷은 언제나 퀴퀴하고 먼지 냄새가 나며 한번 털어 보면 먼지가 하루살이처럼 흩날린다. 하얀 넥타이 끝에는 간장이 얼룩져서 더럽고 스커트에는 M(그 당시 여학생들은 생리를 그렇게 불렀다)이 스민 얼룩이 말라붙어 있다.

그렇게 여학교 건물 전체가 땀 냄새와 암내, 피 냄새로 뒤엉켜 아주 기묘한 성적 악취로 가득했다고. 알겠어?

그런데 그런 여학생들이 또 음악실 앞마당에 모여 네잎 클로버를 찾기도 하고, 강당 뒤 벽오동 줄기에 '꿈 많던 배움의 터를 떠나는 날. K님이여, 영원히'라는 글귀를 새기기도 하며, 천사 같은 목소리로 '봄날의 화창한 스미다 강……'*을 부르기도 한다.

가모카 아저씨의 아내도 본질은 마찬가지일 것이다. 옛날이든

---

* 일본 가곡 〈꽃〉의 첫 구절이다.

지금이든 여자는 변하지 않았다. 몸가짐이 나비 같은 여자라니, 그런 여자가 있을 턱이 있나.

○

내 사랑
중학생

여학생에 대해 이야기했으니 이번에는 중학생에 대해 이야기해
보기로 하자.

여기서 중학생이란 '6·3년제 덕분에 야구 실력만 느는구나'*라
는 말이 유행하던 시절의 못 미덥고 제멋대로이며 어리광만 부리
던 신제도新制度 중학생 바보들을 말하는 게 아니다.

내가 말하는 중학생은 전쟁 전, 전쟁 중의 중학생이다. 《소년구

---

* 제2차 세계대전이 끝나기 직전까지 일본의 의무교육은 소학교까지였다. 중학교 진학은 머
리가 좋은 몇몇 학생들만이 가능했는데, 전쟁이 끝나고 난 뒤 모든 학생이 소학교 6년, 중학교
3년의 의무교육을 받을 수 있게 되었다. 이를 6·3년제라 칭하는데, 이 6·3년제 덕분에 당시
공부를 못했던 학생들도 학교에서 다함께 교육을 받게 되었다. 저절로 평균적으로 학업 성취
도가 낮아졌고, 공부를 못했던 학생들은 주로 그 당시 유행하던 야구를 하며 놀았다. 그런 현상
을 두고 '의무교육 덕에 야구 실력만 는다'는 우스갯소리가 유행하기도 했다.

락부少年俱樂部》*나 사토 고요佐藤紅綠**의 소설에 나오는 중학생, 그 늠름한 소년들 말이다.

내가 여학생이었을 당시는 전쟁이 막 절정을 넘겼을 때라서 불량함이 날뛸 만한 자유도 없었다. 중학생 모두가 무서울 정도로 착실했다. 당시 중학생은 영양실조로 깡마른 몸에 스테이플사가 들어간 합성섬유로 지어진 똥색 교복을 두르고, 가슴팍에는 학교명, 학년, 이름, 혈액형이 적힌 천 조각을 붙이고 있었다. 철모를 등 뒤로 늘어뜨리고 머리에는 전투모를 쓴 다음 한쪽 어깨에는 스테이플사로 된 각반을 두르고 다른 어깨에 가방을 멘 채 매일 아침 한눈 한 번 팔지 않고 성실하게 등교했다. 소년병사라 불렸던 그런 소년들이 거리에 가득하던 시절이었다. 모두가 참 견실했다.

같은 동네에 살아 안면이 있는 중학생이라고 해도 인사를 해서는 안 됐다. 인사를 하면 3년 정도는 입방아에 오르내렸고 단둘이서 만난 걸 들키기라도 하면 시집도 갈 수 없을 정도였다. 형제나 사촌인데도 동네에서는 모르는 척 지나가야 했다. 중학생과 여학생 모두 다녀야 하는 길은 일부러 통학로까지 따로 정해 놓아서 마주치는 일이 없도록 했다. 통학 전차는 중학생과 여학생이 따로 각자 정해진 차량에 타야만 했다.

* 1914년 소학교 고학년부터 중학교 저학년까지의 소년을 대상으로 창간된 잡지.
** 일본의 소설가. 만년에 쓴 소년소설들이 큰 호평을 받았다.

우리 여학생들은 'ＸＸ중학교'라는 현판이 걸린 교문 앞을 지나가기만 해도 가슴이 뛰었다.

교문 사이로 교정을 슬쩍 들여다보면 어깨에 총을 멘 중학생들이 교련 수업을 하는 것이 보였다.

"하아!!"

가끔씩 야수가 포효하는 것 같은 고함이 교정의 나무들을 흔들었다. 그 모습은 섬세한 여학생을 기절시킬 만한 성적 박력으로 가득했다. 맨발로 죽도를 휘두를 때도 있었다. '남자'만의 세계, '남자'라는 성城이 가진 신비스러움이 중학교 건물 전체에 암운처럼 자욱하게 드리워져 있었다.

그 당시 나는 중학생들에게 우리 여학생이란 상대할 가치도 없는 바보 같은 존재일 거라고 생각했다. 여자를 부정한 존재로, 옆에 다가가기만 해도 불결해지는 존재로 여길 거라고 생각했다. 여학생들 또한 그들이 그렇게 생각하는 게 당연하다며 속상해했다.

중학교 교육 과정 대부분이 여학교 수준보다 높았고 중학생 모두 여학생보다 똑똑해 보였다. 항상 일본의 앞날을 염려하고 한시라도 빨리 전선에 투입돼 대군을 위하여 꽃잎처럼 져야 한다고 굳게 결심한 얼굴이었다. 그 모습이 무척 씩씩하고 망설임 없어 보였다. 우리 여학생들은 그들의 숭고함에 감격했고, 우리 자신은 중학생들의 그 고매한 마음 곁에는 얼씬도 해서는 안 되는 비천한 존재라고 생각했다. 중학생들은 그 추위 속에서도 웃통을 벗어젖힌 채 맨몸으로 찬물에 등목을 했고, '황민들이여, 이 전쟁에서 반드시 이기리라'를 소리 높여 부르기도 했다.

그러나 우리 여학생들은 팬티 한 장 차림의 맨몸으로 다른 사람 앞에 나설 수 없는, 풍기를 문란하게 하는 존재였다. 가려야 할 곳도 많은 데다가 한 달에 한 번 부정을 행해야 하는 모호하고 불결한 존재였다. 그 당시 우리는 황군의 필승을 기원하기 위하여 한 달에 한 번 전교생 모두 가까운 신사에 참배를 하러 가곤 했는데, 그때도 부정을 하는 중인 여학생은 신사 문턱을 넘을 수 없었다. 넘으면 천벌을 받는다고 여겼다.

보통 네다섯 명 정도 되는 여학생이 문밖에서 초라하고 쓸쓸하게 주뼛대곤 했다. 그 수치심과 굴욕감이란 당해 보지 않은 사람은 모른다. 어디 쥐구멍에라도 들어가 숨고 싶어지고, 중학생의 드높은 품격에 비해 여학생의 그것이 얼마나 보잘것없는 것인지를 한탄하게 된다.

근로 봉사를 하러 가면 가끔 식당이나 세면장에서 중학생 무리와 마주친다. 그럴 때면 어찌나 가슴이 두근거리는지, 앞을 보고 똑바로 걸을 수조차 없다. 세면장에서 손이 스치기라도 하면 기절하는 여학생도 있었다.

그것은 "너의 손과 나의 손이 스치던 그 순간의 가슴 떨림, 너는 정녕 모르겠지"라는 시처럼 단순한 것이 아니었다. 마치 자궁 밑이 찢어져 그 안이 텅비는 것과 같은 엄청난 충격이었다.

하느님 다음으로 다가가기 어려운 존재가 바로 중학생이었다.

그 당시의 중학생은 더 이상 살아 있는 인간이 아니었다. 머지 않아 전장에 나가 옥쇄하고 군신이 될, 부화 직전의 알과 같은 존재였다. 우리 여학생들은 그들의 뒷모습에 대고 엎드려 절하고 싶은 심정이었다. 이성적으로 사랑해도 되는 대상이 아니었다. 하지만 그들 옆을 스쳐 지나갈 때 그 자체만으로 가슴이 뛰는 것까지는 어쩔 도리가 없었다.

멀리서 짧게 깎은 머리만 봐도 털썩 주저앉아 버릴 것처럼 몸이 딱딱하게 굳었다. 혹시라도 중학생이 말을 걸어오기라도 한다면 큰일 난다고 일부러 무뚝뚝한 표정을 짓고 있었다. 하지만 실제로 중학생이 말을 걸어왔다면 너무 기뻐서 오줌을 지렸을지도 모른다. 그럴 리는 절대로 없었겠지만, 만일 등굣길에 오가다가 서로 얼굴을 익히고 친해져서 두세 마디를 나눈다면? 혹은 얼굴을 마주 보고 서로 생긋 웃는다면? 그럼 어떨까? 그 자리에서 죽어도 억울하지 않을 거야. 그런 생각을 하며 집에 가다가 계단을 헛디뎌 쿵 하고 넘어지기도 했다.

그 당시 나는 눈이 보이지 않을 정도로 모자를 푹 눌러 쓴 늠름해 보이는 중학생 한 명과 매일 같은 전차에 탄 적이 있었다. 물론 서로 모르는 척했다. 그러던 어느 날 방공 연습이 있어서 우연히 전차역 근처 방공호에 함께 들어가게 됐다. 방공호는 동네 사람들로 가득했지만 나는 긴장과 두근거림 때문에 죽을 것 같은 기분이 들었다. 그 중학생은 지금 어떻게 됐을까. 특공대에 차출돼 전사하지는 않았을까. 아니면 전쟁이 끝난 뒤 힘겨운 나날을 간신히 버티며 어떻게든 목숨을 건져서 아내와 아이를 두고 무탈한 인생을 보내고 있지는 않을까.

"뭐 저처럼 됐겠지요. 보통 그렇잖아요."

가모카 아저씨는 극히 아무렇지 않게 말했다.

"마누라 안아 주기는 싫지만 젊은 아가씨 쳐다보면서 몸매가 이렇다느니, 피부의 윤기가 저렇다느니 떠들어 대며 씩 하고 웃는 아저씨, 몸은 말을 안 듣는데 마음은 호색한인지라 포르노 소설을 읽으며 술을 홀짝거리는 아저씨요. 그 중학생들 모두 그런 중년 아저씨가 됐을 겁니다. 왜냐하면 나도 그 당시에는 늠름한 중학생이었으니까요."

그 중학생이 가모카 아저씨처럼 됐을 거라고!? 인생이란 참으로 불가해로다!

○

무라사키노우에

《겐지 모노가타리源氏物語》*는 예로부터 음란 도서로 여겨졌기 때문에 사대부는 그것을 집어 드는 것조차 불결하게 여겼다. 지금 읽어 보면 어디가 그렇다는 것인지 잘 이해가 가지 않지만. 단순히 재미있느냐 아니냐로 판단하자면 엄청나게 재미있는 소설인 것은 분명하다. 그리고 그 재미란 포르노적 묘사에서 오는 것이 아니라 남자와 여자의 인생을 성찰하는 것에서 온다.

그렇다고는 해도 《겐지 모노가타리》를 읽으면서 소름 끼치게 음란하다고 생각했던 대목은 역시 존재한다. 그건 바로 겐지가 무

* 11세기 초, 무라사키 시키부(紫式部)가 쓴 세계 최고(最古)의 근대적 소설이다. 당대의 이상적 남성상인 히카루 겐지(光源氏)의 일생을 다채롭게 다루고 있다.

라사키노우에紫の上를 손에 넣는 부분이다.

주지하다시피 겐지는 무라사키노우에를 그녀가 아주 어릴 때 데려와 자신이 원하는 대로 가르치면서 이상적인 여자로 키운다. 그리고 끝내 그녀를 자신의 아내로 삼는다. 이 대목, 어쩐지 음탕하지 않은가? 남자의 음탕한 마음을 이보다 더 확실히 드러내는 부분은 달리 없지 않을까 생각한다.

"남자들은 모두 이런 걸 해 보고 싶어 하죠?"

나는 가모카 아저씨에게 꼬집듯 물었다. 하지만 가모카 아저씨, 이번에는 웬일로 고개를 가로젓는다.

"나 개인적으로는 이제 힘들지 않겠습니까? 지금 예닐곱 살짜리 여자아이를 데려와 키운다고 해도 써먹을 수 있을 때쯤 되면 제 나이가 벌써 예순이 넘어요. 그때까지 어떻게 기다립니까. 지금 바로 쓸 수 있는 사람이 좋지요."

이 남자는 뭐든 자기 상황에 끼워 맞춰서 생각한다니까. 일반론을 말하는 걸 못 들어 봤다. 정말 자기밖에 몰라.

아무튼 보통 남자라면 누구나 그런 욕망을 가지고 있지 않을까?

하지만 여자한테는 그런 욕망이 없다. 예닐곱 살짜리 어린 남자아이를 데려와 정부로 삼기 위해 내 취향에 맞는 이상적인 남자로 키우다니. 여자는 그런 음탕한 생각을 하지 않는다.

하긴 흔히 들리는 이야기 중 엄마가 아들에게 연애 감정에 가까운 집착을 보인다더라는 이야기도 있기는 하지만, 그건 오히려 아들을 자신의 분신처럼 생각하기 때문에 그런 것이니 위의 이야기와는 조금 다르다고 할 수 있다. 이런 엄마들은 아들을 자기 자신을 사랑하듯 사랑하는 것이다.

겐지는 어린아이였던 무라사키노우에를 처음 만났을 때부터 이성적 감정을 포함한 애정을 쏟아 부었다. 그러고 나서 차츰차츰 사랑이 무엇인지 가르치면서 무구한 소녀의 마음을 꾀기 시작한다.

이 세상에 존재하는 단 한 명의 보호자라는 생각에 소녀는 겐지에게 전적으로 마음을 열기 시작한다. 아빠이자 오빠인 단 한 남자에게 소녀가 의지하는 것은 지극히 당연하다.

그리하여 겐지는 아직 여자로서 성숙하지 않은, 깊은 잠에 빠져 아직 완전히 깨어나지 않은 풋과일을 잡아 딴 다음 억지로 꽃을 피우려고 한다.

소녀는 큰 충격을 받아 그다음 날 아침 자리에서 일어나지 않는다. 이불을 뒤집어쓰고 나오지 않는 것이다. 토라지고 화가 난 채로 밥도 먹지 않고 말도 하지 않는다. 땀범벅이 돼 방 안에 틀어박혀 나오지 않는다. 울거나 부르짖지도 않고 충격과 상심이 커 그저 멍하니 앉아만 있는다.

실제로 본문을 읽어 보면 소녀의 그 아름다우면서도 가련한 상황이 너무나 세련되고 산뜻하게 그려져 있어서 엄청난 힘을 내뿜는다. 하지만 이 남자라는 작자는 무사태평하게 싱글벙글 웃으며, 여자가 혼란스러워하는 모습을 군침 삼키며 즐긴다.

아아, 정말 음탕해.

역시 《겐지 모노가타리》는 대단한 포르노 소설이다. 이 작품은 이 부분 하나로 충분하다. 《겐지 모노가타리》를 읽을 때 여기만 읽으면 된다는 말은 아니지만, 이 부분을 읽지 않으면 손해라고 생각한다.

무라사키 시키부는 여자이면서 어떻게 이렇게 야하게 쓸 수 있었을까? 남자의 마음이 얼마나 음탕한 것인지 알고 있었다는 거야.

하지만 그렇게 키워 낸 이상적인 여자가 변하면 아무 소용없다. 여자는 잘 변한다. 가정이라는 냉장고 안에 잘 넣어 둔다고 해도 잘 상하고 잘 변한다.

왜일까?

아이를 갖기 때문이다. 아이를 낳고 키우다 보면 여자는 정말 빨리 상한다. 악취가 나기 시작한다. 왜 옛말에도 있지 않은가. "여자 냄새는 지독하다. 하지만 엄마 냄새는 더 지독하다."* 대충 이런 속담이었던 것 같은데?

그래서 무라사키 시키부는 이상적인 여자 무라사키노우에한테

---

* "여자는 강하다. 하지만 엄마는 더 강하다"의 패러디다.

아이를 부여하지 않는다. 극 중 무라사키노우에는 아이를 낳지 못한다. 아무리 세월이 지나도 변하지 않는, 처음 그대로의 이상적인 여자로 남는 것이다. 이 부분에서도 작가의 주도면밀한 의도가 나타난다. 여자 주인공은 평생 동안 남자 마음속에 자리한 음탕함을 불러일으킨다. 그로 인해 마지막까지 겐지의 사랑을 잃지 않은 채 죽을 때까지 사랑받는다.

참으로 뛰어난 설정 아닌가?

만일 무라사키노우에한테 아이가 생겼다면, 겐지 안의 추접하고 음탕한 마음을 불러일으키던 소녀 시절의 이미지는 온데간데없이 사라지고 현실적인 존재로 변해 버렸을 것이다.

현실적이면서도 상대방의 음탕한 마음을 불러일으킬 수 있는 여자는 매우 드물다. 아예 없다고는 할 수 없지만 소설로 나타내기 힘들다.

《겐지 모노가타리》처럼 뛰어난 통속소설에서는 여자를 '취미파'와 '실리파'로 나눠서 집필해야 한다. 등장인물이 너무 많아서 그렇게 하지 않으면 쓰기 힘들고 혼란스러워지기 때문이다. 무라사키노우에는 '취미파'의 필두다.

그건 그렇고, 극 중 겐지처럼 스타일이 다른 여자를 무수히 거느릴 수 있다고 한다면 남자들은 좋아하겠지만, 요즘에는 그럴 수 없다. 모든 남자는 아내를 한 사람만 둘 수 있다. 그런 데다가 요즘 남자들은 너무 바빠서 꽃이 다 자랄 때까지 수년에 걸쳐 기르고 가꾸면서 한가롭게 기다릴 수 없다. 가모카 아저씨는 아니지만, 결국 현 시점에 있어서 적당한 사람을 데려와 목적에 맞게 쓰는 것이다.

하지만 남자들 모두 무라사키노우에를 손에 넣은 겐지를 마음 속 깊이 동경한다. 그리고 그 한 구절 때문에《겐지 모노가타리》는 천년 동안 수많은 사람에게 읽혀 왔고, 금서가 되었으며, 앞에서 제지했던 잘나신 사대부들까지도 뒤에 숨어 몰래 읽었던 것이다.

○

남자에게
6계명 작전을

후진세이카쓰샤婦人生活社* 사장 하라다 쓰네지原田常治 씨는 사업
수완이 좋고, 남녀에 정통한 유쾌한 모럴리스트이다. 그가 평소에
말씀하시길 남자를 넘어뜨리기(이른바 매수, 수뢰, 농락, 함락시키기)
위해서는 다섯 가지 방법을 사용할 수 있다고 한다.

   그것은 바로 안게 만들어라, 술을 먹여라, 음식을 많이 먹여라,
돈을 쥐어 줘라, 허세를 받아 줘라, 이렇게 다섯 가지인데, 그는 이
를 '5계명 작전'이라고 불렀다.

   그가 말하길 이 5계명 작전 중 한두 가지를 조합해 쓰거나 다섯

* 일본의 출판사.

가지 모두를 써서 총공격을 가하면 넘어가지 않을 남자가 없다고
한다.

5계명 중 '안게 만들어라'는 무슨 의미인지 잘 알 것 같다. 여자
에 약한 남자는 많을 테니까……. '술을 먹여라'도 알 것 같다. 그
리고 '음식을 많이 먹여라'는 좀 이상해 보이지만 내 존경하는 벗
고마쓰 사쿄 선생을 보면 실로 그럴 수도 있겠다며 고개를 끄덕이
게 된다.

"선생님, 내일까지 원고 꼭 좀 부탁드립니다……"라며 산해진
미로 공격한다면? 내가 고마쓰 씨를 모르는 것도 아니고 분명 이
렇게 대답할 것이다.

"으음~ 짭짭…… 응, 응. 어떻게든 써 볼게."

'돈을 쥐어 줘라'도 남자의 보편적인 약점일 테고, '허세를 받아
줘라'는 언뜻 무슨 말인지 감이 안 오지만 남자의 평균적인 약점
인 것은 분명하다. 아무튼 이 조항에 상대가 누구냐에 따라 '반대
하게 하라', '장난치게 하라', '호통치게 하라' 같은 계명까지 추가
하면 어떨까? 5계명 작전에 이 여섯 번째 조항을 추가해 공격하면
상대 또한 사람인지라 분명 맥을 못 추고 쓰러질 것이다.

그건 그렇고 내가 보기에 남자들은 '가르치고 싶어 한다'는 보
편적 특징을 가지고 있다. 가령 남자를 내 마음대로 하고 싶을 때
남자의 이런 성격을 역으로 이용해 보는 것은 어떨까? 남자가 나

를 가르치도록 하는 것이다. 이거야말로 '6계명'에 들어갈 만한 항목 아닌가?

대체적으로 남자라는 동물은(가모카 아저씨만 해도 그렇다) 자신은 모르는 게 없다고 생각한다. 이를테면 "아니, 그건 그렇지 않아"라는 둥 "음, 그건 당연히 이런 거지"라면서 번번이 호언장담한다.

설교까지는 아니라고 해도 배우는 것을 싫어하고 가르치는 것을 아주 좋아하는 건 분명하다. 걸핏하면 보잘것없는 지식을 들먹이면서 과시하고 가르치려 들고, 툭하면 지도편달하려는 자세로 말을 거는데, 어쩌다 경험이 부족한 사람들이 '스승의 은혜는 하늘과 같구나'라는 눈빛으로 바라보면 그걸 그렇게 좋아할 수가 없다.

그리고 또 남자는 여자에게 섹슈얼한 부분에 관해 가르치는 것을 좋아한다. 남자가 남자에게, 즉 선배가 후배에게 뭔가를 가르치는 건 당연하지만, 남자가 여자에게 뭔가를 가르치고 신이 나서 어쩔 줄 몰라 하는 건 어쩌면 남자만의 특성 아닐까?

남자가 처녀를 좋아하는 것도 그와 관련이 있을지도 모른다. 처녀는 아무것도 모르니까.

하지만 처녀만 그렇다는 건 아니다. 성의 세계는 넓고도 깊기 때문에 가르칠 것과 배울 것은 무한히 존재한다. 인간도 처음에는 할미새에게 배웠지 않은가.* 옛 시조 중 이런 구절이 있다. "할미새도 한 번 가르치고 감탄하누나." 그 정도로 인간은 절차탁마하여 금세 청출어람이라는 명예로운 이름을 손에 넣는 존재다.

그 아득한 옛날부터 남자들이 얼마나 아는 척해 가며 여자를 가르쳐 왔는지 생각하면 웃음이 절로 나온다. 하지만 뭐 그랬기 때문에 균형이 맞았던 거라고 생각한다. 만일 그 반대였다면 꽤 보기 흉했을 것이다.

"걱정 마. 전혀 아프지 않을 거야."

남자가 나직하게 여자 귀에 속삭이면 여자는 부끄럽기도 하고 불안하기도 하다. 어쩐지 슬퍼지기도 하다가 갑자기 화가 나기도 한다. 여자는 어쩔 줄 몰라서 뾰로통한 얼굴로 고개를 돌린 채 아무 말도 하지 않는다. 그렇다고 해서 집에 가겠다면서 자리를 박차고 나가는 것도 아니고 소리 지르며 화를 내지도 않는다. 식은 땀으로 촉촉해진 얼굴이 상기돼 뺨이 복숭아색으로 물든다……. 대충 이런 스토리라면 익숙한 이야기지만,

"괜찮아. 내가 하라는 대로만 하면 돼."

라며 여자가 남자를 리드한다면? 아무리 노력해도 상상이 안 가고 왠지 모르게 이건 아닌 것 같다는 느낌을 지울 수 없다. 백번

---

* 일본 고대 신화에 등장하는 신들이 자손을 늘리기 위해 고심하던 중 할미새가 교미하는 것을 보고 그 모습에서 방법을 찾았다고 한다.

양보해 젊은 남자와 중년 여자라는 상황이라면 그런대로 넘어갈 수 있을 것도 같은데, 가령 가모카 아저씨 같은 사람이 젊은 여자와 그런 상황에 놓여 있다면? 기묘하다 못해 섬뜩해진다. 이런 상황이라면 역시나 무게 있게

"아니, 그게 아니라 조금만 더 이렇게…… 그렇지. 그래, 그리고 또 이렇게……."

가모카 아저씨가 리드하는 장면을 상상하는 편이 딱 맞아떨어진다.

어쨌든 남자는 상대가 미성년자든 아니든 가르치기를 좋아하는 동물이다. 어떤 근거로 그렇게 믿는 건지 모르겠지만, 여자보다 남자가 훨씬 박식하고 성에 관해서도 더 많이 꿰고 있을 것 같다는 이미지가 있다. 그래서 눈치 빠른 여자는 남자의 마음을 사기 위해 새침데기가 된다. 그렇게 해서 남자에게 '가르치는 즐거움'을 부여하고 여자는 자신이 계획했던 것을 얻는다. 알면서 모르는 척하는 여자는 또 얼마나 힘들까.

잠깐, 여기서 처녀 아닌 여자가 처녀인 척 행세하는 건 열외로 두겠다. 왜냐하면 그건 사기나 마찬가지니까. 말해 두자면 그건 파렴치죄, 일곱 가지 대죄 중 거짓말한 죄라고 할 수 있다. 이는 남녀가 정사 도중에 밀고 당기기를 함에 있어서 절대 들어서는 안되는 길이자 속임수, 가짜, 모조품 같은 것이다. 숙녀가 취해야 할

길은 아닌 것이다. 남자는 신사답게 여자는 숙녀답게 행동하는 것이 정사를 즐기기 위한 비법이다. 이는 양쪽 모두가 제 몫을 하는 어른일 때를 말한다.

어른이고 숙녀라면 아무리 '왜 이렇게 못하지? 조금만 더 어떻게 안 될까?'라는 생각이 들어도 절대 내색하지 않을 것이다. 또는 호텔이나 모텔 시설에 관해 아무리 정통하다고 해도, 예를 들어 어떤 버튼을 눌렀을 때 침대가 움직이고, 어떤 끈을 당겼을 때 커튼이 올라가면서 거울이 나타나는지 속속들이 알고 있다고 해도 절대 입 밖에 내지 않을 것이다.

그래서 남자가 의기양양한 얼굴로 아는 체하며 보여 주면, 여자는 부러 까무러치면서 "어머" 하고 부끄러워하는 것이다.

"요즘엔 이런 식으로들 한다는 것 아니냐. 놀랐지? 아직 놀라긴 이르다고."

"어머, 당신은 어쩜 모르는 게 없네요."

여자는 존경하는 스승을 우러러보듯 짐짓 존경 어린 시선으로 바라본다. 그러고 보면 배우는 사람도 참 힘듭니다. 얼마나 고생을 한다고요.

○

식구와
섹스

얼마 전 엄마한테 호되게 혼이 났다.

　엄마는 그때까지 내가 쓴 글을 읽어 본 적이 없었는데, 요 며칠 집으로 전화를 걸어오는 사람들마다 웃으며 이렇게 말했다고 한다.

　"요즘 《슈칸분슌週刊文春》* 잘 보고 있습니다. 허허. 허허허 허……."

　그런데 그 웃음소리가 하나같이 비슷했다는 것이다.

　엄마는 '뭔가 이상한데!?'라고 생각했다고 한다. 이것이 바로 여자의 육감이라는 것이다.

* 일본 출판사 분게이슌주(文藝春秋)에서 발행하는 주간지. 1970년대 당시 이 잡지에 《여자는 허벅지》에 실린 글들이 연재되었다.

그리고 마침 타이밍 안 좋게도《슈칸분슌》발송 담당자가 몇 주 치 잡지를 엄마가 계신 시리자키尻崎 친정에 보내고 말았다.

나는 내용이 마음에 걸리는 책들은 모두 고베 우리 집으로 보내 도록 하는 편인데, 그때는 무슨 생각이었는지 그 잡지를 우리 집 이 아닌 친정으로 발송해 달라고 부탁한 것이다.

엄마는 서둘러 내가 쓴 글을 읽었고 그 순간 파란색 땀과 빨간 색 땀이 동시에 샘솟기 시작했다고 한다. 여기에서 파란색 땀은 창피함을 말하고 빨간색 땀은 분노를 말한다. 엄마는 수화기 너머 로 소리를 지르기 시작했다.

이 무슨 품위 없는 짓이니. 이렇게 천박한 글 네가 쓴 거 맞아? 섹스가 어떻고, 변태가 어떻고? 다 큰 여자가 변태라니, 이걸 어쩌 면 좋니. 세상 사람들 이거 읽고 얼마나 기가 막히겠어. 다 비웃을 거다. 이제 집 밖에 어떻게 다니라는 거야. 창피, 창피, 이런 창피 가 없다. 조상님 볼 낯도 제자들 볼 낯도 없어. 어떻게 할 거야.

어떻게 할 거냐고 물어본다 한들, 내가 뭘 어떻게 할 수 있겠는가.

"그랬나? 그게 그렇게 천박했나?"

"말이라고 하니? 나는 너 변태로 키운 적 없다. 친구를 잘못 사 귀어서 그런 거야."

(나는 마음속으로 가모카 아저씨를 떠올렸다.)

"응. 그럴 수 있지."

"어찌 됐든 빨리 그만두겠다고 해. 그만두지 않으면 내가 분게 이순주 사장한테 직접 따질 거야."

나는 아프게 고민했다. 나를 생각해서 일을 맡겨 주셨으니 그에 부응하는 것은 내 일에 대한 충심이다. 충신이 되고자 하면 효녀가 못 되고, 효녀가 되고자 하면 충신이 못 되는구나.

진퇴양난에 빠진 내가 앞으로 할 수 있는 것이라고는 잡지가 엄마 눈에 띄지 않도록 최대한 배려하는 것뿐이리라. 엄마가 직접 사서 읽진 않을 테니까.

엄마가 아닌 다른 사람이 그렇게 이야기했다면 "시대가 이렇다니까, 아무리 이런 글을 써도 아직 멀었어"라고 투덜댔을 것이다. 하지만 엄마 입장에서 생각해 보면 '우리' 애가 이런 내용의 글을 썼다니 절망적인 기분이 들 것 같기도 하다. 이럴 때 가족이란 이러지도 저러지도 못하게 하는 존재인 것이다.

식구와 섹스라고 하면 왠지 일부러 라임을 맞춘 듯 잘 어울려 보이지만, 정작 내 식구의 섹스 트러블에 관해서는 자신도 모르게 눈을 질끈 감게 된다. 왜 그런 걸까?

아빠와 엄마가 색정에 정신이 팔린다면 도저히 그 꼴은 못 볼 것 같고, 내 형제 혹은 우리 아이가 부녀자 폭행 같은 죄를 저질러 경찰서에 잡혀가기라도 한다면 너무 창피해서 보호자 출두를 거부할 것 같다. 세상 사람들 보기 창피해서가 아니라 내 식구와 마주했을 때 어디를 봐야 할지, 시선을 어디에 둬야 할지 모를 것 같기 때문이다.

사실 가정과 육친이란 것 모두 성性을 기반으로 성립된 관계인데, 막상 구성이 끝나기만 하면 그 성적인 부분이 완전히 배제돼버린다. 그 점이 참으로 이상하다.

그렇기 때문에 더더욱 가정에서 성교육을 실시해야 하는 건지도 모른다. 하지만 막상 한다고 생각하면 썩 내키지는 않는다. 적어도 나에겐 "아이가 보잖아요", "아이가 들어요", "뭐하시는 거예요, 애 앞에서……"라고 말하는 게 더 자연스럽다.

그런 책 읽으면 안 돼, 영화관 앞을 지나갈 때는 눈을 감고 뛰어서 가라, 심야방송은 보지 마라. 아이한테 이렇게 잔소리하는 게 더 자연스러운 것이다. 성교육을 한다면 어떻게 해야 하는가. 생각만으로도 머리카락이 빠질 것 같다. 집 안에서는 성적인 대화를 완전히 배제하는 편이 마음 편해진다.

그럼에도 불구하고 이 세상에는 근친상간이란 것도 있고 혈연관계끼리 사랑에 빠지는 경우도 있다. 하지만 나처럼 평범한 사람으로서는 아무리 노력해 봐도 이해가 가지 않는다.

그게 문제가 아니라 나는 내 남편조차도 남자로 보이지 않는 사람이다. 이 세상 남자 대부분이 "마누라가 여자냐?"라고 말하듯 나도 남편은 남자가 아니라고 말하고 싶다. 몇 년이나 함께 살다 보면 이성이라기보다는 가족의 색이 짙어지기 때문이다.

내 형제 녀석들 또한 콧물 흘리던 개구쟁이 시절부터 쭉 봐 왔기 때문에 아무리 명함에 부장이다 과장이다 새기고 다녀도 남자로 보이지 않고, 시동생들 또한 어쩌다 보니 외모가 남자인 사람으로 보일 뿐이다. 그런 와중에 가모카 아저씨 정도가 소소하게나마 남자의 편린으로서 남아 있지만, 이 또한 타인이기 때문에 가능한 것이리라.

뭐 어찌 됐든 가정이라는 곳은 색정이나 성적 관심으로부터 내버려진 곳이나 마찬가지다. 가족을 대상으로 야한 생각을 하다니, 나로서는 상상할 수도 없는 일이다. 또한 가족 중 누군가가 다른 집의 누군가와 야한 뭔가를 하려고 했다느니 하는 것도 상상하기 싫다.

그런 이유 때문에 집 안에서 매일 보는 식구면서도 서로가 어중간하게 알고 있을 수밖에 없다. 가족을 인간 그 자체로 파악할 수 없기 때문이다. 하지만 아무리 그래도 가족이 성적인 행위를 한다고 믿고 싶지는 않다.

예전에는 이성이었지만 지금은 가족이 된 남편 혹은 아내는 이야기가 조금 달라지는데, 아무리 그래도 가족이 된 남편이 밖에 나가 다른 이성에게 남자 행세를 하고 다닌다는 사실, 말하자면 다른 여자 앞에서 야해질 수 있다는 사실은 도저히 믿을 수 없다.

이 말을 이 세상 남편들이 듣는다면 "무시하지 마. 이래 봬도 남자는 남자란 말이야"라며 으름장을 놓겠지만, 일상생활, 남편의 모든 하찮은 행동, 기호, 성벽을 지켜봐 온 아내들로서는 이제 와서 그가 야한 뭔가를 할 수 있는 존재라고 믿을 수는 없는 일이다.

애초에 '야하다'라는 것은 사람을 현혹시키는 일종의 기백을 말한다. "어머, 너무 야해!"라며 찰나의 순간에 가슴을 철렁하게 만드는 그런 살기가 흐르지 않으면 야해질 수 없는 것이다. 늘 보기 때문에 너무나도 익숙한, 살을 부비며 살아온 남자가 어떻게 야하게 느껴질 수 있는가?

그런 감정까지 억누르고 추근대는 근친상간이라니, 실로 장관이겠구나.

○

정을
통하다

요즘 여자들 사이에서 '정을 통하다'라는 말이 유행이다.

　그 이유는 말할 것도 없이 오키나와 밀약 누설 사건* 기소장에

쓰인 문구 때문이다.

　이 사건도 참 이상한 것이, 애초에 문제는 정부가 더러운 짓을

했다는 사실 아닌가? 그런데 기밀 누설이고 뭐고가 무슨 상관이

있단 말인가?

---

* 1971년 마이니치 신문사 정치부 기자 니시야마 후토키치가 오키나와 반환 협정에 관련된
취재를 하던 중 알게 된 기밀 정보를 국회의원에게 누설해 국가공무원법 위반으로 유죄 판결
을 받은 사건이다. 니시야마 기자는 외무성 여성 사무관 하스미 기쿠코에게 술을 먹여 만취한
하스미와 강제적 육체관계를 맺었고, 그것을 빌미로 협박해 기밀 정보를 빼돌린 것으로 당시
세간을 떠들썩하게 했다. 이 사건은 훗날 TV 드라마로 제작되기도 했다.

게다가 그 기소장에 "은밀히 정을 통했고……"라는 말이 쓰여 있었다고 하던데, 이 또한 지나친 게 아닌가 싶다. 정을 통했든 안 통했든, 상대방과 합법적 관계든 아니든, 어쨌거나 남의 일, 남의 집안일 아닌가. 억지스럽게 기밀 누설이라느니 어쩌느니 갖다 붙이는 모양새를 보면 이는 필시 지방 검찰청의 음모인 것이 분명하다.

정을 통했다는 말도 적절하지 않다. 엄숙해야 할 검찰 용어에 하필 이런 천박하고 외설적인 언어를 섞다니. 이 얼마나 얄궂은 일인가. 현명하신 검찰 관계자 여러분은 평소에 좀 더, 이를테면 가지야마 도시유키梶山季之* 선생의 '이로하니호헤토いろはにほへと'** 같은 명문을 가까이하여 우아한 외설어에 대해 탐구를 좀 하시는 게 좋을 것이다.

나의 경우, 이 '통하다'라는 말을 들으면 난감하게도 '배설하다'라는 말이 떠오른다.*** 정을 통하는 것과 배설하는 것은 각각 전공 분야가 다른 것 같긴 하지만.

어쨌든 이 사건에서는 억지를 부리는 국회의원이 가장 나쁘다.

---

* 일본의 소설가이자 저널리스트다. 경제소설, 추리소설 등 여러 장르의 소설을 집필했으나 후년에는 에로티시즘에 무게를 둔 작품을 주로 집필했다. 대표작으로《대물인간》등이 있다.
** 1974년《슈칸분슌》에 연재되었던 가지야마 도시유키의 소설로, 나중에《호색 겐지 모노가타리》라는 단행본으로 출간되었다.
*** 일본어에서 '通じ(통함)'이라는 말에는 '배설'이라는 뜻도 있다.

원흥이 정부라는 것은 지당한 사실이지만, 그 국회의원 선생이 그렇게까지 덜렁이가 아니었다면 어떻게든 체면은 차렸을 것이다. 하스미 씨만 불쌍하지.

남자를 너무 믿으면 결국 이렇게 된다. 남자는 정작 일, 명예, 체면 앞에서 다급해지면 여자와의 약속 같은 것은 헌신짝 버리듯 던져 버리고 쳐다도 보지 않는 부도덕한 동물인 것이다. 누누이 말하지만 남자는 믿을 게 못 된다. 니시야마 후토키치 기자라는 사람 정말 의리 없는 인간이다. 끝까지 하스미 씨를 지키는 것이 기사도 정신 아니었을까?

모든 여성 여러분께 고한다. 앞으로 신문기자와 정을 통할 때는 여자로서 단단한 각오가 필요할 것이다.

그렇게 내가 침을 튀기면서 논박하자 내 말을 듣고 있던 어느 묘령의 여인이 심각한 얼굴로 내 말을 가로막았다.

"하지만…… 그들은 마흔 살, 마흔한 살이잖아요."

"맞아요. 그게 어떻다는 얘기죠?"

"그렇게 나이 먹은 사람들도 정을 통하나요? 흠……"

그녀는 잠시 생각에 잠기는 듯하더니 금세 얼굴이 빨개지면서 말을 잇지 못했다.

"그러니까…… 마흔 넘은 사람도 음……"

당연한 거 아냐? 마흔 넘은 사람은 그럼 옛날 마님들처럼 침실을 물리고 뒷방으로 물러나 있기라도 해야 한다는 거야?

하지만 생각해 보면 나 또한 어렸을 때는 그렇게 생각했던 것 같다. 여학생 시절에는 특히 그랬고. 마흔이나 된 남녀가 정을 통하다니, 도저히 믿기 어려웠다. 그런 관계는 적어도 스물두세 살 된 미혼 남녀 사이에서만 존재하는 거라고 생각했다. 지금 생각해 보면 아무리 어려도 그렇지 참으로 가혹하고 세상 물정 모르는 편견이었다.

그뿐 아니라 쉰이나 예순 넘은 남녀가 서로 애틋해한다는 것은 꿈에서도 상상할 수 없는 일이었다. '사리 분별 가능한 어른이 그 경박하고 추하고 음란한 짓을 한다고? 어른들이 그럴 리가 없어……' 정말 어렸던 것 같다.

그 당시에는 인간이 마흔을 넘기면 불혹이라는 말이 가진 의미 그대로 마음이 물처럼 맑아져서 색정이나 사랑 따위에 절대로 마음이 흔들리지 않을 것이다, 추접한 번뇌로부터 해탈할 것이라고 생각했다. 고결한 지조와 정조를 지키는 선인, 혹은 은자와 같은 존재가 될 거라고 생각했다.

설령 결혼한 남녀라고 해도 손끝 하나 스치지 않고 서로의 분수를 지키며 몸가짐을 조심히 하고 서로 예의 있고 사이좋게 지내야 하는 법이라고 생각했다.

"그렇다면 아이는 어떻게 생긴다고 생각했나요?"

가모카 아저씨가 묻는다.

"글쎄요, 그냥 어쩌다 보면 어느 날 짠 하고 생기는 거라고 생각했죠."

"허허, 무슨 혹도 아니고……. 정말 못 말립니다."

아저씨는 그렇게 말씀하셨지만, 곧

"하긴 그러고 보면 저도 어린 시절엔 학교 선생님 같은 사람은 하지 않을 거라고 생각했습니다. 다들 나이가 지긋한 중년으로 보였으니까요."

"그렇다니까요. 지금 생각해 보면 학교 선생님들 모두 의외로 젊었던 건데, 그때는 연배가 있어 보였어요."

"게다가 옛날 여자 선생님들은 하카마袴*를 보통 가슴께까지 올린 다음 띠로 단단히 묶어 고정시켰잖아요. 그 모습이 어찌나 고상해 보이던지. 그런 중년 여선생님이 남자한테 안겨 있다니. 정말이지 상상을 하려야 할 수가 없었어요."

"그건 남자도 마찬가지였어요. 중년 남자가 여자랑 시시덕거리다니. 아무리 생각해도 있을 수 없는 일이었거든요. 이건 어쩌면 지금까지도 편견으로 남아 있는 것 같아요. 똑똑하고 점잖아 보이는 남자가 여자와 정을 통한다? 아무래도 상상이 안 가요. 이런 상

---

* 기모노 위에 입는 허리에서 발목까지 닿는 하의를 말한다.

황만큼은 '마흔이 된 사람도 그런다고요? 헉……'이라고 말했던 그 묘령의 여인과 완전 동감입니다."

"아니, 그건 아니지요."

가모카 아저씨는 내 말을 가로막았다. "남자는 말이죠, 중년이 돼도 노년이 돼도, 아무리 나이를 먹어도 여자를 안아야 모양이 납니다. 반면에 우리 남자들이 보기에 세상을 알 만큼 아는 중년 여자가 남자에게 안겨 있는 모습은 도저히 상상이 안 가요. 생각만 해도 당혹스러워집니다. 남자 입장에서는 '마흔인 여자도 그런다고요? 헉……'이란 말이 나올 정도예요. 지금 여기 계신 오세이 상도 제가 봤을 때는 그런 느낌입니다. 중년 여성은 뒷방으로 물러나야 한다는 말, 지극히 타당한 의견이라고 생각합니다."

나는 미간을 찌푸렸다.

"실례시네요. 이렇게 보여도 술 마시면 하고 싶다, 해 달라는 남자 한두 명은 꼭 있단 말이에요."

"그건 술자리에서의 여흥, 남자의 애상이란 것이지요. 마흔 넘은 독신 여자한테 그런 말을 진심으로 하는 남자는 없습니다."

가모카 아저씨는 계속 지껄이다가 내 표정을 보고 급하게 화제를 돌렸다.

"그건 그렇고, 그 기소장, 그런 면에서 참 의미 있지 않습니까? '마흔 넘은 중년들도 정을 통한다, 얘들아'라고 가르쳐 주지 않습니까. 허허."

바보.

○

초경

예수는 때때로 이상한 말을 하는 사람이기도 했나 보다.

"바리새인들이여, 당신은 회칠한 무덤 같으니 겉으로는 아름답
게 보이나 그 안은 오욕으로 가득하도다."

나는 이 구절이 생리 중인 여자를 빗대어 빈정거리는 것이라고
생각한다. 내가 꼬인 거라고 하신다면야 그 말도 맞을 수 있겠지
만, 이 구절을 읽을 때마다 왠지 모르게 마음이 불편해진다. 예수
가 비아냥거리는 게 분명하다. 하지만 그의 말이 전적으로 옳기
때문에 안타깝게도 인정할 수밖에 없다.

또한 여자가 글을 쓸 때 '회칠한' 겉모습이 얼마나 아름다운지
에 대해서는 쓸 수 있어도, 그 안의 '무덤과도 같은' 오욕을 쓰는

일은 불가능하다.

　언젠가 다음 작품에 대한 의뢰가 들어왔었다.

　"이번에는 뭘 쓰지?"라고 혼잣말을 했더니 편집자가 조언을 해주었다.

　"생리에 대한 소설을 쓰시면 어떨까요?"

　그런 걸 어떻게 씁니까? 한여름 푹푹 찌는 날 너무 더우면 엄청나게 역한 냄새를 내뿜기 때문에 동네 개가 코를 킁킁거리며 집 앞까지 따라온다고 쓸까요? 현재 시판되고 있는 생리대 모두 조금씩 뭔가 부족해서 사람에 따라 앞으로 밀리거나 뒤로 밀린다, 그래서 모든 여자가 하나같이 짜증을 내고 있지만 국회에 가지고 나가 공론화할 수는 없다고 쓸까요? 약국에 생리대를 사러 가면서 여자 약사가 있었으면 좋겠다고 생각했는데 그날따라 남자 점원이 있어서 난처했다고 쓸까요? 남자가 쓰는 패드는 요즘 말로 벨트라고 바꿔 부르며 양복점에서 판매한다고 쓸까요? 적어도 숙녀인 나로서는 이 모두 쓸 수 없는 내용이라고요.

　나아가 옛날에는 주로 탈지면에 명주천을 덧대서 사용했는데, 그걸 쓰면 바로 축축해져서 무척이나 곤란했고, 요즘 생리대와 그 유사품 모두 여성 역사상 가장 획기적인 발명이라고 쓸까요? 나는 그런 내용을 쓸 수 없다. 어째서 그런 '오욕으로 가득 찬' 내부 사정을 소설로 써야 한다는 거야.

최근에 사뭇 감탄했던 것 정도를 말해 보자면, 그건 바로 요즘 젊은이들의 인식이 많이 변화했다는 점이다. 알기 쉽게 정리해 보면 대략 이렇다.

나. 1928년생. 첫 생리는 여학교 2학년 때. 느낌: 우울. 평생, 그것도 매달 이렇게 귀찮은 것을 해야 하다니 눈앞이 깜깜해졌다.

내 여동생. 1931년생. 여학교 3학년 때. 느낌: 펑펑 울었다. 왜 울었느냐고?

"글쎄, 아, 내가 어른이 됐구나 싶은 생각에 왠지 모르게 쓸쓸하고 슬퍼지더라고."

여동생은 어른이 되고 나서 그때의 심정을 설명했다.

내가 아는 어린아이. 1957년생. 초등학교 6학년 때.

'와, 신난다!' 속으로 외쳤지만 겉으로는 애써 기쁨을 감춘다.

"엄마, 나도 다 알아. 우리 반 애들 중에 하는 애들 벌써 많단 말이야. 엄마, 내 거는 어디 있어? 이미 준비해 뒀지? 아앙, 맞다. 아빠한테는 절대 말하면 안 돼. 아이참, 부부끼리는 못하는 소리가 없다니까."

내가 아는 다른 어린아이. 1959년생. 아직 안 한다.

"엄마, 내 것도 사 뒀어? 나도 볼래" 하면서 옷장을 뒤진다.

엄마는 일찌감치 준비해 둔 귀엽고 작은 가방에 담긴 핑크색 생리용 팬티와 꽃무늬 생리대를 보여 준다. 아이는 아주 마음에 없

지는 않은 모양으로

"히힛, 히히히" 하고 웃는다. 그리고 "아, 이렇게 돼 있구나"라며 슬쩍 들춰 보더니 "이걸 쓴단 말이지?" 하며 기대한다.

2, 3개월이 지나면 다시

"엄마, 지난번에 사 둔 것 보여 줘. 아무한테도 안 줬지? 잘 넣어 뒀지?"라고 몇 번이고 확인한다.

"엄마, 나는 왜 안 할까? 우리 반에서 우메모토랑 나만 남았어. 우메모토가 먼저 하면 어떡해. 엄마, 어떻게 하면 빨리 할 수 있어?"

그리고 또 몇 개월 뒤 실망한 얼굴로 집에 돌아온다.

"우메모토 어제 시작했대. 속상해. 내가 꼴찌잖아. 왜일까? 왜 나만 안 하는 걸까? 열 받아. 우메모토가 뭐라고 했는 줄 알아? '먹는 것 때문인가? 너 군것질 너무 많이 한 거 아냐?'라고 하는 거 있지. 힝, 몰라."

또 몇 개월 뒤.

"이러다가 평생 안 하는 거 아닐까? 괜찮아. 나 크면 의사 될 거야. 의사가 돼서 아프리카 오지로 가서 슈바이처 박사의 뒤를 이을래."

주변 사람들은 이 여자아이를 두고 괴짜라고들 하던데, 내 생각에는 그렇지 않았다. 생리를 안 하면 슈바이처 박사의 뒤를 잇겠다고 한 발상이 그렇게까지 엉뚱하고 연관성이 없나? 나는 잘 모르겠다. 내가 "지금 몇 시니?"라고 물었을 때 "몇 시였으면 좋겠어요?"라고 되물었던 것도, 《국어사전》을 뒤적이다가 갑자기 고개를 쳐들고 박장대소하면서 "《국어사전》에 '국어사전'이란 단어가 실려 있네"라고 말한 것도 그렇게 이상한 건지 잘 모르겠다. 극히 당연한 감각이라고 생각한다.

그러고 나서 몇 주 뒤…… 드디어 생리를 시작했다.

아주 사무적인 태도로 말했다고 한다.

"아, 이게 바로 그거로군. 그래, 알았어."

그 후 그 아이가 집 안 여기저기에 생리혈을 묻히고 다니면 엄마는 따라다니며 잔소리를 한다.

"어, 뭐야. 생각보다 거추장스럽잖아. 아, 귀찮아. 좋을 거 하나도 없었네."

얼마나 좋을 줄 알았던 거니.

"아빠한테 말하면 화낸다!"

이렇게 요즘은 57년생, 59년생 아이들까지도 마치 몇 십 년 동안 물장사 해 온 여사장들처럼 익숙해 보인다. 그런 것에 대해서는 눈 하나 깜박하지 않는 것이다. 우리가 어렸을 때는 그날 전후가 되면 훌쩍훌쩍 꺼이꺼이 울기도 많이 울었고, 세상이 허무한 것 같아 우울해지기도 했으며, 이 세상 근심과 괴로움을 혼자 다

떠안은 표정이기도 했다. 그런데 요즘 아이들은 두려운 기색도 없고, 그날인데도 미니스커트를 입고 예사로 뛰어다니며, 생리대도 아까워하지 않고 펑펑 쓴다. 명주천을 빨아 말려 가며 사용했던 우리 세대와는 무척이나 다른 것 같다. 단 한 가지 같은 것은 "아빠한테 말하면 나 화낼 거야!"라는 대사와 엄마가 아빠한테 그날 바로 말해 버린다는 부부의 그런 망측함 정도다.

이것은 하늘과 땅이 존재하는 한 절대 변하지 않는 광경일 것이다.

○

외설의
냄새

우리 집 먼 친척 중 난봉꾼으로 소문난 할아버지가 있었는데, 그
할아버지는 결국 첩의 집에서 숨을 거두는 대왕생을 이루었다. 이
는 내가 아이였을 때의 이야기다.

　당시 여학생이었던 나는 그때 이미 첩이 무엇인지 알고 있었다.

　하지만 그게 중요한 게 아니라 문제는 그다음이었다. 어른들이
그 할아버지를 두고

　"첩이 대수인가? 그 서방님은 그전부터 집에 들어올 때마다 문
간 앞에서부터 절하며 들어왔잖우……."

　라고 이야기하면서 틀니가 빠질 듯 서로 질세라 웃어 재끼는 것
이다.

"꺄하하, 꺄악, 하하하하하."

그런 할머니들의 모습이 어린 마음에 너무 이상해 보였다.

'문간'이란 오사카 사투리로 현관을 의미한다. 현관 앞에 서서 "실례합니다"라고 인사하며 허리를 굽히는 건 당연한 거 아냐? 뭐가 그렇게 웃긴 거지? 나는 그런 생각을 하며 방바닥에 엎드려 《소녀구락부》에 실린 만화 〈도리짱 만세〉 같은 것을 읽고 있었다.

하지만 어딘가 모르게 외설적인 냄새가 풍겼으니까 지금까지 그것을 기억하고 있는 거겠지. 어른들은 교묘하게 외설적인 구석이 있다며 어린 마음에 퍽이나 인상에 남았던 모양이다.

우리 집은 당시 오사카 번화가에 있는 상인 집안이었는데, 고용인까지 포함하면 스무 명이 넘는 대가족이었다. 그리고 그중 여자들은 기력이 정정한 80세 증조할머니를 필두로 하여 내명부內命婦라고 해도 될 법한 큰 세력권을 형성하고 있었다. 증조할머니가 몸을 틀고 있던 거처는 이 집안의 중추로서 재정경제부, 인사부, 교육부, 보건복지부, 신문사와 방송국 같은 기능을 겸하고 있었다.

'문간에서 절하다' 따위의 이야기를 주거니 받거니 하는 사람들은 이른바 대비전 마님들이었다. 아직 결혼을 안 한 젊은 고모나 새댁이었던 우리 엄마 같은 사람은 대화에 끼워 주지도 않았다.

오로지 원로급 부인들만이 이야기에 참여했는데, 이를테면 머리를 밀고 두건을 쓴 증조할머니, 틀니를 낀 우리 할머니, 우리 가족과 어떤 관계인지 모를 식객 노부인, 천군만마와 같은 소식통 친척 할머니, 수다스러웠던 하녀 등 음흉한 부인들이 모여 거리낌 없는 이야기를 주고받았다. 그때 나는 구석에 앉아 책을 보고는 했다. 어른들은 아이가 뭘 알겠느냐며 눈감아 주었고 이야기를 나누면서도 날 신경 쓰지 않았다.

'뚝뚝이가 살살거린다'라는 오사카 사투리도 그곳에서 배웠다. 여기서 뚝뚝이란 무뚝뚝한 사람을 뜻하는데, 이 속담을 마키무라 시요牧村史陽*씨의《오사카 방언 사전》에서 찾아보면 "얌전해 보이는 사람이 오히려 뒤에서 살살거리면서 엄청난 짓을 한다"는 의미라는 것을 알 수 있다. 하지만 나는 그때 이미 그 말이 무슨 뉘앙스인지 알고 있었다.

뒷골목에 털실 가게 주임이 있었다. 그런데 그 성실하고 착실하던 남자가 주인 딸과 몰래 내통하다가

"딸을 배불뚝이로 만들었지 뭐야. 그런 게 진짜 '뚝뚝이가 살살거린다'라고 하는 게야."

증조할머니는 이가 빠진 입으로 그렇게 웅얼거렸다. 나는 그때도《척척박사》같은 책을 읽고 있었지만, 머릿속으로는 착실한 그 주임 아저씨가 그 집 딸 몸 어딘가에 대롱을 꽂고 부지런히 바람

---

* 오사카 향토연구가, 방언연구가.

을 넣으며 배를 부풀리는 모습을 상상했다. 그러다가 배가 너무 부풀어서 뻥 하고 터져 버린 개구리 이야기가 떠올랐고, 어린 마음에 앞으로 '뚝뚝이' 남자는 조심해야 한다며 심각해했던 기억이 난다. '뚝뚝이' 남자는 겉으로는 얌전해 보여도 등 뒤에 몰래 대롱을 숨기고 있다가 상대방이 방심한 틈을 타 대롱을 꽂은 다음 바람을 불어넣어 배를 뻥 하고 터뜨린다고, 저렇게 보이지만 호시탐탐 기회를 노리는 무서운 사람이라고 생각했다. '살살거린다'는 건 바로 그런 걸 말하는 거라며 고개를 끄덕였었다.

나중에 어른이 되고서 '뚝뚝이가 살살거린다'라는 말을 어떻게든 표준어로 번역해 보려고 고심했지만, 어려운 오사카 사투리 중에서도 난이도가 높은 뉘앙스라서 결국 어감을 살릴 수 없었다.

동쪽 지방으로 올라가 보면 '무뚝뚝 변태'라는 표현이 있기는 한데, '뚝뚝이가 살살거린다'에서 오는 음탕하고 문란한 느낌과 딱 맞아떨어지지는 않는 것 같다.

그뿐만 아니라 대롱을 꽂고 숨을 불어넣어 배를 부풀리고자 하는 의미를 표현해 내기가 여간 어려운 것이 아니다. '뚝뚝이가 살살거린다'는 '뚝뚝이가 살살거린다'라고밖에 표현할 길이 없다. 참 이상한 어감이다. 다른 언어로 치환하기 어렵다.

그 어감을 나는 대비전 마님들께 제대로 배웠다.

또 한 번은 어린 시절 신문에 난 광고를 보다가 무심코 그 내용을 큰 소리로 읽기 시작했는데, 한참을 읽다가 문득 "화류병……? 화류병이 뭐야?"라고 물어본 기억이 있다. 내 말을 들은 마님들은 모두 "꺄악, 꺄하하, 히히히히" 하고 웃어 재끼기 시작했다. 심지어 증조할머니는 사레가 들어 기침까지 하기 시작했다. 증조할머니는 겨우 진정하시더니 가래를 휴지에 뱉으며 나무라셨다.

"조그만 년이 큰 소리로 못하는 말이 없구나."

'월경', '음부의 습진'이라 쓰인 광고가 〈헤비히메사마蛇姫様〉*라는 신문소설 아래에 실려 있었다. 내가 그걸 큰 소리로 읽으면

"어허, 어디 그런 단어를……" 하고 꾸중을 들었다. 그렇게 해서 나는 다른 사람 앞에서 해도 되는 말과 안 되는 말을 저절로 배운 셈이다.

아무튼 '문간에서 절하다'라는 말은 어감은 미리 알았을지 몰라도 진정한 의미가 뭔지는 꽤 오랜 시간이 지난 후에야 알게 되었다.

평범한 여학생이라면, 어지간히 이상한 집안에서 자란 여학생이 아닌 이상에야 남녀의 차이에 대해서는 성교육 시간에 배우기는 할 테지만, 아무리 그렇다고 해도 '문간에서 절하다'라는 말이 무슨 뜻인지 어떻게 알 수 있으랴.

살다 보면 그 당시에는 풀리지 않던 의문이 오랜 세월이 흐르고

---

* 가와구치 마쓰타로(川口松太郎)의 소설로, 1939년 10월부터 이듬해 7월까지 《도쿄니치니치신문(東京日日新聞)》에 연재되었다.

나서야 단번에 눈 녹듯 풀리는 경우가 있다.

그리고 또 그보다 더 나중이 되어서야 깨닫게 되는 것도 있다. 사람이란 오래 살면 살수록 시간이 지나고 나서야 깨닫게 되는 일이 많은 것 같다.

"정말 그래요. 그럴 때가 있더라고요."

가모카 아저씨는 말한다.

"저는 연대기라는 말이 그랬답니다."

"연대기라면 옛날 군대에 있었던 그것이요? 병사들이 받들어총을 하면 맨 앞에 선 기수가 근엄하게 들고 있는 그 깃발 말씀이신가요?"

"맞습니다. 명예로운 연대기라고 부르던 그것입니다.《소년구락부》에 실린 사진으로 봤던 장면들이 이 나이가 되어서야 떠오르지 뭡니까."

"그게 무슨 말씀이신지?"

"요즘 연대기 같은 여자가 늘어났어요. 노인이나 젊은이나 할 것 없이 마찬가지입니다. 가운데 부분은 너덜너덜하고 가장자리의 술만 남아 있지 않습니까……. 하 참, 나이가 들고 나니 깨닫게 되는 게 이렇게도 많습니다."

○

배 나온
남자의 정감

내가 어렸을 때 다마니시키玉錦라는 스모 선수가 있었는데, 그 당시 이 선수의 배가 너무 많이 나와서 그 안에 과연 뭐가 들은 걸까 몹시 궁금했던 적이 있다.

그러던 어느 날 다마니시키 선수가 맹장 수술을 했다는 것이다. 그리고 이튿날 신문에 선수의 배 속 대부분은 지방이었다는 기사가 실렸다. 내 궁금증은 풀렸지만 다마니시키는 그러고 나서 숨을 거뒀다.

다마니시키 선수 때문인지 나에게 배 나온 남자는 밀어붙이는 힘이 좋고 장대할 거라는 인상이 있다. 또한 배 나온 남자는 위엄이 있고 당당하며 모든 것에 의연하고 웬만한 일에는 흔들리지 않을 것 같아 보이지만, 그런 반면에 속마음은 부드럽고 무르며 미덥지 않은 구석이 있을 것만 같아서 왠지 모르게 안쓰럽고 챙겨주고 싶어지는 느낌을 준다.

이런 인상 또한 다마니시키의 배 때문이리라.

볼록 나온 남자의 배 안에 들은 것이 산란기 꼴뚜기 안에 채워져 있는 탱글탱글한 '알'이 아니라 고작 흐물흐물한 비곗덩어리였다니, 정말 가엽지 않은가.

다마니시키의 배를 보고 마치 크고 짱짱한 북 같다는 수식어를 자주 붙이고는 했는데, 나한테 그 말은 위풍당당하지만 어딘가 모르게 약해 보이는, 지켜 줘야 할 것 같은 남자라는 느낌이 뒤섞인 단어였다. 의지하고 싶어지면서도 한편으로는 나한테 의지해 줬으면 싶은 기분도 드는 것이다.

한마디로 말해 나는 배 나온 남자를 싫어하지 않는다. 생각해 보면 나는 머리가 벗겨진 남자도 숱이 적은 남자도 싫지 않다. 첫인상부터 싫은 남자는 뭘 해도 싫을 수밖에 없겠지만, 내가 사랑에 빠진 남자라면 배가 나왔든 머리가 벗겨졌든 옆에 앉아 있기만 해도 가슴이 두근거리고 마음이 행복해진다. 아무리 생각해도 이건 내가 다마니시키의 배를 친애하는 탓일 것이다.

남자의 외모에 대해서 꼭 이래야 한다는 요구 사항은 없다. 내가 좋아하는 남자라면 몸집이 작든 크든 상관없이 마냥 좋을 뿐이다. 남자가 여자를 볼 때는 취향이란 게 존재하겠지만 적어도 나에게 정해 놓은 타입은 없다.

하지만 다른 여자들은 그렇지 않은 것 같다. 이를테면 중년 여자들 중에서는 어떤 청년의 목덜미를 봤는데 어떻더라, 그 청년 허릿매가 잘 빠졌더라, 다리가 쭉 뻗어 멋있더라, 얼굴이 어떤 느낌이더라는 둥 외모에 홀딱 빠져 수군거리며 품평하는 사람들이 있다. 내가 이상한 건지 모르겠지만 나는 아직까지 젊은 남자의 아름다움을 보고 넋을 잃거나 했던 적은 없다.

아무리 젊고 멋있는 남자를 봐도 젊은 여자를 봤을 때와 같은 느낌이다. 말하자면 꽃이 피고 새가 날아가는 모습을 바라보는 것과 같은, 자연현상의 일부 같은 느낌이다. 예전에는 그런 내가 이상한 건가 하고 불안했던 적도 있다.

그게 다가 아니다. 최근 젊은 남자 모델이 기모노를 입고 찍은 광고사진을 보고 진심으로 추악하다고까지 생각했다. 정말 보기 흉했다. 마른 몸에 키만 큰 모델이 기모노를 입고 서 있는 모습은 마치 훈도시를 기다랗게 늘어뜨리고 걷는 모습 같았다. 나는 젊은 남자에게서 아름다움을 느끼지 않는다.

기모노란 모름지기 허리가 꼿꼿하고 배가 볼록 나온 펑퍼짐하고 뚱뚱한 남자한테 어울리는 옷이다. 따라서 역시 중년은 지나야 볼품이 난다. 그렇다고 평상복 입은 모습이 멋있는가 하면, 키만 크고 깡마른 몸매가 마치 젊은이 특유의 유아독존의 상징 같아 영 정취가 느껴지지 않는다. 남자의 외모를 봤을 때 정취가 느껴지지 않으면 아무래도 호감이 가지 않는다.

군인이라면 그런 것 필요 없지 않겠느냐고 말하는 사람도 있을 수 있다. 하지만 미시마 유키오三島由紀夫* 씨의 방패의 모임楯の會** 을 보라. 그 모임에 비장함이 없는 건 멤버들 모두 너무 젊고 너무 말랐으며 배가 나오지 않았기 때문이다.

미시마 씨가 배 나올 만할 나이까지 살아 있었다면, 배 나온 몸 으로 방패의 모임 제복을 입고 있었더라면, 정취가 풍겨 멋있었을 것이다.

남자라면 모두 어느 정도 배가 나오고 머리숱이 적어야 한다. 그렇지 않으면 외모에서 정감이 느껴지지 않는다. 우엉처럼 얇고 길어야 능사는 아닌 것이다.

최근 해상자위대에 가 보았더니 그곳 간부인 장교들 모두 밀어 붙이는 힘이 좋아 보였고 배가 적당히 나와 있었으며 머리숱도 적 었다.

이분들 모두 왕년에는 여학생들의 동경의 대상이었던 해군학교

* 태평양전쟁 패전 후 일본 문학계를 대표하는 작가 중 한 명이다. 《금각사》《우국》 등의 대표 작이 있다. 할복자살로 생을 마감했다.
** 1966년 미시마 유키오가 우익 정치 활동을 위해 결성한 모임.

학생으로서 무척이나 늠름했을 텐데, 역시 나이는 못 속이나 보다.
그러는 나 또한 먹을 만큼 먹어서

"젊디젊은 그대가 한창을 찾아갈 때, 우리는 젊은 날의 끝자락
을 본다네"

라는 노래 가사 그대로가 되었지만, 그래도 '젊은 날의 끝자락'
을 살고 있는 남자들한테는 뭐라 형용할 수 없는 분위기가 있다.

그렇게 배가 나온 남자는 군복을 갖춰 입어도 부드럽고 좋은 멋
이 더해지기 마련이므로, 평상복을 입었을 때는 그 멋이 한층 더
할 것이다. 그런데 주변을 둘러보면 보통 남자는 배 나온 것을 창
피해하고 여자는 그 모습을 깎아내린다. 이는 매우 어리석은 관점
이라고 할 수 있다.

"중년 남자들이여, 부지런히 체력 만들기에 힘써라"라고 하면
말이 좋지, 중년 남자가 배 나오지 않으려고 억지로 운동하는 모
습을 생각해 보라. 이는 노인이 냉수마찰을 하는 거나 마찬가지로
매우 부자연스럽다는 생각이 든다(이때 운동이 직업인 사람은 제외한
다).

나는 뭐든지 자연스러운 그대로가 좋다. 그래서 "아, 요즘 나이
를 먹어서 그런가 배가 나와 큰일이라니까"라며 큰 소리로 떠벌이
는 남자를 볼 때면, 저 사람 플레이보이가 아닐까 생각하게 된다.

젊은이가 노인네 티를 내는 것도 그리 자연스러운 건 아니지만,

노인이 젊은이와 경쟁하려고 하는 것도 못 봐 주겠더라. 이 세상에는 어느 정도 배가 나온 남자를 좋아하는 여자도 많다. 그렇기 때문에 여자만 보면 억지로 배를 집어넣으려고 몸을 뻣뻣하게 세우는 짓 따위는 더없이 어리석은 짓이다.

가모카 아저씨가 물었다.

"하지만 여자들은 모두 슬림한 남자를 좋아하지 않습니까?"

"아니요, 절대 그렇지 않아요. 남자라면 모름지기 '겉으로는 강해 보였는데 사실은 약하구나', '불친절해 보였는데 사실은 친절하구나'라는 면이 있어야 해요. 그게 멋있는 남자라고요. 그런 면이 다 배로 나타나는 거고요……."

나는 목이 쉬도록 열변을 토했다. 그런 나를 보고 가모카 아저씨는 아연실색하더니

"그런 위로를 젊고 예쁜 여자가 해 준다면 얼마나 좋겠습니까. 걸핏하면 중년 할멈들이 그런다니까요."

라고 지껄였다.

○

여자의
출격

남자들은 항상 여자 핸드백에 뭐가 들어 있는지 궁금해한다.

　이렇다 할 것이야 들어 있겠냐마는, 최근 그와 관련해 갸우뚱할 만한 일이 있었다.

　며칠 전 백화점 수입품 매장에서 예쁘고 작은 상자를 구입했다. 금속으로 된 타원형 상자였는데, 엄지손가락 두 배 크기에 뚜껑이 칠보로 되어 있어 너무 아름다웠다. 딱히 어디에 써야겠다는 생각 없이 샀는데, 나중에 상자의 품명을 확인해 보니 영어로 '알약 상자'라고 쓰여 있었다. 그러고 보니 피임약이나 알약 같은 것을 넣어 다니기에 적합해 보였다.

　미국 여자들은 알약도 이렇게 예쁜 상자에 담아 핸드백에 넣어

가지고 다니는구나.

"일본 여자라면 뭘 넣었을까요?" 가모카 아저씨는 잠시 생각하더니 말했다. "역시 콘돔 아닐까요?"

"어머나 그런……." 나는 얼굴이 빨개졌다.

"무슨 화류계 여성들도 아니고, 신입 회사원, 가정주부, 여대생이 그런 걸 왜 가지고 다니겠어요?"

"하지만 바로 출격해야 할 때도 있지 않습니까?"

"특공대도 아니고 무슨 출격이에요. 그런 준비는 남자가 해야죠. 그러고 보니 실제로 출격할 때 갑옷투구는 남자가 챙기잖아요."

"남자는 그렇게까지 신경을 못 씁니다."

결국 논쟁이 벌어졌다.

"하지만 남자가 여자를 만나러 나갈 때 '아, 오늘 잘하면, 어찌어찌하다 보면 그럴 수도 있겠구나'라는 예감 같은 것? 기대? 육감? 아무튼 그런 짐작이 들 때가 있잖아요."

"그럴 때가 있지요. 어쩌면 오늘 그럴 수도 있겠다, 생각하고 나설 때도 물론 있습니다."

"그럼 그때 남자는 뭘 챙겨 나가나요? 남자가 출격할 때요?"

"우선은 지갑을 챙기겠죠."

"그거야 당연한 거고요."

"그러고 나서…… 면도기."

"어머, 준비성도 철저하셔라. 호텔에 구비되어 있을 텐데요."

"밖의 것은 위생적이지 않아요. 그리고 속옷이나 양말을 갈아입고 가겠지요."

"그 정도가 전부예요?"

"가장 중요한 준비는 마누라를 속이는 것입니다."

"어머나."

"차를 가지고 간다면 운전면허증, 자동차 키와 지도도 챙겨야죠. 하지만 그런 거 다 필요 없습니다. 남자가 출격할 때 필요한 준비는 마누라한테 댈 핑계와 지갑, 이 두 가지가 전부입니다. 여자는 어떻습니까?"

"여자는……."

순간 말문이 막혔다. 나는 출격한 적이 없다.

"무례하시네요. 저를 그런 여자라고 생각하시는 거예요? 어쨌든 그래도 한번 상상해 볼게요……. 우선 화장품이 있어야겠죠. 세수를 하면 화장이 다 지워지니까 평소보다 본격적으로 챙겨 가야 해요."

"세수를 왜 해요? 세수할 필요는 없을 것 같은데." 가모카 아저씨는 집요하게 물었다.

"어쨌든요. 그다음엔 화장지. 방에 들어가고 나서 화장지 가져다 달라며 프런트에 전화할 용기는 못 낼 것 같네요. 간 떨려서요."

"잘 아시네요." 아저씨는 머쓱해했다.

"화장지 가게를 하나 싶을 정도로 많이 가져오는 사람도 있을걸요. 그리고 또 손수건. 이건 반지나 손목시계를 감싸서 핸드백에 넣어 둘 때 필요해요."

"반지랑 시계는 왜 빼는데요?"

"어쨌든요. 그리고 또 수첩이요. 보통 여자의 수첩을 보면 달력에 가위표나 동그라미로 표시가 돼 있어요. 이건 날짜를 계산한 흔적이에요."

"그렇군요. 생리 주기 계산법 말이죠?"

"그리고 반짇고리요. 어쩌다 옷자락이나 소매가 찢어지면 응급 처치를 해야 되니까요."

"그게 왜 찢어지죠?"

"벗을 때까지 못 기다리는 성질 급한 남자도 있을 것 아니에요."

"어이쿠, 낯부끄러워라."

"하지만 남자가 마누라 속일 핑계를 고민하는 것에 버금가는 가장 중요한 준비는 바로 생리 주기 계산이에요. 손가락을 접어 가며 세기도 하고 다른 방법을 쓰기도 해요. 예를 들어 어떤 사람은 피임약을 복용하기도 한답니다."

"그건 좀 싫어지네요."

가모카 아저씨는 말했다.

"그렇게 작위적으로 준비해 출격하다니, 현대인이 얼마나 난잡한지를 적나라하게 보여 주는군요. 의기투합해 해프닝을 벌일 만한 대담한 남녀 관계란 있을 수 없는 겁니까?"

그런 해프닝을 벌인다면 여자는 적잖이 당황스러울 것이다. 사실 그렇게 하는 편이 인생에 있어서 의의 있는 일일지도 모르지만, 현실적으로 생각해 보면 답이 안 나오는 것이 사실이다. 생리주기 계산법은 그렇다 치자. 화장품도 제대로 갖춰 오지 않은 데다가 어제 속옷 그대로에 머리도 못 감았다, 그런데 호텔 욕실에 있는 샴푸는 내가 쓰는 것이 아니다, 얼마나 당혹스럽겠는가. 매사에 준비해 둬서 나쁠 건 없지 않나. 그런 면에서 해프닝보다는 사전에 스케줄을 잡아 두는 것이 좋다.

스케줄이 정해져 있어도 막상 당일이 됐을 때 어떤 장애물이 생길지는 모르는 일이다. 여자는 그 정도로 섬세한 동물이다. '오늘이 드디어 출격 날이다'라고 해서 팬티부터 거들, 슬립에 원피스까지 다 갖춰 입었는데 한 달에 한 번 찾아오는 손님이 잘못 찾아오시기라도 하면 다시 옷을 갈아입어야 한다. 그 번거로움과 절차의 까다로움이란. 남자는 절대로 이해하지 못할 것이다. 게다가 아무런 걸림돌이 없는 날이라 해도 준비하다가 갑자기 귀찮아질 때도 있고, 내가 왜 그런 남자랑 출격을 해야 하지 싶은 생각이 들 때도 있다. 그렇게 되면 뭐, 못 나가는 것 아닌가. 그렇다고 오늘은

출격 중지라고 통보하자니 마음에 또 걸리고……. 여자의 심리와
생리란 참으로 복잡한 것이다.

출격하기 직전이 되면 특공대원도 이럴까 싶을 정도로 마음이
복잡해지는 것이다. 나가도 우울하고 안 나가도 우울하다.

"그럼 도대체 어쩌라는 겁니까!"

가모카 아저씨는 짜증을 냈지만, 이럴 때 여자 쪽 대사는 보통
정해져 있다.

"바보, 그것도 몰라! 결혼해 주면 되잖아!"

○

월경

"모가미 강最上川을 오르내리는 벼 실은 배여, 싫지는 않지만 이번 달만은……."

예로부터 내려오는 이 시조는 참으로 의미심장하다. 지금까지 이 시조는 '아니에요. 그렇지 않아요. 싫은 건 아니지만, 지금은 안 된답니다. 미안해요'라는 의미로 해석되어 왔다. 그렇기 때문에 이 시조에서 말하는 '달'이란 여자의 '월경'을 의미하는 것이다.

이 시조를 왜 언급했는가 하면, 뭐 늘 있는 일이지만 가모카 아저씨가 방금 네모난 위스키 한 병을 들고 찾아와 우는 소리를 하다 갔기 때문이다.

아저씨는 최근 미녀 여대생을 유혹하는 데 성공했다. 화류계 여성이 아니라니, 이건 전대미문의 사건이었다. 양갓집 규수를 말발로 꼬여 여행을 가다니. 이것은 아저씨 같은 중년 남성으로서 꽤 훌륭한 성과였고, 아마도 평생에 단 한 번뿐인 해프닝일 터. 모르긴 해도 엄청난 노력과 돈을 쏟아 부었을 것이다.

아저씨는 그 여인과 그럴듯한 온천에 들어가 그럴듯한 식사를 했고 거나하게 취해 마치 하늘을 나는 기분이었다고 한다. 그리고 드디어 거룩한 어른들의 쾌락을 즐기려고 하는 바로 그 순간 그 아가씨가 순진한 목소리로 말했다.

"아저씨, 나 오늘 그날이에요."

나는 물었다.

"그래서, 아저씨 화났었어요?"

"당연히 화났죠. 칠전팔기였단 말입니다. 그럼 그렇다고 처음부터 말했으면 그렇게까지 하지 않았을 것 아닙니까. 이건 사기 아닌가요? 편취 아닌가요? 골탕 먹이는 게 아니면 무엇이란 말입니까. 아주 괘씸해요. 인간이 아니라 하느님도 용서할 수 없는 아주 부도덕한 짓입니다."

저 나잇대 아저씨들은 말이 참 지나치다.

"말은 그렇게 했지만 사실은 도망친 것 아닐까요?"

"진짜였답니다. 저한테 생리대를 사 오라고 시키더라니까요. 천진난만도 유분수지."

"역시 요즘 처녀들은 우리 때랑 다르네요. 예사롭지 않다니까."

"아니, 그런데 글쎄 그런 야비한 짓을 화류계 여성들도 하지 뭡니까."

아저씨가 자주 가는 바에 예전부터 노리던 미녀가 있었다고 한다. 그녀를 어렵게 꼬여서 데리고 나왔더니 그녀는 우선 배부터 채우자고 했다. 그래서 밥을 사 줬는데 얼마나 많이 먹던지 스시에 스테이크에 덴푸라에 오차즈케까지 눈에서 밥알이 튀어나올 정도로 많이 먹어 댔다고 한다. 결국 여차여차해서 밥을 다 먹이고 택시를 잡아 호텔로 가고 있는데 그녀가 목소리를 깔더니 이렇게 말했다고 한다.

"자기야, 미안한데 오늘은 안 될 것 같아……. 그럴 리가 없는데 미안해."

"뭬야? 먹고 튀겠다는 거야, 뭐야?"

가모카 아저씨는 소리쳤다.

"쉬잇! 큰 소리 내면 기사님이 듣잖아요. 휴, 싫다는 게 아니잖아. 정말 미안해. 다음엔 꼭……."

실망과 낙담으로 눈앞이 깜깜해진 아저씨를 내려놓고 택시는 그녀만 태운 채 떠나고 말았다.

"도망친 거네요. 처음부터 여자한테 인기 없는 중년 남자가 분수도 모르고 바람을 피우려고 하니까 그런 일이 벌어지잖아요. 부디 아내 한 분만 잘 지키세요."

"허, 근데 그 마누라란 사람조차 그 야비한 짓을 하는 겁니다."

아저씨는 최근 아내 분과 함께 온천에 다녀왔다. 이는 아저씨에게는 전대미문의 일이었다. 물론 가고 싶어서 간 건 아니다. 다른 남자들처럼 내 마누라한테 좋은 일 한번 해 보자는 의무감 내지는 책임감 때문에 큰마음 먹고 간 것이다.

역시나 아내 분은 기분이 좋았는지 그 나이에도 불구하고 아이처럼 신이 나 있었다. 그것을 본 아저씨 또한 목석은 아닌지라 평소에는 여자로 여기지도 않던 마누라가, 어쩌다 가끔 바지 대신 치마를 입을 뿐이라던 그 마누라가, 여자 축에도 들지 않는다고 했던 그 마누라가 예뻐 보이기 시작했다. 오랜만에 느끼는 설렘에 가슴이 일렁이던 아저씨는 갑자기 마누라를 덮치려고 했고, 마누라는 콧방귀를 뀌며 단칼에 거절했다.

"오늘은 안 돼. 아까 그거 시작했어요. 훠이, 훠이."

아저씨는 그렇게 내쫓겼다고 한다.

"달리 어떻다는 건 아니지만, 호스티스는 그게 직업이라서 그런지 적어도 말은 예쁘게 한단 말이오. 하 참, 훠이, 훠이라니……."

아저씨는 개탄스러워했고, 그 말을 들은 나는 위에서 언급한 '모가미 강' 시조를 떠올린 것이다. 그런데 가모카 아저씨를 거절한 호스티스가 아닌 내가 아는 그 성격 좋은 호스티스가 이 이야기를 듣고 이렇게 말했다.

"그렇게 된 걸 어쩌겠어. 날짜만 확실히 안다면 간단해. 요즘에는 늦추거나 빨리 하게 하는 약도 있으니까 미리 먹어 두면 된다고. 하지만 대충 손가락 꼽아 가며 날짜를 세어 보고 오늘은 괜찮겠지……? 그런 날일수록 가장 위험하다니까."

그녀는 말을 이었다.

"사기라느니 편취라느니 말씀하시는데, 우리도 그럴 때 난감해. 나도 그 순간 헉 한단 말이야. 느낌이 불길하기에 화장실에 가 보면 그날인 거야. 가장 먼저 드는 생각이 '큰일 났다, 미안해서 어쩌지, 안쓰러워서 어쩌지!'라고. 나 이런 일 하지만 의리 있는 여자야. 어떻게 말씀 드리나, 절망할 정도로 괴롭고 죽고 싶달까? 대수롭지 않게 생각했던 내가 무책임했던 거니까……."

그녀는 정말로 성격이 좋다.

"아무튼 그렇게 화장실에서 나와 다시 침대로 가면 남자는 휘파람을 불면서 옷을 벗어 옷걸이에 걸고 호텔 가운으로 갈아입고 있어. 휴, 그 분주하면서도 신이 난 얼굴을 보면 점점 더 말하기가 미안해지지. 쭈뼛쭈뼛 침대에 걸터앉으면 남자는 혹시라도 마음이 변했을까 봐 열심히 내 심기를 살피면서 애교를 부리는 거야. 아, 이 사람 정말 착하구나 싶은 생각이 들면 괜스레 더 미안해져서 말을 못하게 되고……. 아무튼 여자들도 당연히 신경을 쓴다고."

그녀는 그렇게 말했다.

하지만 가모카 아저씨는 지금까지 살면서 그렇게 섬세하고 성격 좋은 여자는 단 한 번도 만나 본 적이 없다고 말했다. 아저씨가 말씀하시길 자신처럼 예민한 남자에게는 보통 휙이 휙이 쫓아내는 여자가 붙고, 섬세한 여자한테는 날씨가 좋든 어떻든 무조건 결행하는 놈이 붙는다고 한다. 그리고 그것이 인생의 조화라고 한다.

○

남자의
빗나간 예상

남자들 중에는 수양이 부족한 사람이 많다. 젊은 시절 회사원 생활을 하면서 그 사실을 절실히 깨달았다.

회사에 유쾌하지 않은 일이 발생하면 남자는 바로 우거지상을 한다. 목소리가 까칠해지고 싸우기라도 할 기세로 말을 걸어온다. 혼자서 괜히 울컥해서는 애먼 사람한테 마구 화풀이를 하는 것이다.

게다가 집에 돌아가면 어려워할 사람까지 없으니, 정도가 심한 남자는 아내를 때리거나 밥상을 뒤집어엎고 물건을 던지며 악을 쓴다.

"바깥에 나가 봐. 사방에 적이야. 남자의 괴로움을 여자가 알 턱이 있나!"

네, 그러세요? 여자도 여자 나름의 괴로움이 있다고요.

"웃기는 소리 하네. 삼시 세 끼에 낮잠까지 자면서 여자가 뭐가 괴로워. 이렇게 팔자 좋은 사람이 세상 어디에 있다고 내가 하는 말까지 따라하는 거야!"

어머, 여보! 낮잠 말고 밤잠이요. 밤에 자는 잠 때문에 차마 말은 못하지, 얼마나 괴로운데요.

"뭐라고? 횟수가 적다는 거야? 우리 회사 다나카한테 물어봐. 사토한테 한번 물어보라고. 내가 가장 많이 할걸. 무슨 불만이 그렇게 많아? 나는 남자로서 해야 할 일 전부 다 착실히 하고 있다고."

그게 아니에요, 여보…….

남편과 이런 대화를 주고받다 보면 부인은 끝내 입을 다물고 뒤에 가서 혼잣말로 불만을 중얼거린다. 이런 남자들을 보고 여자들은 어쩜 그렇게 뭘 모를까, 라고 생각한다.

대부분의 남자는 뭘 몰라도 한참 모른다. 여자의 심리가 어떤지, 생리가 뭔지 전혀 알지 못하는 것이다. 횟수만 많으면 되는 게 아니란 말이다.

결혼 초기에는 아무것도 모르는 새댁이니까 이런저런 요구를 해야겠다는 생각 자체를 못하고 지나간다. 부모 곁을 떠나 한 사람의 여자로서 아무것도 모르던 시절이 그렇게 지나면, 그 후부터는 '이제 어떻게 좀 안 되겠니'라는 생각이 들기 시작한다.

하지만 어떻게 좀 되는 일 따위는 일어나지 않는다.

남자는 애초에 자신의 방법이 잘못된 것은 아닌지 의심해 볼 생각 자체를 못한다. 그렇기 때문에 여자가 왠지 창피하고 왠지 미안해서 말을 꺼내지 못하고 있다는 사실 또한 전혀 알지 못한다. 뭐든지 자기중심이라서 자기만 만족하면 여자도 만족했을 거라고 생각한다. 하지만 그럴 리가 없지 않은가.

이때 이 세상 남자들은 생각한다. 여자라는 여자가 모두 들고 일어나 남편을 비난하는구나. 수박 겉핥기식 정보를 늘어놓는 주제에 남자를 쥐고 흔들려고 하는구나. 주도권을 빼앗고 자기 마음대로 욕심을 부리려고 광분하는구나.

하지만 여자들 중에서도 아직 꽤 많은 사람이 그런 이야기를 입에 올려 이러쿵저러쿵하는 것을 천박한 일이라 생각한다. 설령 부부라고 할지라도 말이다. 이건 사회계층이나 개인의 교양 및 학력 따위와는 무관하다.

여자들은 체념한다. 남자란 동물은 서투르고 자기중심적이며 이기주의자다. 아무것도 모르는 바보라면서 단념하고 만다. 남자는 여자의 그런 마음을 모른 채 불만은 용서 없다며 윽박지르기만 한다.

여자는 생각한 것 그대로 입 밖에 내는 건 경박한 일이라며 말없이 참아 낼 뿐이다. 남자는 안 믿을지 모르겠지만.

남자가 방향을 잘못 잡고 땀을 뻘뻘 흘리는 동안 여자는 한숨을 쉰다. '거기가 아닌데'라고 생각한다 해도 말하지 못하는 조심스러운 여자도 있는 것이다.

나아가 남자란 사람 대부분이 섬세하지 않아서 여자가 말을 꺼내기 쉬운 분위기를 만들어 주지 않는다.

"제 말이 맞죠? 보통 남자들은 자신이 좋으면 여자도 좋을 거라고 단정 지어요. 왜 그런지 모르겠어요."

가모카 아저씨는 내 말에 고개를 갸우뚱하며

"뭐 그럴 수도……."

"그럴 때 남자는 뭐라고 해요?"

"여자한테 물어보겠지요. '좋지?'라고……."

그러면 안 된다. 그렇게 물었을 때 안 좋다고 말할 수 있는 여자가 몇이나 될까? 땀 흘리며 고생하는 남자에게 별로 안 좋다고 솔직히 말할 수는 없다. 그 놈의 정이 뭔지. 개중에 더 착한 여자는 억지로 애교를 부리며 남자한테 맞추려고까지 한다.

그럼 남자는 더욱 기분이 좋아진다. 여자는 속으로 한숨을 푹푹 쉬며 단념해야겠다며 우울해하는데, 남자는 완전히 엉뚱한 곳에 공을 던지고 혼자서 즐거워한다. 정말 손발이 안 맞아서 못해 먹는다니까.

예상이 빗나가는 것만큼 슬픈 일은 없을 것이다. 제삼자가 보면 유머러스하겠지만 당사자는 슬프다(심지어 내 사생활이 남에게 유머러스할 수 있다는 점 때문에 더 슬퍼진다).

너무 슬퍼서 웃고 말면 남자는 여자를 기쁘게 해 줬다고 생각해 의기양양 기뻐서 어쩔 줄 모른다.

이게 뭐하는 건가 싶어서 울면 남자는 여자를 울릴 정도로 실력이 있었나 보다 자만하며 더욱 엉뚱한 방향으로 애를 쓴다.

어느 쪽으로 가도 남자의 예상이 빗나가면 더는 구제할 길이 없다. 경험이 많은 여자라면 어디가 어느 정도 빗나갔는지 지적할 수 있겠지만, 경험이 별로 없는 새댁이나 여자들이 그걸 어떻게 알겠나.

"왠지 핀트가 어긋난 것 같기도 하고……."

"하지만 원래 그런 것 아닌가 싶기도 하고……."

순진한 그녀들은 그들끼리 모여 요조숙녀답고 조신하게 단념할 뿐이다.

"그래서야 부부 화합이 되겠습니까? 확실히 말씀하시는 게 낫습니다."

가모카 아저씨는 말했다.

"각자 취향이라는 것도 있고 서로 좋아하는 것이 다른 건 당연한 일이니까 이건 아니다, 저것도 아니다, 라며 서로 합의하는 것이 화합의 비결이겠지요."

아저씨가 말한 이 부분이 바로 남자에게 모자란 부분이다. 대부분의 남자는 조급하고 제멋대로다. 남자가 다른 사람의 말에 조금만 귀를 기울이는 도량을 가지고 있었더라면, 남자들이 원래 그런 사람이었더라면, 남편의 예상이 빗나가도 한숨을 내쉬며 포기하는 부인은 없을 것이다.

"그럼 어떻게 해야 합니까?"

아저씨는 내게 물었지만 여자로서도 달리 할 수 있는 게 없다. 땀 흘리며 고생하는 남자를 보며 '에구, 고생하네'라고 생각할 뿐.

○

척, 확, 훌훌

"문신을 지우려 겨우 마음먹었더니 날이 밝았더라."

이런 시조가 있다. 여기서 문신이란 옛날 등에 새겼던 긴토키金
時*나 지라이야自來也** 같은 그림이 아니라 팔이나 다른 신체 부위
에 '가모카 목숨', '오세이 목숨' 같은 문구를 새기는 것을 말한다.
아무튼 이 시조가 담고 있는 의미는 사랑을 맹세하며 새겼던 문신
조차 무언가가 끝나면 지우고 싶어진다는 것 같은데, 나는 여자임
에도 불구하고 사용 전과 사용 후의 차이가 뭔지 잘 알고 있다. 하

---

* 헤이안시대의 무장 미나모토노 요리미쓰(源賴光)의 사천왕 중 한 사람인 사카다 긴토키(坂田
金時)를 말한다.
** 에도시대 후기 소설에 등장하는 가공의 도적 및 닌자를 말한다.

지만 그게 그렇게나 다른 건가?

"일이 끝나면 문신이 뭡니까, 여자까지 지우고 싶어집니다."

가모카 아저씨, 참 지독한 양반이다.

"그럼 만일 돈 같은 걸 빌려줬다면 사전에 받아 둬야겠네요. 나중에 돌려받지 못할 수도 있잖아요."

나는 여자 측에 서서 말했다.

"뭐, 그렇겠지요. 끝나기 전이라면 20만 엔이고 얼마고 선뜻 내주겠지만, 끝난 다음에는 20엔도 아깝습니다. 오히려 제가 받고 싶어질 정도예요."

"어머나, 어떻게 그런 말씀을……."

"아침에 일어나 보면 도깨비가 따로 없어요. 옆에 누워서 세상 모르고 자는 모습을 보면 베개를 발로 차 버리고 싶어집니다. 이제까지 준 돈 다시 돌려받고 싶어져요."

"말은 그렇게 하셔도 시간이 좀 지나면 다시 애인한테 돌아가 애교 부리실 거잖아요. 그 애인이 화류계 여성이라면 또 돈을 가지고 찾아가실 테고요. 그럼 또 문신 하나가 늘어나겠지요. 아닌가요?"

"그거야 모를 일이죠. 남자가 다 그렇습니다. 끝난 다음에는 정말 미안하다 생각은 해도, 시간이 지나면 또 말끔하게 잊어버리고 처음부터 다시 시작해요. 그렇기 때문에 매춘이란 직업이 오랫동안 쇠퇴하지 않고 계속되는 겁니다."

참고로 나는 돈으로 섹스를 사는 남자라는 동물을 도무지 이해할 수 없다. 하지만 이건 내가 아직 생각이 구식이라 그런 걸 수도 있다. 왜냐하면 요즘에는 여자도 남자를 사기 때문이다.

최근 내 지인 중 외모가 아름다운 중년 부인이 단체 여행으로 홍콩에 갔는데, 인원수가 애매해 그 부인 혼자 2인실에 묵게 되었다고 한다. 그런데 밤이 되자 젊은 남자가 방으로 찾아왔다는 것이다.

"부인, 혼자세요?"

그녀는 여자 혼자 있다고 하면 쉽게 볼까 봐 큰일을 당할지도 모른다는 생각에 서둘러 소리쳤다고 한다.

"No! 둘, 두 사람!"

"오, 두 사람? 그래, 그러면 싸게 해 줄게."

이 부인 말로는 그런 일을 겪고 나서 보니, 꽤 많은 여자가 남자를 사고 있었다고 한다. 이 청년이 혼자 묵고 있는 여자의 방문을 두드리며 의향을 물어보러 다녔던 것만 봐도 그런 일이 많다는 걸 반증하는 것이리라. 그녀는 질겁하며 "필요 없어요. 남자 필요 없어!"라고 소리쳤고 그 청년은 싱긋 웃으며 방에서 나갔다고 한다.

그녀는 혹시라도 그 청년이 자신을 보며 '아, 이 여자는 혼자서도 충분하다는 거로구나'라고 이해한 건 아닌가 하고 풀이 죽어 있었는데, 남자를 사는 여자가 의외로 많다는 사실을 알고 나 또한 깜짝 놀랐다. 난 그 정도로 세상 물정을 모르는 순수한 여자다.

"뭐, 아무리 그래도 여자가 남자를 사는 것보단 남자가 여자를 사는 경우가 훨씬 많겠지요. 여자는 사랑이니 연애니 하며 금방 사랑에 빠져 돈으로 끝낼 수 없을 데까지 가거든요. 반면에 남자는 척 하고 돈을 내놓고, 확 해 버린 다음, 홀홀 털어 버립니다. 이렇게 1세트 종료입니다. 척, 확, 홀홀. 이를테면 라디오 체조 같은 거지요."

아무리 그래도 뭐가 그리 속상해서 돈까지 들여 가면서까지 라디오 체조를 하는 걸까? 집에 들어가면 돈 안 내도 할 수 있는데.

그 심리는 바로 집에서 마시면 저렴한데 굳이 밖에 나가 비싼 술을 마시고 싶어 하는 남자들의 심리와 비슷하다. 아무리 그래도 이해가 안 간다. 남자가 하는 일은 전부 모순덩어리다.

"그게 아니라, 집에 들어가서 하면 그다음 일이 번거롭기 때문입니다. 라디오 체조는 체조가 끝나면 박차고 일어나 뛰어나오면 그만이거든요. 그런데 집에서는 어떻습니까. 끈적거리고 질척거리는 분위기 때문에 불쾌해 참을 수가 없어요."

"그렇다는 건……?"

"남자는 문신을 지우고 싶은 마음인데 마누라는 오히려 제 옆에 찰싹 달라붙어 떨어질 생각을 안 합니다. 마누라니까 베개를 던질 수도 없고, 준 돈을 다시 내놓으라고 할 수도 없어요. 하지만 더는 쳐다보기도 싫은 걸 어쩌겠습니까."

"그런 점이 이해가 안 가요. 싫으면 애초에 안 하시면 되잖아요?"

"오세이 상, 뭘 몰라도 참 모르시네요. 처음엔 말이죠, 활활 타오른 상태라서 여자라면 누구나 괜찮습니다. 그 당시에는 마누라지만 할 수 없다 싶어요. 하지만 끝난 다음에는 진력이 납니다. 쳐다보기도 힘들어요."

"아……."

"그런데 그다음 날 아침이 되면 마누라는 아침 댓바람부터 일어나 콧노래를 불러 대며 아침밥을 합니다. 그러다 저를 깨우러 오는데, 잠결에 그 모습을 보면 화장까지 하고 있는 겁니다. 그럼 그 순간 집이 아닌 줄 알고 소스라치게 놀랍니다."

"그럼 좋은 거잖아요?"

"옆에 와서 찰싹 달라붙어 만지고 싶어서 어쩔 줄 몰라 합니다. '오늘은 몇 시쯤 들어오느냐', '맛있는 것 해 놓을 테니 일찍 들어와라', '어머나, 자기야 넥타이가 또 비뚤어졌어'라는 둥 말을 걸면서 치근거립니다."

"여자들이 그렇게 정이 깊답니다."

"그 정이라는 게 항상 깊어야지요. 이와는 반대로 다소 뜸해지기라도 하면 또 어떤지 아십니까? 퉁퉁 부은 얼굴을 보란 듯이 내비칩니다. 걸음걸이부터가 위협적이고 퉁명스러워요. 괜히 애한테 화풀이를 하고 반찬도 감자조림에 멸치볶음 같은 것을 적당히 내줍니다. 밤에는 뭐가 못마땅한지 잔뜩 화가 난 채 잠들고, 꿈을 꾸면서도 으르렁거리며 잠꼬대를 합니다. 이도 갈지요. 이때는 방귀 소리까지 화가 나 있습니다. 그러다가 또 어쩌다 한 번 끝내면 갑자기 돌변해 아침에 랄랄라 콧노래를 부르고 화장을 하고 애교를 부리며 오늘은 몇 시에 들어오느냐고 콧소리를 냅니다. 이런데도 소름이 안 끼치고 배기겠습니까? 손바닥 뒤집듯 한다는 게 이런 경우를 말해요. 참, 해도 해도 너무합니다."

아저씨는 단숨에 말을 쏟아 내더니 잠시 동안 눈을 감고 있었다.

"남자 만 명이면 만 명 하나같이 일을 끝내면 바로 문신을 지우고 싶어 할 겁니다. 그것이 바로 '척, 확, 홀홀' 같은 라디오 체조가 좋은 이유입니다."

○

집 생각

홍등가에서 손님을 놓치지 않기 위해 하는 노하우 중에 이런 것이 있다. 손님이 용변을 보러 가려고 하면 여자가 함께 따라 나와 화장실 밖 복도에 서서 말을 걸기도 하고, 일 보고 나와 손을 닦으려고 하면 옆에 서서 시중을 들기도 하면서 손님 마음을 붙들어 매는 것이다.

아닌 게 아니라, 화장실 안에 혼자 앉아 느긋하게 볼일을 보다 보면 왜 그런지 흥이 잘 깨지기는 한다.

그렇다고 모든 남자가 그런 경험을 하는 건 아니다. 대부분의 사람들은 싸구려 술집 카운터 끝자락에 있는, 물소리가 바깥으로 다 새어 나오는 화장실에 앉아 혼자서 일을 본다.

어두운 불빛 아래에서 일을 보다가 취한 눈을 몽롱하게 겨우 뜨면서 시계에 눈을 돌린다. 지금 몇 시나 됐지? 어라? 벌써 시간이 이렇게 됐네. 그 순간 눈이 번쩍 떠진다. 그러고 나서 자리에서 일어나 고개를 떨구며 자신이 지나온 세월과 앞으로에 대한 생각을 한다. 무정한 물살을 바라보면서 자신이 일궈 온 것이 무엇인지 이렇게 저렇게 돌이켜 본다. 그러다가 결국 화들짝 놀라 제정신이 돌아오는 것이다.

"아아, 자네 여기에는 무얼 하러 온 건가……. 불어오는 바람이 나에게 묻나니."

그렇게 되면 이제 대부분의 사람들이 비틀거리며 자리로 돌아와 막 꿈에서 깬 사람처럼

"어이, 이제 슬슬 가지."

라고 말한다.

화장실에 갔을 때 말고도 집 생각이 드는 순간이 또 있다. 그건 바로 어른 노는 곳에 뜬금없이 어린아이가 등장할 때다. 이때도 참으로 난감하다. 어른들 자리에 갑자기 아이가 나타나면 집에 가고 싶어진다기보다 놀고 싶은 마음이 사라져 흥이 깨진다.

이건 집에 가고 싶어져서 곤란한 것이 아니라 사람 마음을 본심으로 되돌려 놓기 때문에 곤란해지는 것이다. 아이가 눈앞에서 알짱거리면 애써서 잊고 있었던 속세와의 인연, 의리의 굴레 따위가

떠오른다. 화장실에서 느꼈던 혼란 정도가 아니다.

아이는 인간이 부끄러워해야 할, 숨겨야 할 부분이다. 아주 사적인 부분, 은밀한 부분이란 말이다. 그런 곳을 다른 사람한테 내보이다니. 가당치 않은 일.

회사 책상 유리판 사이에 사진을 몰래 끼워 놓고 일하다가 짬이 나면 물끄러미 바라보며 미소 짓는 사람, 시간 가는 줄 모르고 하염없이 바라보는 사람도 망측하지만 이건 회사니까 용서할 수 있다.

술 마시는 곳에 와서까지 지갑 속 정기권 앞에 끼워 놓은 아이 사진을 꺼내 보여 주다니. 그런 남자는 정말 상종 못할 사람이다. 내 앞에서 남자가 그런 짓을 한다면 아무리 완벽한 신사라고 해도, 백년의 사랑이라 해도 단번에 식어 버릴 정도로 섭섭할 것이다.

여자가 아이 자랑을 하는 건 말하자면 '자화자찬'이다. 지극히 당연한 것이기 때문에 정상참작해 줄 만한 여지가 있다. 하지만 남자는 곤란하다. 남자는 자기 집 문지방을 넘어 밖으로 나온 그 순간, 처자식과 정신적인 인연을 끊어 줬으면 좋겠다. 한 사람의 남자로 행동했으면 좋겠다(회사에서보다 술자리에서는 특히 그러길 바란다). 잠자리에서는 말할 것도 없고.

요즘 남자들은 나이가 한창인데도 "우리 꼬맹이가 요즘 학교에서 말이야……"라며 아무렇지 않게 아이 이야기를 한다. 창피하지도 않나 보다.

"군대 같은 데 들어간다고 하면 어쩌지. 요즘 생각할수록 걱정된단 말이지."

들어가면 뭐 어때. 개구쟁이라도 좋다. 늠름한 군인이 되어 다오. 어차피 남의 아들이다.

"우리 애한테 《황홀한 사람》*을 읽어 보라고 해야겠어. 노후에 돌봐 달라고 해야 될 텐데 생각해 보니 머지않았더라고."

이러고도 남자인가. 여자가 그런 말을 한다면 이해하겠지만, 다 큰 남자가 아이한테 노후를 부탁한다니 뻔뻔스럽고도 한심해 말이 안 나온다.

남자는 한 마리 늙은 늑대가 되어 황야로 돌아가라.

아무리 마음속으로 우리 애가 돌봐 주겠지 생각했다 하더라도 다른 여자한테 그런 이야기까지는 하지 말아 달란 말이다.

남자가 자기 아이 얘기를 꺼내기 시작하면 여자는 어딜 봐야 할지 혼란스러워진다. 맞장구치기도 힘들고, 나아가 성적 매력까지 사라져 버린다.

그렇다고 뭐라고 할 수는 없으니 억지웃음을 지으며 말한다.

"아이가 참 똑똑한가 봐."

"앞으로 어떻게 될지 기대되겠네."

---

* 아리요시 사와코의 장편소설로 치매 노인과 가족들의 간병 이야기를 다루었다. 한국어판 제목은 '꿈꾸는 사람'이다.

그러면 남자는 좋아서 어쩔 줄 몰라 한다.

하지만 여자는 술기운도 사랑도 홀딱 깨져서 지금 가면 막차를 탈 수 있을지 시계를 쳐다본다. 독신 여성이라면 나도 빨리 결혼해서 아이를 만들어야겠다고, 가정이 있는 여자라면 우리 아이는 이제 잠들었으려나, 하면서 집 생각을 하기 시작한다.

여러분, 우리 아이 얘기는 밖에서 하지 맙시다. 아이 얘기밖에 할 말이 없다면 인생이 너무 슬프잖아요. 아이 자랑을 하시려면 차라리 자기 자신이나 마누라 외모를 자랑하는 게 낫습니다.

남의 집을 방문했을 때 그 집 아이가 나와 있는 건 어쩔 수 없는 일이겠지. 재벌 집도 아니고 어느 집이나 좁은 건 마찬가지니까 아이가 나왔다 들어갔다 하는 것은 이해할 수 있다. 하지만 밤이 되고 술이 나오고 식사가 나왔을 때까지 아이가 나와서 노는 건 곤란하다. 어른들이 "아가야, 몇 살이지?"라고 묻기 시작하면, 아이는 노래를 부르고 율동도 하면서 어른들의 주목과 관심을 모은다. 어느 정도 모았다 싶으면 이 꼬마 녀석은 점점 더 의기양양해져서 내 앞에 서서 알짱대고 촐랑거린다. 그 집 남편과 아내는 그 모습을 흐뭇한 눈빛으로 바라보는데, 나는 아무래도 그런 것에 약하다.

뭘 아는 남자라면 아이는 옆방에 재우거나 텔레비전을 조용하게 틀어 줄 것이다. 눈살이 찌푸려질 만한 것은 모두 감추고 술자리에까지 가지고 나오지 않을 것이다. 밖에 나가서도 아이의 '아'

자도 입 밖에 내지 않을 것이고, 드러내지 말아야 할 곳은 잘 감싸서 모셔 둘 것이다. 상대가 집에 가고 싶어 하지 않도록 현실적인 이야기를 삼갈 것이다.

이건 남자한테만 해당되는 건 아니다. 여자도 밖에서 술을 마실 때는 남편과 아이 생각을 안 하려고 필사적으로 노력한다. 그 비통함으로 따지면《앵두さくらんぼ》*를 쓴 다자이 오사무보다 더할 것이다. 집 생각은 남자보다 여자가 더 많이 하기 때문이다. 그래도 이를 악물고 술 마시며 섹시한 이야기를 하려고 노력한다. 그런데 하물며 남자가 노력하지 않는다면 체면이 뭐가 되겠어.

---

* 다자이 오사무가 자살하기 직전에 쓴 마지막 소설.

○

명기, 명검

명기名器에 관한 두 가지 설이 있다.

하나는 선천적으로, 즉 신체적 구조상 타고나는 것이라는 설이다. 또 다른 하나는 여자가 애정을 품는다면 누구나 명기가 될 수 있다는 설이다.

소설가 가와카미 소쿤川上宗薫* 씨는 전자라고 주장하시는 모양인데, 사실 대부분의 남자는 그렇게 생각할 것이다. '이 세상에 명기라는 게 존재하는데, 언젠가는 나도 그것을 가진 여자와 만나게 될 거야'라며 이루지 못할 꿈을 꾸는 남자라면 당연히 그것의 존

---

* 일본의 소설가로 《초심》 등의 대표작이 있다. 아쿠타가와상 후보에 다섯 번 올랐고 1960년 대 중반부터 음란소설을 집필하기 시작했다. 대단한 성 묘사가 특징이다.

재를 의심하지 않을 것이다.

그에 비해 여자들은 보통 후자의 설을 택한다. 자신이 둔기鈍器라고 믿고 싶지 않은 마음 때문이다. 혹시 내가 명기가 아니라면, 그것은 나를 그렇게 만든 상대방이 잘못한 거라고, 진심으로 애정을 담아 사랑을 나누면 누구든 명기가 될 수 있다고 믿는다.

그런데 여자만 그런 생각을 하는 것이 아니다. 때때로 경험이 적은 남자 중에서도 그런 생각을 하는 경우가 있다. 그래서 이 질문을 남자한테 해 보면 그 사람이 여자 경험이 적은지 많은지를 가늠할 수 있다.

가모카 아저씨한테 시험해 보자.

"이 세상에 명기란 것이 정말 있다고 생각하세요? 아니면 여자가 상대방을 진심으로 사랑해 몸과 마음 할 것 없이 모든 것을 불태울 때 누구나 명기가 될 수 있다고 생각하세요?"

"당연히 어떤 여자든 자신을 불태우면 명기가 될 수 있겠죠."

이것으로 아저씨는 여자 경험이 빈약하다는 걸로 판명되었다. 다른 사람의 도구가 어떤지 경험해 보지 않고 자기 상대의 도구로 만족한다면 그것을 명기라 여길 수도 있을 것이다. 그 아주 짧은 순간에 경험하는 찰나적이고 아름다운 사랑의 착각으로 상대가 명기라고 굳게 믿는 것이다.

그런데 생각해 보면 이 또한 좋지 아니한가.

남자든 여자든 평생 동안 원하는 만큼 풍부하고 다채롭게 경험하는 사람이 몇이나 되겠는가. 환경, 경제력, 체력뿐만 아니라 성격적으로도 맞는 사람과 안 맞는 사람이 존재한다. 따라서 명기가 선천적인 것이냐 애정의 결과냐, 라는 논쟁은 무의미하다.

한편 대부분의 남자가 명기를 원하는 것에 반해 여자는 명검名劍을 원하지 않는다. 그런 여자가 있다고 해도 아주 드물다.

예를 들어, 남자는 누군가 동쪽에 명기가 있다더라고 말하면, 소문난 잔치에 먹을 것 없다 하면서도 서둘러 뛰어가 시험해 보고 싶어 한다. 서쪽에 명기를 자랑하는 여자가 있다더라는 말을 들으면 '설마 진짜겠어?'라며 손사래를 치다가도 마음이 크게 동요한다.

하지만 여자는 누가 와서 '여기 명검이 있다', '참 잘 드는 칼이다', '강철검이나 마찬가지다', '평생 있을까 말까 한 명품이다'라며 부추겨도 무슨 소리를 하는 건지 와 닿지 않아 한다. 왜 그런지 명검에 딱히 관심이 없다. 여자는 정서적 분위기에 약하기 때문에 설령 명검이 아닌 이 나간 칼, 혹은 죽도라고 해도 분위기에 더 큰 비중을 둔다.

남자는 명기라는 이유 하나만으로 그 여자의 존재 가치를 인정하지만, 여자는 명검이 분명하다며 쥐여 준다 한들 난감할 뿐이다. 아무리 명검을 가진 남자라고 해도 남자로서의 매력이 없으면 명검은 온전한 명검이 될 수 없다. 남자처럼 '명기이기만 하다면야 눈코입 다 필요 없다', '말이야 안 통해도 그만이다'는 아닌 것이다.

이것이 남자와 여자의 차이다.

남자와 여자는 정말이지 차이점투성이다. 이 상태로라면 죽을 때까지 서로를 이해할 수 없을 것 같다.

남자들은 자신이 그렇듯 여자도 명검을 원할 거라 믿기 때문에 어떤 녀석은 여자를 유혹할 때 자신의 명검을 자랑한다. 상대가 조신한 스타일의 여자라면 더더욱 열심히 장사를 한다.

"딱 한 번만 시험해 보라니까. 아마 깜짝 놀랄걸."

여자는 내키지 않는 표정에 그리 즐거워 보이지도 않는데, 남자는 공연히 활활 타올라 땀까지 흘리며 사이즈에 대해 설명한다. 그런 그의 모습을 지켜보다 보면 바보도 바보 나름의 귀여움이 있으니까 싫다가도 잘못 짚어도 한참을 잘못 짚었구나 싶어서 불쌍해지기까지 한다.

너무 굶었거나 경험이 없는 여자가 아니고서야, 혹은 여자답지 않은 호기심을 가진, 오히려 남성적 취향에 가까운 경험 많은 여자가 아니고서야 아무리 명검을 자랑한다 한들 넘어가는 여자는 없을 것이다.

심지어 예전에 한 남자가 자신의 명검에 내 친구의 손을 가져다 대고 만져 보라고 한 다음 내 말이 맞지 않느냐고 성화를 부린

적이 있었는데, 그 순간 친구는 "아……" 하며 김빠진 반응을 보이더니 무덤덤하게 나를 보며 속삭였다. "연필인 줄 알았어……."

친구는 그제야 자기 남편이 강철검이었다는 사실을 깨닫고 "남자들 모두 똑같은 거 아니었어? 아, 천차만별이구나"라며 신기해했다. 남자가 앞뒤 안 재고 자기 명검을 자랑하다가는 이런 창피만 당할 테니 조심하는 편이 좋을 것이다.

그런데 내 생각엔 명기, 명검에도 궁합이라는 게 있다. 그것이 즉, 무드나 정서 혹은 애정이란 것일지도 모르겠지만, 내 말에 따르자면 그건 '궁합'이다.

"아니, 명기에 궁합 따위는 없다. 만인이 한목소리로 인정하기 때문에 명기인 것이다!"

남자들은 이렇게 주장할지도 모르겠다. 그렇다면 백 보 양보해 명기는 그럴 수 있다고 치겠다. 그래도 명검이냐 아니냐는 절대적으로 '궁합'이 좌우한다.

궁합이 맞지 않으면 아무리 명검이란 보물을 가지고 있어도 썩히는 꼴이 될 것이다. 나와 궁합이 맞는 좋은 파트너를 만나기만 한다면 다른 것은 전부 필요 없다. 만인이 입을 모아 인정하는 명검 따위를 어느 여자가 좋아하겠는가. 여자가 원하는 것은 나와 잘 맞는 짝, 그것도 나만의 짝꿍인 것이다.

"흠."

가모카 아저씨는 콧숨을 내쉬면서 깨달은 바를 말했다.

"짝꿍이든 꿍짝이든 애초에 그런 게 다 무슨 소용 있습니까. 기나긴 인생, 남녀 간의 정사는 한순간의 꿈이리니."

이는 분명 늙고 있다는 징조다.

○

낳아라,
번식하라

전시戰時 중에는 표어가 많았다.

그중 내가 가장 싫어했던 표어는 '낳아라, 번식하라'였다.

그 당시의 전시 표어라는 것들은 하나같이 재미없고 유쾌하지
않았다. 어쩌면 당연하다. 근검, 내핍, 극기, 자제, 인내를 강조하고
질타, 격려할 뿐이니까. 전쟁이란 희생을 요구하는 것이기 때문에
어쩔 수 없는 일이었다.

"기름 한 방울은 피 한 방울"

"사치는 적이다!"

"원하지 않겠습니다. 이길 때까진……."

"원사(야마모토 이소로쿠山本五十六*를 말한다)의 복수는 증산增産으

로!"

이러한 표어들 맨 꼭대기에 올라앉아 금색찬연하게 군림하던, 감히 표어의 왕이라 칭할 법한 표어가 있었다.

"치고야 말리라."

이는 전쟁의 완수, 적의 전멸을 강조한 것이다.

뭐 이 정도는 그래도 봐 줄 만했다. 전시 중 착한 여학생이었던 나는 마음속 깊이 새기고 맹세해야 할 훌륭한 표어라고 생각했다. 〈가냘픈 힘 모두 모아서〉라는 노래처럼 신국 일본의 승리를 믿어 의심치 않았고, 동원된 공장에서 학생 직공으로서 열심히 선반을 조립했다.

하지만 '낳아라, 번식하라'는 표어를 맞닥뜨리면 그때는 정말로 난처해진다. 눈을 어디 둬야 할지 몰랐다. 정말 창피했다.

당시 군부로서는 이 표어 또한 당연한 것이었으리라. 막대한 수의 병사를 투입해야 했을 테니 병사 충원이 절박했을 것이다. "병사가 한없이 필요하다, 빨리 낳아라, 어서 번식하라!"고 부르짖으며 여자들의 엉덩이를 때리고 싶은 심정이었을 것이다. 인구 정책 같은 고상한 것을 생각할 때가 아니었을 것이다. 훨씬 더 위급하고 한시가 급해서 떠오른 아이디어였을 것이다. 여러 가지 표현을

* 해군 대장으로 태평양전쟁에서 진주만 공격 등을 지휘했다.

두고 고심할 시간조차 없어서 때마침 붓을 쥐고 있던 군인이 서둘러 노골적으로 휘갈긴 다음 바로 벽에 붙였을 것이다.

"낳아라, 번식하라."

"너무 노골적이지 않아?"라고 말하는 사람이 있으면, 군인은 콧수염을 만지작거리다 칼자루로 삿대질하며 호통을 쳤을 것이다.

"뭐가 어떻다는 건가? 이 말이 틀렸나!"

아무리 그래도 낳으라니. 우리 여자들이 무슨 달걀 낳는 암탉도 아니고, 하루아침에 무정란을 뚝뚝 떨어뜨릴 수 있는 것도 아니지 않나. 낳는다, 혹은 번식한다는 작업 전에는 또 하나의 공정이 필요하다. 당시 섬세하고 예민한 사춘기 여학생이었던 나로서는 '낳아라, 번식하라'는 말만 들어도 그 전에 치러야 할 공정을 상상할 수밖에 없었다. 그렇게 돼 버리면 이제는 그 표어만 봐도 가슴이 두근거리고 얼굴이 빨개지다 못해 나중에는 이런 말을 사람들 보는 앞에다가 버젓이 드러내는 어른들이 증오스러웠다.

그뿐 아니다. 전시 중 어른들이 얼마나 추잡했는가 하면, 우리 아이들이 버젓이 듣고 있는데도 동네 아저씨, 아줌마 들이 삼삼오오 모여서 동네에 갓 복귀한 남자들을 가리키며 "교배하라고 돌려보낸 거야"라고 큰 소리로 떠벌리곤 했다. 전쟁이 말기에 접어들면서 복귀하는 것 자체가 사라졌지만, 아직 초기였을 때는 전시 중임에도 불구하고 소집해제되어 내지로 송환되는 경우가 있었다. 그렇게 소집해제된 남자들은 보통 나중에 다시 한 번 소집돼 입대하곤 했는데, 그 두 번째 소집이 있기 전까지 그들 아내들이 아이를 가지는 일이 많았던 것이다. 그것을 두고 어른들은 정부와 군부가 공작한 결과라 여겼고 "교배하라고 돌려보냈다"는 말을 서슴없이 내뱉었다.

무구한 첫눈 같은 처녀 마음에 얼마나 큰 상처를 받았는지 상상할 수도 없을 정도다.

처녀인 내가 증오했던 점은 '낳아라, 번식하라', '교배하라고 돌려보냈다'는 등의 작위적 발상이었다. 처녀인 나에게 사랑은 작위적이거나 인공적이어서는 안 되는 것이었기 때문이다.

'교배' 같은 말은 정말로 기가 찼다. 그때 나는 남녀가 사랑을 나눈다는 것은(그 실체가 뭔지에 대해서는 물론 알 길이 없었지만) 교배하기 위함이 아니라고 굳게 믿고 있었다. 그럼 무엇을 위한 거냐고 물으신다면 할 말은 없지만, 낳는 것과 번식하는 것 모두 자연발생적인 것이라고 생각했다. 둘 다 파생적인 것일 뿐, 그것들이 주체가 된다면 주객전도다. 하지만 그 당시 여학교에서 실시했던 체육과 도덕 교육조차 여자가 건강한 아이를 낳는 것, 건강한 엄마가 되는 것을 그 목표로 했다. 어디를 봐도 본말전도투성이었다. 모든 것이 다 추접하다고 생각했지만, 그중에서도 '낳아라, 번식하라'와 '교배'라는 말은 도저히 용서가 안 됐다. 인간에 대한 모독이라는 둥 그런 고상한 이유 때문은 아니었다. 그저 신경에 거슬리고 불결했다.

하지만 임산부들은 당당히 걸어 다녔다. 대중목욕탕에 가면 탕에서 나온 임산부가 내 앞을 가로막고 서서 복대로 배를 둘둘 말고 있었다.

무명천 같은 건 구하기 힘든 시절이었기에 일본 수건, 즉 이마에 두르거나 하는 히라가나나 히노마루 같은 것이 염색된 천을 몇 장인가 이어 붙여서 복대로 사용했다.

목욕탕에서 본 어떤 임산부의 배에는 마침 '堅忍持久(견인지구)'라는 사자성어가 선명하게 쓰여 있었는데, 그 문구가 정말이지 너무 적절하게 느껴졌다. 그런데 그 수건을 한 번 더 두르니까 이번에는 '神風(가미카제)'라는 문구가 나오는 것이 아닌가. 이 또한 어쩜 이렇게 적절할까. 배를 쑥 내밀고 바람을 가르며 '모두 다 물렀거라'며 호통치듯 돌진하는 그녀의 모습은 처녀인 내가 봤을 때 너무도 기가 막히고 까무러칠 정도로 부끄러웠다.

어른들은 정말 감당이 안 되는 존재라고 생각했다. '낳아라, 번식하라'를 끊임없이 외치면서 '교배'에 힘쓰고 커다랗게 나온 배를 보란 듯 내밀고 거리를 활보한다. 여학생에게 그런 어른은 괴

---

* 제2차 세계대전 말기 일본군 특공대를 말한다.

물이나 마찬가지였다. 그중에서도 특히 임산부 보는 것이 수치스럽다는 점 자체가 여학생으로서 견디기 힘들었다. 임산부를 수치스러워하고 있다는 사실을 다른 사람이 알게 될까 봐 부끄러웠다. 여학생의 수치심은 뒤틀려 있었다. 여학생의 상상력이 터무니없을 정도로 예민해서 배가 부르게 된 그 인과관계를 상상하면서 머리를 쥐어뜯으며 괴로워하고 창피해했던 것이다.

내가 수치스러워한다는 사실을 다른 사람에게 들켜서는 안 된다. "뭐가 창피해?"라는 말을 들으면 오히려 더 수치스러울 것이다. 수치스럽지 않은 얼굴을 하고 수치스러워하고 있었다. 그런 여학생이 바로 나였다.

그때에 비하면 지금의 오세이 상은 어떤가. 요즘 들어서 갑자기 나잇살이 찐 나는 다른 사람이 혹시 "임신하셨어요?"라고 물어오면 큰 소리로 "아니요, 제 배인데요"라고 대답한다. 일반 기성복은 맞지 않아서 임부복 코너를 헤매는가 하면, 때에 따라 일부러 배를 내밀고 전차 안의 노약자석을 감쪽같이 낚아챈다.

○

바람기

일본에는 매춘방지법이란 것이 있기는 하지만, 매춘에 종사하는 여자도 많고 그걸 위해 돈을 허비하는 남자도 많다는 것은 누구나 아는 사실이다.

"사회주의 국가에서는 어떤가요?"

언젠가 내가 물었더니 그 방면에 통달한 한 신사가 말했다.

"중국에서는 시도해 보지 않았지만, 그 외의 나라에는 어디든 있습니다. 제가 몸소 탐구했어요."

이 신사가 말하길, 각국을 다녀 본 결과, 이 업종의 여자가 없는 나라는 없다고 한다. 다만, 그를 위한 호텔과 택시가 있는 나라와 없는 나라가 있다는 것. 차이는 그것뿐이라고 한다. 그런 까닭에 그게 없는 나라에서는 여자의 방이나 여자의 친구 방을 이용하기도 하고, 택시 대신 분뇨차(외국에는 없었던가?)를 빌려 쓰거나 우편 배달하는 운전사에게 약간의 뇌물을 주고 자가용 번호판으로 바꿔 달라고 부탁한다고 한다. 아무리 그래도 국가 공무원인지라 융통성은 없지만 돈은 모든 장소를 여는 열쇠다. 금발의 여자가

"아잉, 오빠 부탁할게. 좀 해 줘."

라는 식으로 한두 마디 하면 무표정하게 돈을 받고 차를 태워 준다. 다만, 시내와 가까웠더라면 별문제 없었을 텐데, 시내에 잡은 숙소를 벗어나도 한참 벗어나는 것이 아닌가. 도대체 어디를 가는 거냐고 영어로 떠듬떠듬 물었더니 "곧 도착해. 이제 다 왔어"라고 할 뿐 도착할 기미는 보이지 않았다. 창밖을 보니 매우 깜깜한 것이 말 그대로 칠흑 같은 어둠이다. 사회주의 국가란 어두운 곳이구나, 새삼스레 깨닫는다.

드디어 다마 단지多摩団地*나 지사토 뉴타운千里ニュータウン** 같은 동네에 도착한 다음 6층까지 계단을 오르고 나서야 좁디좁은 방으로 꾸역꾸역 들어간다. 그러자 안에 있던, 마찬가지로 금발에 녹색 눈을 가진 키 큰 남자가 뚫어지게 쳐다본다. 신사는 키 큰 남

---

* 도쿄 중심에서 약간 벗어나 있는 주거 지역이다. 20세기 초 개발이 시작돼 현재는 도쿄로 출퇴근하는 사람들이 거주하고 있다.
** 오사카 외곽에 있는 주거 지역으로, 대략 1960년대에 개발된 신도시다.

자와 여자의 대화가 이어지는 동안 무슨 말인지 몰라 멍하니 옆에 서 있다.

이야기의 분위기를 보아 하니 남자가 이렇게 말하는 것 같다.

"또야! 이 추운데 어딜 가라는 거야. 오늘은 더 쳐줘야 해."

거액의 팁을 지불한 다음에야 키 큰 남자는 방에서 나갔고, 그제야 그들은 방과 침대를 차지하고 앉을 수 있었다. 참으로 고달픈 절차가 아닌가.

그러고 나서 침대에서의 대화가 끝나면, 그녀와의 거래도 끝이 난다. 하지만 문제는 그때부터다. 시내에 있는 숙소로 돌아가기 위해서는 차를 잡아야 하는데, 그것이 여간 고생스러운 일이 아니기 때문이다. 날이 막 밝아 오는 새벽녘, 벽지의 아파트촌에서 손을 흔든다고 달려오는 택시가 일본에도 없는데, 그런 나라에 있을 리 없다.

"와, 정말 난감했습니다."

그는 그렇게 이야기를 마무리했다.

남자는 그것이 뭐든지 간에 그런 고생을 해서까지 꼭 탐구해야 하는가 보다. 왜 그렇게 바람피우는 걸 좋아할까? 제 몸을 과감히 던져서라도 모험을 하려고 한다. 세상에는 10년이고 20년이고 동굴에 숨어 지내는 사람도 있는데, 겨우 몇 주 혹은 몇 개월 출장가 있는 동안 그새를 참지 못하고 '그 일을 하는 여자'에게 달려가

다니. 이건 뭐라고 설명해야 하는 거야.

"그런데 요즘에는 여자들도 엄청나다고 합니다. 남편 있는 여자들이 낮 동안 뭘 하고 있는지는 모를 일이라고요."

신사 양반들은 이렇게 말하지만, 나는 그런 풍문과 달리 남편 있는 아내들은 바람피우지 않을 거라고 생각한다. 남자와 여자는 구조가 다르기 때문에 극히 평범한 보통의 아내가 남편 이외의 남자와 관계를 가지려면, 남자가 아내 외의 여자와 바람피우는 것보다 큰 결심이 필요하다. 예를 들어 내가 그 전문가 신사에게 물었다.

"어디 안 좋은 곳은 없으세요? 어디 사는 누군지도 모르는 여자를 안으셨잖아요. 정신적인 부분이라든가 병 같은 것에 걸렸다든가. 다 괜찮으신 거죠?"

그 신사는 당황하는 기색도 없이 말했다.

"나중에 비누로 씻으면 되는 것 아니오."

결국 이런 감각이다. 내가 곰곰이 생각해 봤는데(생각하지 않아도 자명한 이치지만), 남자는 비누로 씻을 수 있는 것이다. 즉, 씻기 쉽게 돼 있어서 '씻으면 된다'고 딱 잘라 말하면 그만인 것이다.

여자는 여러 가지로 봤을 때 남자보다 예민한 구조이기 때문에 비누로 씻기 힘들다. 설령 씻는다고 해도 어떻게 헹궈야 할지 걱정된다. 남자처럼 첨벙첨벙 씻은 다음 목욕탕 물을 대충 끼얹어 헹구면 그만일 수 없는 것이다.

여자는 무의식적으로 그런 걱정, 아니면 거부감 같은 것이 있어서 생리적 반발이 남자보다 강하다. 험한 꼴을 당하면서까지 각국의 남자를 찾아 헤매고 싶지는 않은 것이다.

보수반동이라고 비웃으려면 얼마든지 비웃어라. 여자가 가진 생리적 측면에서 말하자면, 여자는 바람피우기 어려운 구조로 되어 있다. 이건 정조나 윤리관과는 다른 측면의 이야기다. '어딘가 안 좋다'라는 말의 어감에는 윤리관이나 여자대학 스타일의 가르침은 포함돼 있지 않다.

그저 나왔고 들어갔고의 차이다. 나는 여자라서 모든 것을 여자의 사고방식으로 생각할 뿐이다.

"하지만 오세이 상도 남자가 유혹하면 흔들릴 때가 있지 않습니까?"

신사는 말했다.

만약 내가 흔들린다면 그때는 아마 혹한의 밤일 것이다.

얼마 전 나는 집에 가려고 오사카에서 막차를 탄 적이 있었는데, 그날 밤은 유독 추웠다. 고베 역 앞 택시 정류장의 줄도 길었는데, 때마침 겨울바람이 휘몰아치는 심야였던 터라, 가만히 서 있기만 해도 부들부들 떨렸고 금세 고드름이 될 것 같았다. 하필이면 그날따라 스타킹이 아닌 얇은 양말 하나만 신은 채였다. 차는 좀처럼 오지 않고 행렬은 지지부진했다.

나는 발을 동동 구르며 추위를 참고 있었다. 참고로 나에게는 1년에 한 번 정도 찾아오는 방광염이란 지병이 있는데 추위와 피로는 이 병에 아주 쥐약이다. 그런데 그때 마침 우연인지 필연인지 기차역 건너편에서 네온사인이 빛나고 있었다.

'호텔 망향연'

이거 참 위태롭다.

이를테면 이럴 때다. 누군가가 "날씨가 너무 춥죠? 몸 좀 덥히지 않으시겠습니까? 호텔로 가면 따뜻할 거예요"라고 유혹한다면, 그리고 눈앞에 호텔(이때는 호텔 이름이 별로긴 했지만, 망향연이라도 상관없다)이 있다면 나는 아마 들어갈 것이다.

아니면 또 배가 너무 고프다면……? 이때도 어떻게 될지 모를 일이다. "하지만 뭐 평소에는 그럴 것 같지 같네요"라고 말했는데, 신사들은 상대가 나인 까닭에 그렇게 상심하는 기색도 아니었다.

가모카 아저씨는 뭐라고 하셨는가 하면

"네? 바람요? 저는 귀찮아서 그런 것 안 합니다. 하지만 바람피우는 유부녀와 그 업계에 종사하는 여자가 이 세상에 존재한다는 사실만으로도 마음이 놓여요. 없으면 곤란합니다."

○

정관 수술

며칠 전 어느 메이저 신문 주간지에서 노사카 아키유키 선생님과 대담을 하고 있는데, 갑자기 정전이 되었다. 선생님은 전혀 당황한 기색 없이 "야케아토하燒跡派*는 정전을 무서워하지 않는다"고 호기롭게 말씀하셨는데, 그 와중에 나는 필사적으로

"어머나, 우리 중지해야 되는 거 아니에요?"

라며 호들갑을 떨었다. 나중에 책으로 나온 것을 봤더니, 내가 말한 그 한 줄은 다행히 편집돼 있었다. 진실을 보도하는 것이 신문의 사명이라고들 하지만, 품위와 명예라는 것도 생각해야 했겠

---

* '야케아토'는 불에 탄 자리라는 뜻으로, 야케아토하는 제2차 세계대전을 경험한 세대를 말한다.

지. 편집은 부득이한 일이었다.

한편 어느 메이저 방송국에서 이노우에 히사시井上ひさし* 오라버니와 이하라 사이카쿠井原西鶴**에 대해 고매한 문학론을 전개한 적이 있는데, 오라버니는 그 대담의 결론 부분에 가서 엄숙하고 무게 있게 "사이카쿠를 재확인해야만 하네"라고 말씀하셨다. 그가 말한 이 한마디는 이날 방송의 하이라이트였음에도 불구하고 메이저 방송국은 그 부분을 잘라 냈다. 이러한 행위는 좋지 않다고 생각한다. 그 이상 훌륭한 논평은 없을 것이다.

이처럼 편집이란 것은 모두 취사선택의 결과다. 두루두루 깊이 있게 고민해 내린 선택이겠지만, 그 결과가 좋을 수도, 그다지 좋지 않을 수도 있다는 것은 위의 두 가지 예를 감안해 봤을 때 매우 확실하다.

한편 남성이 자신의 정관을 잘라 내는 것 또한 결과가 좋을 수도 나쁠 수도 있기 때문에 참으로 애매한 일이라고 할 수 있다.

본래의 목적은 단종이랄까, 아이를 만들지 않는 것이겠지만 이 또한 생각보다 문제가 복잡하다. 영원할 거라 여겼던 부부 사이에 금이 생겨 이혼하고 새로운 사람과 재혼했는데, 그 부인이 아이를

---

* 1934년생 일본의 극작가 겸 소설가다.
** 17세기 말에 활동한 일본 최초의 서민 작가로 《우키요조시》《조루리》 등 다양한 장르의 소설을 집필했다.

원한다면 이것이야말로 난감한 상황 아닌가.

하지만 인간이 어떻게 그런 미래까지 간파할 수 있으랴. 이러쿵 저러쿵 말해 봤자 결국에는 바로 눈앞의 것밖에 생각할 수 없는 것이 인간이다.

《쓰레즈레구사徒然草》*에 따르면 옛 현인 쇼토쿠 다이시聖徳太子**는 능묘를 조영함에 있어서 능묘 모양을 정할 때 자손 번영을 거스르는 지시만 하셨다고 한다.

"여기를 깎아 내라. 저기를 잘라라. 자손은 없는 것이 나으리니."

뭔가를 자르고 끊고 했던 것은 그때부터 이미 행해졌던 것 같다.

언젠가 나는 두 팔로 아이를 안은 아내가 등에 하나를 더 업고 있는데, 그녀의 남편까지 두 팔에 쌍둥이를 안고 있는 모습을 본 적이 있다. 이것을 보고 나도 모르게 '아, 이런 경우라면 당연히 잘라 내고 싶을 것 같아'라며 안타까워했는데, 사람들 중에는 이렇게 절박한 마음으로 하는 경우가 있고, 번번이 피임하는 게 번거롭다는 발칙한 심보 때문에 하는 사람도 있다. 바로 내 여자 친구가 그런 경우인데, 참 흥미롭다.

남편이 자르고 나니 어떠냐고 내가 물었다.

* 1331년, 가마쿠라시대 말기의 수필집으로, 자연과 인생의 갖가지 사상을 풍부한 학식으로 자유분방하게 서술한 고전이다.
** 일본에 불교를 중흥시킨 인물로 6세기 후반에 태어났다.

"그게 말이야……."

의외로 안색이 우울해 보였다.

"처음에는 이제 마음 편히 즐길 수 있겠다 싶었는데, 갈수록 또 뭔가 부족하다는 느낌이 드는 거 있지."

말하자면 날짜를 계산하거나 체온계로 온도를 재거나 약을 먹으며 피임을 할 때는 항상 불안했고 괜한 걱정 때문에 간담이 서늘했던 때도 있었으며 마음이 놓였다가도 다시 "꺄악"—혹시 생긴 것 아냐, 라는 생각이 들면 여자는 마음속으로 비명을 지른다. 있어야 할 것이 조금 늦어질 때도 대부분의 여자는 이렇게 비명을 지른다.—하고 소리를 지르기도 했기에 힘들었다고 한다.

하지만 이제 그럴 걱정이 없어져서 홀가분하냐고? 그게 또 그렇지 않은 것이다. 아무 때나 오케이니까 점점 시시해지더니 지금은 둘 다 열의가 사라진 상태라고 한다.

"오늘이야! 오늘은 괜찮아, 여보!"

"오호, 그래!"

생각해 보면 부부가 화합해 거친 숨을 몰아쉬던 그때의 긴박감이 그립다고 그녀는 말했다. 불안하나 간담이 서늘했던 그때의 잔 걱정은 말하자면 삶의 활력소 같은 것이었는지 모른다.

내 친구인 호스티스(이 여인으로 말할 것 같으면 성격이 급하고 활기찬 젊은 여자다)는 이렇게 말했다.

"남자들 중에 자기는 잘라 내서 괜찮다는 것을 무척이나 자랑하는 사람이 있어. 그게 무기라 여기는데, 나는 그러면 김이 새더라."

어떻게 김이 새느냐고 물었더니

"역시 맛이 다르달까."

나는 무슨 말인지 이해가 가지 않았다. 자르기 전에는 맛이 진하고 자른 다음에는 싱겁고? 무슨 맛인지 묻는다는 걸 깜박했네.

그리고 또 다른 친구인 마흔여섯의 한물간 미인 기자가 말했다.

"남자가 수술을 하면 임신의 불안으로부터 해방될 수도 있고, 수술 전이나 후나 변하는 것은 없을 거야. 그건 기분 문제야. 공포탄이라고 생각하면 어쩐지 허무한 기분이 든다니까."

그래서 나는 이 세상 부인들께 말씀드리고 싶다. 남편이 수술을 하고 나서 바람피우면 어쩌나 걱정하신다면, 그건 기우라고. 마음 놓고 다가갈 여자도 있겠지만, 여자란 여자가 모두 그렇지는 않은 모양이다. 한물간 그 미녀 기자처럼 "공포탄은 매력 없어"라고 말하는 심술쟁이 여자도 있는 것이다.

말은 그렇게 해도 막상 실탄이 명중하면 "까악" 하고 소리 지르거면서 공포탄은 매력이 없다는 등 불만을 내뿜는다. 그 이야기를 듣고 있던 가모카 아저씨가 화를 내는 것도 사실 당연하다.

"그럼 어쩌라는 겁니까, 나 참."

"아저씨는 수술하실 생각 없으세요?"

내가 물었다.

"신체발부는 수지부모라 교육받고 자란 세대입니다. 하지만 뭐 하든 안 하든 지금은 공포탄이나 마찬가지예요."

"마찬가지라면 하는 쪽이 낫지 않을까요?"

그 미녀 기자가 말했다.

아저씨는 결국에 꼭지가 돌았는지 불같이 화내셨다.

"안 한다고 하면 하라고 하고, 하면 안 하는 게 낫다고 하고. 뭘 하든 마찬가지라고 하니까, 그럼 하는 게 낫겠다고 하고! 여자가 하는 말에는 일일이 대꾸할 가치가 없습니다! 하찮은 중생들이 하는 말 따위 일일이 귀 기울일 필요가 없다고요!"

도청도설道聽塗說*이 곧 하늘의 말씀.

* 길에서 듣고 길에서 말한다는 뜻으로, 남의 이야기를 마음에 새기지 않는 것을 말한다.

○

스스럼없는
남자

"남자가 스스럼없이 다가오는 날을 생각하면 사랑하는 것 따위
울적해지누나"

이것은 요사노 아키코与謝野晶子*의 시인데, 이 시를 읊을 때마다
그녀가 각양각색의 사랑에 대해 얼마나 훤히 꿰뚫고 있었는지 감
탄하게 된다. 참 훌륭한 시다. 나는 아키코의 시 중 중년에 쓰인 것
을 가장 좋아한다.

아키코는 제자들에게 좋은 시를 지으려면 사랑을 하라고 권했
다고 한다. 그런 면에서 위의 시 또한 사랑을 잘 아는 여자여야만,

---

* 20세기 초 일본에서 활약한 시인이다. 대표작으로는《헝클어진 머리칼》이 있다.

그뿐 아니라 사랑을 불사른 적이 있는 여자여야만 지을 수 있는 시라고 생각한다.

나는 이 시에 나오는 스스럼없이 다가온 남자가 분명히 젊은 남자였을 거라고 생각한다. 젊은 녀석들은 금세 스스럼없이 행동하기 때문이다.

어떤 단서가 조금이라도 생기면 다른 사람이 있든 없든 상관없이 헛기침을 하고 곁눈질을 해 대면서 은근히 몸을 닿으려고 한다. 말투가 바뀌고 둘만 있고 싶어 하며 아는 척을 한다. 어찌나 귀찮게 구는지 살 수가 없다.

여자와 있었던 일을 퍼뜨리는 것은 논외다. 소문을 퍼뜨리지는 않는다고 해도 '얼굴에 다 드러나리니' 다른 사람들이 금방 눈치챌 수밖에 없다. 그런 스스럼없음이 귀여울 때도 있지만, 그건 아직 여자가 사랑 경험이 많지 않을 때의 얘기다.

무수한 사랑을 경험해 온 노련한 여자라면 이젠 그런 것이 귀찮아져서 '울적해지는 것'일지도 모른다. 내가 '훌륭한 시'라고 평가하는 이유가 바로 그 연애 심리와 통찰력 때문이다.

젊은 남자가 여자와 관계를 이루고 상대방에게 정신이 팔리면 자기도 모르게 여자를 스스럼없이 대한다. 그러면 결국 여자의 역정을 사고 주변 사람들에게 지탄을 받게 되는데, 한편으로 이는 그 남자가 얼마나 순진한지, 얼마나 어린지, 얼마나 세상 물정에 어두운지, 그리고 얼마나 되바라졌는지를 엿볼 수 있는 증거가 되기도 한다. 따라서 풋내를 좋아하는 여자라면 그런 남자의 행동에 저절로 미소를 지을지도 모른다.

하지만 젊은 남자 중에는 사랑을 나눈 뒤의 그것과는 별개로 언제나 아무에게나 스스럼없는 녀석이 있다. 이런 남자는 어릿광대나 마찬가지다. 이런 남자는 상대가 미인이든 추녀든 상관없이 아무에게나 스스럼없이 행동하는데, 어쩌다 머리 좋고 아름다운 여자가 이런 촐랑이 어릿광대한테 홀딱 넘어가기도 하는 걸 보면 세상이란 참 재미있는 곳이다.

그러고 보니 우리 중년 남성들은 역시나 '얼굴에 드러나는' 행동 따위는 하지 않는 것 같다. 여자와 관계를 맺었어도 모르는 얼굴을 하고 있기 때문에 여간한 일로는 꼬리를 잡을 수 없다. 이런 때에 중년의 가치가 드러나는 것이다.

사람에 따라서는 도리어 표정이 굳거나 어딘가 불편해 보이고 데면데면하는 순진한 사람도 있지만, 대부분은 다른 사람이 눈치채지 못하도록 겉으로 드러내지 않는다. 장난으로라도 여자에게 스스럼없이 다가가는 일은 없는 것이다.

일단 젊은 남자는 사랑에 빠진 여성에게 스스럼없이 대하다가 세상 사람들의 비난과 배척을 받는다 한들 딱히 잃을 것이 없다. 젊은 남자는 맨주먹만 있으면 세상 살아가는 데 아무런 문제가 없다. 어디든 취직해 말단 직원이든 막노동이든 구두닦이든 하면서 처음부터 다시 시작할 수 있는 것이다.

하지만 우리 중년들은 그럴 수 없다. 숨기고 있던 사생활이 세상에 드러나면 집을 잃고 나라를 잃는 경우도 있다. 그야말로 집이 기울고 나라가 기우는 것이다. 어젯밤 사이가 좋았던 여자라고 해서 회사에 나와서까지 그 여운을 가지고 갈 수는 없는 일이다.

그래서 나는 진정한 사랑이란 중년부터 시작되는 거라고 생각한다. 누군가를 스스럼없이 대할 수 있는 나이일 때는 강아지가 재롱을 부리는 것과 마찬가지로, 이는 어른의 사랑이라고 하기 힘들다.

만일 내가 사랑을 한다고 해도 잠깐 서로 어찌어찌했다고 해서 바로 스스럼없이 대하는 남자와는 절대로 뭔가 할 기분이 들지 않을 것이다. 뭐 앞으로 천년만년 기다려 봐도 뭔가를 하려고 하는 남자는 나타나지 않겠지만.

여자와 뭔가가 있었다고 해도 단둘이 있을 때 이외에는 의연하고 아무 일 없었던 것처럼 밀고 나가는 담력을 가지고 있으며, 항아리 같은 호걸에 웬만한 일에는 동요하지 않는 침착하고 도량이 넓은 남자. 여자는 그런 남자와 뭔가를 하고 싶어 한다.

둘만 알고 있는 것들을 걸핏하면 폭로해서 검찰청에 불려 가게 만드는 남자. 그런 남자를 믿고 명예와 사랑과 자신의 욕정을 맡길 수는 없는 것이다.

그런데 아무리 호걸이라고 해도 그들 아내 앞에 서면 속수무책
으로 모든 것을 간파당한다. 이건 왜 그런 걸까?

'그들의 부인은 언제 감을 잡는가'라는 주제로 이야기하다가 사
토 아이코 씨가 재미있는 일화를 몇 가지 이야기해 주었다.

한 여자는 비 오는 날이었음에도 불구하고 귀가한 남편의 구두
가 젖어 있지 않아서 눈치를 챘다고 한다.

또 어떤 여자는 남편이 팬티를 뒤집어 입고 온 것을 보고 눈치
챘다고 한다. 이 경우는 그저 '감이 왔다' 정도일 뿐, 이론적으로
단정 지을 수 있는 단계는 아니다.

시바키 요시코芝木好子* 씨의 소설로 기억하는데, 젓가락으로 스
키야키를 뒤적이고 있는 세 명의 남녀가 등장한다. 그들은 각각
부부와 아내의 여자 친구로, 그 젓가락 사용부터가 그들 사이의
미묘한 관계를 암시한다. 그리고 아내는 그것을 보고 그 둘의 관
계를 눈치챈다.

남편은 아내의 여자 친구에게 이쪽 고기가 다 익었다면서 젓가
락으로 고기를 밀어 준다. 남자의 젓가락과 여자의 젓가락이 닿는
다. 스키야키니까 젓가락이 스치는 것은 당연하다. 하지만 아내는

---

* 일본 여성 소설가로 전후 서민가의 인정과 풍속을 배경으로 살아가는 여성을 주로 그렸다.
대표작으로는 《스사키 파라다이스》가 있다

그 스치는 정도만 보고 번뜩 남편과 친구와의 관계를 감지한다. 이것 또한 '조금 대단한' 이야기라고 생각한다.

이렇듯 남자는 아무리 침착하고 무덤덤한 중년이라고 해도 자칫 잘못하면 아둔함을 드러낸다.

촐랑촐랑 스스럼없이 구는 어릿광대 같은 남자, 혹은 평소에 침착한 편이지만 여자와 뭔가를 하면 바로 상대방에게 스스럼없이 행동하는 남자, 차분해 보이지만 뜻밖의 장소에서 가면을 벗어던지는 남자 등 여러 타입이 있다. 우리 가모카 아저씨는 어떤 범주에 들어갈까?

"오세이 상, 가모카 아저씨 또 술 가지고 오셨어요."

"안녕들 하십니까. 같이들 노오십시다아~."

아저씨의 이런 모습은 스스럼없어 보이면서도 또 차분해 보이기도 한다. 듬직하다 싶으면 또 의지가 안 된다. 요컨대 이 아저씨는 '뻔뻔한' 중년의 대표선수다.

'스스럼없다'는 것보다 훨씬 나쁜 말이 '뻔뻔한 녀석'이다.

'남자가 뻔뻔스럽게 다가오는 날'의 울적함. 부디 헤아려 주시길.

○

내 사랑
조선인

한복은 나에게 매우 친숙하고 그리운 것이다. 옛날 오사카 번화가에서 나고 자란 사람이라면 분명히 어린 시절 추억 속에 한복이 자리하고 있을 것이다. 옛날 나니와 번화가에는 조선인이 많이 살았다(지금도 오사카나 고베에 많이 산다).

그래서 나는 오사카 노래, 즉 나니와를 배경으로 한 유행가에는 별다른 감흥이 없다. 나에게 오사카, 나니와 정서란 '작은 아씨'나 '선착장', '돈벌이 근성' 같은 것을 다룬 노래가 아닌 것이다.

오사카 사람이라고 해서 전부 그런 사람만 있는 건 아니다. 세상 사람들에게 알려지지 않은 오사카 사람 중에는 지적 수준이 높은 인텔리 한량이나 학자, 작가 들도 있다.

이런 사람들이 돈벌이 같은 것을 생각하겠는가? 오사카 사람이라고 하면 전부 돈 버는 데만 혈안이 돼 있을 거라 생각하는 바보가 많아 난감하다. 내가 보기에 오사카 사람은 돈 버는 것에 열정을 느끼는 사람과 돈 쓰는 것에 열정을 느끼는 사람, 반반이다.

또한 '작은 아씨', '주인마님, 작은 마님お家さん,ご寮人さん'* 같은 건 텔레비전 종이연극紙芝居**에서나 다룰 법한 소재로, 오사카의 쓰루바시鶴橋, 이마자토今里, 이카이노猪飼野, (가마가자키釜ヶ崎는 말할 것도 없고) 덴오지쿠天王寺區와 나니와쿠浪速區 시장통에서 한잔 걸치며 보면 그만이다. 고베라고 치면 신카이치新開地부터 가스비루마에ガスビル前, 나가타長田, 마루야마丸山 부근에 가서 한잔해 보길 바란다. '작은 아씨'도 '작은 마님'도 지금은 싹 사라지고 있는 추세다.

그래서 나는 이러한 정서를 반영한 오사카 노래를 부르고 싶고, 또 불러 줬으면 한다. 그리고 그 노래에는 반드시 조선인이 있어야 한다(한국인이라고 하면 옛날 추억이 반감된다). 마늘 냄새, 역동적인 발음의 조선말, 그런 것이 뒤섞이면 또 다른 종류의 옛날 오사카 번화가 정서가 풍긴다. 나는 그런 분위기를 매우 좋아하는데,

---

* 여기서 주인마님은 간사이 지방 상인 집안의 안주인을 지칭하고, 작은 마님은 그들의 결혼하지 않은 딸이나 가업을 물려받을 아들의 며느리를 칭한다.
** 일본의 놀이나 공연의 한 형식으로 이야기를 몇 장의 그림으로 만들어 설명하는 연극이다. 1900년대 초반부터 사탕 판매 상인이 어린이를 불러 모으기 위해 거리 공연을 한 것이 유래다.

이 또한 어린 시절 추억에서 비롯된 것이리라.

나는 한복을 매우 좋아하는데, 어릴 적 친구를 떠올려 봤을 때 밝은색 저고리와 치마보다는 단연 흰색이었다. 할아버지와 할머니 모두 흰색을 입고 있었다.

그리고 재미있게도 내 기억 속에 있는 할아버지들은 모두 긴 곰방대를 입에 물고 있었다. 길을 지나가다 보면 작은 나가야長屋* 문간에 걸터앉아서 느긋하게 담배를 피우고 있었는데, 어린 마음에 '조선인 할아버지들은 태평하구나'라며 인상에 남았던 기억이 난다.

할머니들은 또 어찌나 빠릿빠릿하고 부지런하셨던지 우리 집 뒷문으로 매일 물건을 팔러 오셨고, 그 할머니들 모두 흰색 한복을 입고 있었다. 그녀들은 실로 꿰맨 수세미와 탈지면을 주로 팔았다.

우리 집은 노면전차가 다니는 대로와 맞닿아 있는 시멘트로 된 서양식 사진관이었는데, 유리로 된 쇼윈도가 항상 반짝였다. 그리고 집 뒤편으로 가 보면 막다른 골목이 나오고 그 앞에는 도랑과 토방이 있었는데, 그곳에서 여자 하인들과 할머니, 엄마, 고모들이 하루 종일 서서 일했다. 말하자면 부엌이었던 셈이다. 인원이 많아

---

* 칸을 막아서 여러 가구가 살 수 있도록 길게 만든 집.

서 술도 간장도 독으로 샀다. 여자 하인들이 술병에 쪼르륵 받아 오는 간장과 술 냄새, 끊임없이 무언가 부글부글 끓고 있는 냄새로 가득한 부엌에 들어온 할머니는 긴 시간을 버티고 앉아 수세미나 탈지면을 팔았다.

왜 그런 물건을 가져와 파는지 아직까지도 수수께끼지만, 쭈글쭈글한 할머니는 부엌 도마 사이에 그것들을 늘어놓고 오랫동안 우리 집 여자들과 수다를 떨었다. 때때로 거위 알을 가져와 팔기도 했지만 보통은 수세미와 탈지면이었다.

지금 생각해 보면 이 두 가지의 공통점은 부엌에서 팔아야 하는 물건이라는 것과 여자의 필수품이라는 것이리라. 우리 가게 앞에 있는 남자들한테 가져가 본다 한들 아무도 사려고 하지 않았을 것이다.

하지만 소학교 3, 4학년이었던 나로서는 그 두 가지에 무슨 연관성이 있는지 알지 못했다. 부엌을 들여다보고 수세미는 왜 팔아야 하는지 알 수 있었지만, 매일 부엌에서 일하는 여자들에게 탈지면이 왜 필요한지는 아무리 생각해도 이해가 안 갔다.

그런데도 할머니는 조금 더러워진 하얀 치맛자락을 걷어 올리고 문가 귀틀에 앉는 것이다.

"히히히. 이 댁에는 여자가 많으니까 이 정도는 필요하겠지."

할머니가 그렇게 탈지면을 몇 봉지 꺼내 늘어놓으면 아직 결혼하지 않은 젊은 고모들의 볼이 빨개지고 여자 하인들이 까르르 웃어 재낀다. 그럼 엄마와 할머니는 바깥 남자들이 듣기라도 할까봐 남사스럽다는 듯 뒤를 힐끔거리며 작은 목소리로 나무란다.

"할멈!"

어린 나로서는 할머니의 목소리가 커서 그런 건지 어떤 건지 영문을 알 리가 없다.

"저게 뭐야?"

내가 탈지면 봉지를 가리키며 물으면

"다쳤을 때 쓰는 거야."

라고 고모가 말했다. 얼굴이 예뻤던 이 고모는 한창 신부학교에 다니고 있었다.

"어디 다쳤어? 응? 보여 줘. 어서……."

내가 조르면

"조그만 게 못하는 말이 없어."

라며 따끔하게 혼이 났다. 하얀 저고리를 입은 할머니는 낄낄거리며 말했다.

"좀 있으면 너도 다칠 거란다."

주글주글한 얼굴이 웃느라 한층 더 주글주글했다.

소학교와 여학교에 다닐 때도 조선인 친구가 있었다. 어른이 되고 나서 같이 술을 마시러 가면 늘 근처에서는 마치 불꽃이 튀기는 것 같은 조선어 소리가 들려왔고, 마늘과 기름 냄새, 강한 소주 냄새가 주위를 휘감고 있었다. 나에게는 이것이 바로 내가 태어난 고향의 냄새다. 이는 분명 조선에서 태어나 건너온 사람들이 품고 있는 조선의 감각과는 다를 것이다. 내가 가진 조선이란 정서는 어린 시절의 향수 속에서 여러 갈래로 엮인 한 가지 요소이기 때문에…… 나니와 안에 녹아든 조선이기 때문이다.

그건 그렇고 솔직히 말하자면 나는 조선 남자를 봤을 때 그 섹시함에 취했던 적이 많았다. 여자 중에서도 백제 미인이라 일컬을 만한 미인이 종종 있었지만, 남자 또한 멋있는 사람이 아주 많았다. 그저 아쉬운 점은 조선 남자는 보는 것만으로도 너무 취해서 실제로 맺어질 만한 운명의 상대를 못 만났다는 사실이다.

○

요바이 룰

'요바이夜這い'*라는 말은 깊이 생각해 볼수록 책 한 권을 쓰기 충분할 정도로 시사하는 바가 많다.

누군가가 나에게 '요바이'는 사실 '요바이呼ばい'**라는 말에서 유래한 거라고 알려 주었다.

말하자면, '요바이'란 한밤중에 담장 밖에 서서 안에 있는 사람을 남몰래 '부르는' 것이다. 그리고 그 소리를 들은 사람은 안에서 "좋아요"라고 그 또한 은밀하게 대답한다. 그러면 밖에서 기다리

---

* 밤에 성교를 목적으로 이성의 침실에 몰래 들어가는 일본의 옛 풍습을 말한다. '夜這い'는 직역하면 '밤에 기어들어감'이라는 뜻이다.
** '부름', '청혼'이라는 뜻이다.

던 사람은 산속의 메아리를 들은 것처럼 기쁠 것이다. 여기까지가 문자 그대로의 '요바이呼ばい'라는 것이고, 그 후에 서서히 이루는 무산지몽巫山之夢*의 단계, 그것이 바로 '요바이夜這い'다. '요바이夜這い'라니, 이런 품위 없고 천박한 글자를 언급하다니, 오세이 상답지 않다며 혼을 내는 사람도 있다. 뭐 변명할 생각은 아니지만, 결국에 하는 것은 '요바이夜這い'가 아닌가.

어쨌든 최근에 나는 어느 시골에 가서 요바이에 대한 조사를 하고 왔다.

애초부터 요바이에 관심을 가지고 있긴 했지만, 그중에서도 특히 '아이가 생기면 어떻게 했을까'라는 것이 긴 세월 품고 있던 의문이었다. 기혼 여자는 괜찮다 해도, 처녀는 어떻게 했을까?

그 동네 할아버지 두세 명이 번갈아 말씀해 주셨다. 그중 한 분은 전직 순사였다. 1923년에 요바이 금지령이 내려졌는데, 현직 순사인 이상 관청의 눈을 피해 계속 요바이를 할 수는 없는 노릇. 할아버지는(그때는 물론 청년이었다) 순간 생각했다고 한다. 요바이를 할까, 순사를 할까. 결국 할아버지는 '사쿠라다몬櫻田門**이고 뭐고 알 게 무어냐, 난 그저 자네와 자겠네'라는 생각으로 바로 순사를 그만두었다고 한다. 시골 사람 중에는 햄릿의 고민처럼 갈팡질

* 무산의 꿈이란 뜻으로, 남녀의 정교를 이르는 말.
** 1930년대 일본 경시청이 있던 자리로, 당시 경시청을 가리키는 은어로 쓰였다.

팡 망설이고만 있는 촌뜨기는 없는 것이다.

그 할아버지가 말씀하시길 처녀에게 아이가 생기면 그 처녀가 좋아하는 남자 순으로 찾아가 물어봤다고 한다. 그 남자가 인정하지 않으면 그다음으로 좋아하는 남자의 이름을 댄다. 그들 중 누구라도 "나다"라고 대답해 주면 그 길로 잘 마무리되었다. 개중에는 물론 아버지가 다른 자식도 있었지만 호적에는 제대로 올렸기 때문에, 적어도 '아비 없는 자식'은 만들지 않았다.

"호적 담당자도 상황을 뻔히 아니까 사정에 따라 태어난 달을 바꿔 주기도 했네."

할아버지는 "호적 따위야 인간 편하자고 만든 거잖아"라고 덧붙이셨다. 때문에 처녀에게 요바이를 거는 남자를 미혼 청년으로 제한했었는데, 그렇다고 기혼 남자가 안 했다고는 볼 수 없지만, 독신 청년이 뒷마무리를 잘해 주는 편이기는 했다고 한다.

인간의 지혜란 이럴 때 쓰라고 있는 거구나. 나는 절실히 깨달았다. 또한 호적이란 인간에게 봉사하는 것으로, 인간이 호적에 휘둘리는 건 올바르지 않다는 사실도 깨달았다.

최근 어린아이가 코인로커에 버려지거나 종이 가방에 담긴 채 영화관 혹은 백화점 화장실 쓰레기통에 버려지는 일이 속속 있다. 이러한 행위는 요바이 룰에 위배되는 것이다. 요바이의 올바르지 않은 길인 것이다.

지금 일본 내에 요바이 폭풍이 거칠게 불어닥치는 듯하다. 늙든 젊든 상관없이 모두가 요바이에 힘쓰고 있는 것 같다. 하지만 요바이에는 기나긴 세월 동안 그것을 체험한 사람들이 생활의 지혜를 발휘해 만들어 온 '요바이 법'이라고 할 만한 룰이 엄연히 존재한다. 그런데 그 룰이 지금 엉망이 돼 버렸다. 룰이 어그러지면 요바이를 진심으로 즐길 수 없다. 지금의 일본인은 요바이를 진심으로 즐길 만한 문화적 수준에 이르지 않은 것이다.

예를 들어 지금 소송 중인 미혼모와 계모 간의 아이 쟁탈 사건. 이는 친모가 지난 5월 5일 강제로 아이를 데리고 떠나 새로운 국면을 맞았고 점점 더 해결이 어렵게 됐다. 이 또한 요바이 룰에 어긋나는 것이다.

오사카 사카이시堺市에서 일어난 이 사건은 현재 여자들의 투쟁으로까지 번질 것 같은 기세를 보이고 있다. 이미 알고 계신 분들도 많겠지만, 미혼 유치원 선생이 한 유치원생 아이 아버지와 친밀한 관계를 맺었고 그들 사이에 아이가 생겼다. 남자는 아이를 지워 달라고 부탁했지만 여자는 자신이 키울 수 있다며 반대를 무릅쓰고 아이를 낳았다고 한다.

그런데 그때부터 두 사람의 이야기가 완전히 엇갈리게 된다. 남자는 여자의 동의를 얻어 가짜 모자 수첩을 작성한 다음 아이를 아이가 없는 부부에게 입양시켰다고 한다. 하지만 여자는 동의한 기억이 없다고 진술했다.

아이를 낳아 남자 쪽 집에 상의를 드리러 갔고 옆방에 재워 둔 아이를 그 사이 누군가 몰래 빼돌렸다는 것이다. 여자는 아이가 입양됐다는 집을 필사적으로 찾아 헤맸고 마침내 그 집을 찾아냈다. 그런데 그 집에 가 봤더니 자신들이 애지중지 잘 키우고 있어 돌려줄 수 없다는 것이다. 여자는 아이를 되찾으려고 재판을 했고 결국 패소했다. 그런데 이 판결문이 문제다.

재판관이란 인물이 얼마나 머리가 낡고 동서 구분을 못하는 인물인지. 남자, 여자, 엄마와 아이라는 것에 대해 얼마나 통찰력과 이해가 떨어지는 인물인지 이 판결문을 읽어 보면 알 수 있다. 심지어 심각할 정도의 악문惡文이라서 굳이 여기에 인용할 가치를 못 느낀다. 하지만 산촌의 요바이 룰에 비해 현대의 문화 수준이 얼마나 저속한지를 확실히 보여 주기 위해 굳이 인용해 보겠다.

"유치원 교원이라는 신분으로 부적절한 관계를 맺고(참 대단한 참견이다. 유치원 선생은 잘못이 있고 처자식이 있는 남자는 잘못이 없다는 말인가?) 태어난 아이 또한 사생아라는 불행한 처지가 될 것임을 예상했음에도(재판관이 이런 말을 할 자격이 있나? 재판관은 사생아에게 해를 가하는 사람의 죄를 물어야 하는 입장 아닌가?) 청구자 본인(친모를 말한다)의 심문 결과, 양육에 관한 확실한 전망, 방침 없이 피구속자를 낳은 태도를 봤을 때 청구자의 피구속자(아이를 말한다)에 대한 진정한 애정이 존재하는지 의문을 품지 않을 수 없다.(양육에 대한 확실한 전망, 방침 없이 낳았다고? 요즘 세상은 낳는 것 자체가 선택이다. 적어도 그녀의 경우, 미혼의 몸으로 아이를 낳겠다 선택했다. 그것을 가리켜 어떻게 애정이 없다 단정할 수 있을까?)"

처음 요바이를 할 때는 서로 호흡이 잘 맞았을 것이다. 의기투합했을 때까지는 좋다. 아이가 생기면? 자식 없는 남자를 어디서 주워 오든 본인이 꼭 키우겠다고 하면 여자 혼자 키우게 하면 되는 것 아닌가.

여자는 일방적으로 비난받고 남자는 멀뚱멀뚱 먼 산만 바라보고 있다니. 편파적인 것에도 정도가 있다. 나는 요바이의 대가였던 그 할아버지에게 물었다.

"만약에 아무도 내 애라고 나서지 않으면 어떻게 되나요?"

"그런 남자는 이 마을 생기고 몇 백 년 동안 한 명도 없었어."

○

산도깨비

중년이란 무엇인가. 가모카 아저씨와 이에 관한 이야기를 하고 있었다.

"음, 한마디로 말해서 '출구 없음'이 아닐까요?"

일. 가정. 성생활. 취미. 돈벌이. 아이. 건강. 술. 이 모든 것의 앞날이 불 보듯 뻔하다는 것. 통로라는 통로는 모두 막히고 사방팔방 어디를 봐도 막힐 대로 다 막힌 상태. 장폐색에 걸리지 않는다면 다행인 정도다.

"아무리 발버둥 쳐도 이 이상 좋아질 것 같지가 않아요. 내 전성시대도 지금 정점을 찍은 게 아닌가 생각하면, 이제는 더 나갈 출구도 없고 뭘 어떻게 해 볼 수 있는 상황도 아닌 것 같습니다."

인생 중반에 접어들어 증발하거나 혹은 이직, 이혼 같은 행복한 세탁을 끝내고 새 출발을 하는 사람은 오히려 나은 편이다. 그렇게도 할 수 없는 중년들은 어디 재미난 일 없을까 하고 출구 없는 곳을 서성거리지 않는 날이 없다고 한다…….

마치 나는 중년이 아닌 것처럼 재잘대고 있지만, 나는 중년이더라도 여자다. 여자는 발산할 수 있는 곳이 여럿 있기 때문에 아직 '출구 없음'이란 것이 뭔지 느껴 보지 못했다. 외모 가꾸기, 쇼핑 (은어 한 마리, 무 한 개도 엄연한 쇼핑이다), 뒷담화, 새로 나온 주방용품 구입, 전화로 수다 떨기, 남편 바가지 긁기, 자식에게 거짓말하기, 가구 배치 바꾸기, 잡지나 신문에 글쟁이 친구가 쓴 책에 대한 혹평이 실리면 그 부분에 빨간 줄을 그어 보내기 등 할 것은 얼마든지 있다. 그야말로 출구는 널려 있고 이 세상에는 즐거운 것 투성이다.

"아니, 중년 남자에게는 그런 융통성이 없습니다. 그래서 '더는 못해 먹겠어! 어떻게 해야 속이 후련해질까'를 항상 고민하지요."

가모카 아저씨는 그렇게 말했다. 나는 물었다.

"새총 같은 거라도 쏴 보세요?"

"그런 것으로 소용 있겠습니까. 그럼 전쟁을 하자는 얘긴데, 요즘처럼 버튼 하나만 누르면 되는 전쟁 가지고는 욕구불만이 해소될 리가 없습니다. 그럴 때 가장 좋은 방법은 오에 산大江山에 사는 슈텐도지酒吞童子*, 산도깨비가 되는 것입니다."

"산도깨비?"

"'옛날 옛날에 단바 오에 산에 도깨비가 살았답니다⋯⋯'로 시작하는 그 산도깨비 말입니다. 산속 깊은 곳에 둥지를 틀고 살다가 마을로 내려와 금은보화, 미녀, 먹을 것 할 것 없이 모두 빼앗고 난폭을 일삼는⋯⋯."

"그렇군요."

"그건 남자의, 아니 중년의 이상입니다. 저는 그 도깨비가 되고 싶어요. 그런데 그 도깨비는 여자를 오에 산으로 납치해 와서 뭘 했을까요."

"밥이랑 빨래를 시켰겠죠. 말하자면 취사병 같은 것 아니었을까요?"

"이런 새침데기 같으니라고."

하지만 내가 어렸을 때 읽은 동화책에는 그렇게 쓰여 있었단 말이다. 산야의 수도자로 가장한 미나모토노 요리미쓰源賴光** 외의 사천왕들이 깊은 산을 헤치고 들어갔는데, 계곡에서 어느 젊은 여자가 울면서 빨래를 하고 있었다. 요리미쓰는 왜 울고 있는지 묻

---

* 슈텐도지는 헤이안시대 교토 부근에서 난폭함을 일삼는 일본 역사상 최강의 도깨비다. 술을 좋아해서 이런 이름을 얻었다고 한다.
** 헤이안시대 중기의 무사.

고 그녀의 말을 들어 주었다.

"그녀는 황궁에서 잡혀 온 공주님이었습니다. 공주님은 매일 도깨비를 위해 빨래와 청소를 해야 했습니다. 결국에는 잡아먹힐 거라는 사실을 알고 있었기 때문에 공주님은 슬퍼서 울고 있었던 것입니다."

한 번도 해 보지 않은 빨래와 청소, 요리를 해야 하다니, 공주님은 얼마나 힘들까. 어렸던 나는 그 공주님이 정말로 불쌍했다. 월급을 주기는커녕 잡아먹으려고 하다니. 어린 마음에 말도 안 된다고 생각했다.

"잡아먹은 것은 진짜일지도 몰라요. 하지만 먹기 전에 사전 준비를 했을 겁니다."

아저씨는 말했다.

"사전 준비라니요?"

"그러니까 납치해 온 사람이 공주님이라면 처녀라는 얘기 아닙니까."

"그럴지도 모르겠네요."

"깊은 규중에 살던 공주님의 아름답고 가녀리고 고운 부분을 요리하는 겁니다. 공주님한테 요리를 시키기도 했겠지만, 도깨비 스스로도 한두 군데 칼집을 넣어 요리합니다."

"공주님을요?"

"네, 공주님을요. 나중에 잡아먹으려고 보니까 처녀라는 게 맛이 없지 뭡니까. 딱딱하고 살집이 얇아서 육수나 수프용으로밖에 쓸 수 없어요. 그럼 안 되니까 살집을 좋게 하기 위해 우선 많이 먹입니다. 그러고 나서 감칠맛을 내기 위해 여러 가지 조미료를 칩니다. 조미료를 칠 때도 말하자면 이런 식으로 칼집을 넣기도 하고……."

"어디를요?"

"글쎄요."

"그렇게 밑간을 해 둔 다음 아주 한참 뒤에 먹는다……?"

"그렇죠. 생각만 해도 군침이 도는군요. 젊은 처녀의 부드러운 고기, 아직은 감칠맛이 부족할 테니 여기저기 주물러서 감칠맛을 증가시켜 탱탱하게 만든 다음 이제 알 만큼 아는구나 싶을 때 덥석 물어 버리는 겁니다."

"꺅!"

"어디부터 먹을 것 같으십니까?"

"글쎄요……, 가슴살 아닐까요?"

"아니, 그럼 안 됩니다. 소고기와 마찬가지로 허리부터여야겠지요. 설로인 스테이크, 허벅지, 볼깃살……. 아하! 여자니까, 아니, 레이디니까 하반신이 맛있겠군요."

"구울 건가요, 삶을 건가요?"

"알맞게 구울까요? 술 한잔 걸치며 잘 구워질 때를 기다리는 기분이라니. 설명하려야 할 수가 없을 겁니다. 호랑이 가죽으로 된 훈도시 같은 걸 하고 노래 부르면서……."

"〈일곱 개의 단추七つのボタン〉* 같은 노래를 하면서요?"

"오에 산의 도깨비가 왜 그런 노래를 합니까."

"중년 도깨비니까요."

"중년도 중년 나름입니다. 〈쇼와유신의 노래昭和維新の歌〉**를 부르는 녀석이 있는가 하면, 〈아아 붉은 피가 타오른다ああ紅の血は燃ゆる〉*** 같은 노래를 하는 전쟁에 동원됐던 중년도 있습니다. 저는 〈구단의 엄마九段の母〉****를 부르는 중년 도깨비입니다. 어떻습니까? 마을로 내려가 도망치는 젊은 여자를 잡아다가 산속으로 데려와 칼집을 내 요리한 다음 통째로 구워 먹는다……. 카, 끝내주지 않습니까? 아아, 오에 산의 도깨비가 되고 싶구나."

아저씨는 말을 마치고 나서 내가 사 온 만두를 덥석 집었고 크게 한입 베어 물자마자 뚝 하고 이가 부러졌다.

비참하기도 해라, 중년 남자여.

---

* 20세기 초 일본 예비 해군 비행사의 제복에 달린 일곱 개의 단추를 제재로 하여 만들어진 노래.
** 이 노래는 〈청년 일본의 노래(靑年日本の歌)〉라고도 하며 쇼와 5년에 당시 소위 미카미 다쿠에 의해 발표되었다.
*** 1944년 9월에 발매된 전쟁가.
**** 일본의 엔카 가수 후타바 유리코가 부른 노래.

○

남자의
3대 쇼크

'목욕 오래 하는 여자女の長風呂'*도 장장 100회에 이른다. 목욕을
너무 오래 해서 그런지 결국 탈이 났나 보다. 현기증이 나고 몸이
다 익어 버린 듯한 기분이다.

　이쯤에서 긴 목욕을 끝내고 초가을 바람에 귀밑머리 흩날리며
떠난다면 우아하겠지만, 이건 현실이잖아. 다른 곳으로 떠난다고
해서 그 우아함이 배가될 리는 없을 테니, 그저 심기일전해 제목
을 바꾸고 붓을 고쳐 쥔 다음 책상 먼지를 털어 내고 새로운 원고
를 써 보고자 한다.

---

* 다나베 세이코가 《여자는 허벅지》에 실린 글들을 잡지 《슈칸분슌》에 연재할 당시의 칼럼 제목.

그건 그렇고, 여자가 긴 목욕을 끝내고 나면 가장 먼저 무얼 하는가 하면, 젖은 머리를 묶는다. 나의 경우는 그러고 나서 차디찬 맥주를 단숨에 들이키는데, 이때 묶었던 머리의 귀밑머리가 삐져나오곤 한다. 따라서 다음 연재부터는 칼럼 제목을 여자의 귀밑머리가 아닌 '이브의 귀밑머리'로 하기로 했다.

그건 그렇고 보통 털이란 것은 참으로 정감 있는 것인데, 사람에 따라서는 반대로 망상을 불러일으키고 외설적 생각을 샘솟게 하기도 한다. 혹은 살인 현장 속 긴 머리를 풀어헤친 사체, 머리카락이 없는 유령, 심지어 몇 천 년에 걸쳐 남겨진 미라의 머리카락 등 털은 에로틱할 뿐만 아니라 그로테스크함까지 포함하고 있어서 연상의 폭이 아주 넓다. 게다가 색깔과 형태에 따라 그 정서가 달라진다.

모파상의 《벨아미》라는 소설에서는 주인공 남자의 연인이 주인공 옷 단추에 걸려 있던 여자의 머리카락을 발견해 손으로 집어 들며 화를 낸다.

"당신, 중년 여자와 바람을 피웠군요!"

놀랍게도 그 몇 개의 머리카락에 흰머리가 섞여 있었던 것이다.

내가 사랑하는 쓰치노코ッチノコ*라는 마성의 뱀이 있는데, 평소

* 일본에 산다고 일컬어지는 미확인 생물체 중 하나.

에는 절대로 모습을 보이지 않다가 인간의 머리카락을 태우면 그 냄새에 이끌려 구멍에서 기어 나온다고 한다. 나는 쓰치노코를 잡을 수 있다는 생각에 서둘러 밖에 나가 시험해 봤지만 전혀 효과가 없었다. 어느 날 내가 쓰치노코를 연구하는 권위자에게 푸념하듯 이야기했더니, 그는 아주 근엄하게 말했다.

"그 머리카락이 혹시 직모였나요?"

"네, 일본인의 머리카락이었으니까요."

"그럼 안 됩니다. 곱슬한 털이어야 해요."

"곱슬해야 한다고요? 그럼 그런 털을 가져가야 한다는 거네요?"

"맞습니다. 곱슬하고 윤기가 있으며 좀 짧은 것이요. 그런 털이 좋습니다. 어디에 난 털인지는 상관없습니다."

가모카 아저씨(어김없이 이 남자가 등장한다)가 말씀하시길, '털'은 인간의 인생에서 매우 중요한 의미를 가진다고 한다.

"특히 남자의 인생에 있어서 매우 중요합니다. 남자는 평생 세 가지 충격을 받습니다. 말하자면 3대 쇼크라는 것이 있어요."

아저씨가 거들먹거리며 말했다. 어차피 대단할 것도 없는 이야기일 거라고 생각했지만 굳이 물어보았다.

"먼저 첫 번째는 사춘기 무렵 어느 날 문득 찾아옵니다. 은밀한 부분에서 생각지 못했던 복병을 발견해 가슴이 철렁합니다. 그날은 한 가닥이었는데 다음 날 보니 가속도가 붙은 것처럼 늘어나 있습니다. 열흘이 지나면 지금까지 깨닫지 못했던 부분에까지 나 있습니다. 정말 대단한 충격이에요. 이제 목욕탕에 못 갈 거 같다며 괴로워합니다. 여자는 그런 일 없습니까?"

"어머, 몰라요, 그런 거."

"모를 수가 없을 텐데요."

"다 잊어버렸어요! 그럼 두 번째 쇼크는 뭔가요?"

"노안입니다. 여자는 어떻습니까?"

"번번이 귀찮게 물으시네요. 그건 여자도 마찬가지겠지요. 저는 다행히 아직 안경 없이 책을 읽고 있지만 앞으로 반 년, 혹은 일 년 안에 찾아오겠죠."

"어느 날 글씨가 잘 안 보이기에 팔을 쭉 뻗어 보기도 하고 가까이 가져와 보기도 합니다. 그러다가 깜짝 놀라는 거예요. 어이쿠, 이게 그 말로만 듣던 노안이구나. 그런 때가 금방 찾아옵니다."

"그렇군요. 눈이 안 보이면 안경을 사면 되잖아요."

"이제 돋보기가 필요한 나이구나 생각하면 남자는 아무래도 감정이 북받치게 되거든요. 본인은 아직 삼십대인데 앞뜰에 심은 벽오동나무 잎을 보니 벌써 가을이 와 있는 겁니다. 인생의 가을이라는 쓸쓸함이 온몸에 사무칩니다."

아저씨가 말하면 뭐든지 느끼해진다.

"세 번째 쇼크는 뭔가요?"

"사춘기의 복병이었던 곳에 늙음이 찾아오니 얼마나 놀라겠습니까. 마치 복병이 백기를 휘날리며 항복하는 본새입니다."

"그, 그렇다면 그건……."

"머리와는 차원이 다릅니다. 머리는 항상 보는 부분이 아닙니까. 다소 희어져도 아무렇지도 않아요. 하지만 평소 들여다본 적 없는 곳, 그다지 빛이 들지 않는 곳을 어느 날 문득 봤는데 검어야 할 그곳에 하얀 것이 섞여 있는 것입니다. 한두 가닥 발견하고 나서 어찌나 충격을 받았던지."

"하, 그거였군요."

"아아! 올 것이 왔구나 싶었습니다. 그리 많이 쓴 기억도 없는데 벌써……. 자연의 섭리란 이렇게 불합리한 것이로구나 싶어 화가 납니다. 배급할 식량이 아직 많이 있을 텐데, 고작 이걸로 끝이라고? 앞으로도 더는 예정이 없다고 통보받은 기분입니다. 그러고 나서 시간이 좀 지나 다시 찾아보면 또 늘어나 있어요. 그럼 그때는 자포자기하는 심정이 됩니다. 마음이 비뚤어지기 시작해요."

"하하."

"상관없다. 늘어나려거든 얼마든지 늘어나라. 하얀 털이 나면 어떻고 노안이면 어떠랴……. 남자 인생의 3대 쇼크는 이를 말합니다. 그중 두 가지가 털에 관련된 거고요. 여자는 어떻습니까?"

"쇼크일 게 뭐 있어요? 자연의 섭리잖아요."

"아니, 여자는 그래서 안 되는 겁니다. 어서 집에 돌아가 손전등 켜고 한번 확인해 보세요. 그러고도 쇼크를 받지 않는 인생이라면, 제대로 산 게 아닙니다. 털은 인생을 깨닫게 하는 계기입니다."

○

여자의
3대 쇼크

앞의 글에서 말했던 '귀밑머리'에 대해 가모카 아저씨가 보충한
부분이 있다.

"귀밑머리란 보통 머리를 묶었을 때 귓가에 삐져나오는 머리카
락이나 목덜미에 살랑거리는 머리카락을 말하는데, 꼭 이것만 지
칭하는 건 아닙니다."

"그 외에 어디를 말하는데요?"

나는 머리를 갸우뚱하며 생각했다.

"여러 가지 있지요. 남자의 경우, 알몸으로 시원한 바람을 쐬면
가슴털이 바람에 나부끼는데, 그 또한 귀밑머리라고 할 수 있고,
여자라면 속곳 사이로 삐져나오는 무언가도 귀밑머리라고 할 수

있겠죠."

속곳이라는 옛말을 사용하는 건 중년의 허세다. 나는 비루한 화제로 들어가려고 하는 아저씨를 서둘러 저지하며 화제를 다른 곳으로 돌렸다.

"남자 인생의 3대 쇼크 재밌게 들었어요. 그럼 여자 인생의 3대 쇼크는 뭘까요?"

"그거야 뭐 첫 번째 쇼크는 당연히 초경이겠지요?"

"그건 옛날 아이들이나 그렇죠. 전에도 말씀드렸듯이 요즘 아이들은 자연스럽게 받아들여요. 오히려 설레며 기다린다니까요. 자기만 안 하면 주눅이 드니까 언제 할까 손꼽아 기다린대요."

옛날에는 순진하고 내성적인 아이가 많았기 때문에 아이에서 어른으로 한 발 내딛게 되었던 사실을 알고 나면 가슴이 철렁하고 정신이 아득해져 그대로 얼음이 되었다. 요즘 아이들에게는 그런 그늘을 찾아볼 수 없다.

"그럼 두 번째 쇼크는 뭔가요?"

"그건 두말할 것 없이 처녀성 상실이라고 할까요, 첫 경험이라고 할까요? 아무튼 아이에서 어른이 되는 것을 초경이라고 한다면, 어른에서 성인 여자가 되는 것은 첫 경험이라고 할 수 있겠죠. 이것이 바로 두 번째 쇼크입니다."

"글쎄요, 잘 생각해 보면 요즘 여자들은……."

"아니, 잠깐. 왜 남자가 하는 말에 일일이 딴지를 겁니까. 이 건 방진 납작코 아가씨야! 그냥 가만히 듣고 계십시오. 여자란 모름 지기 남자가 하는 말을 '아, 그렇구나' 하면서 듣는 겁니다. 남자 말만 잘 들어도 이 세상 잘 돌아갈 거예요……. 어쨌든 세 번째 쇼 크는 출산일 겁니다. 여자란 아이가 생기면 인생관이든 세계관이 든 한 번에 확 바뀌니까요. 벤텐코조弁天小僧*가 문신을 보여 주며 협박하는 것과 비슷합니다. 화살이든 총알이든 가지고 오면 될 것 아니냐며 엉덩이를 까고 기를 쓰는 모습과 비슷해요. 더 이상 뭐 가 창피하겠습니까. 창피함의 궁극을 다른 사람에게 보인 이상 무 서울 게 없어지지요."

"그럴까요."

"당연하지요. 아이를 낳고서야 비로소 세상의 구조를 깨닫게 됐 을 테니까요. 인간에 대해 알지 못하는 부분이 사라졌다는 것 자 체가 충격이겠죠."

"그건 아저씨 생각이죠."

내가 한마디 하자면 남자들은 생각하는 게 너무 피상적이다.

요컨대 여자의 3대 쇼크인 초경, 첫 경험, 출산은 모두 남자들이 머릿속으로 상상한 여자의 그것이다. 남자가 여자를 모르는 것도

---

* 가부키에 나오는 등장인물로 여장을 하고 악행을 일삼는다.

무리는 아니다. 매번 이런 수준을 가지고 만나 주기를 바랐던 거라면 말이 통하지 않는 것도 당연한 일이다. 여자의 진짜 모습을 너무 모른다.

"그럼 여자의 3대 쇼크는 무엇입니까?"

가모카 아저씨는 달갑지 않은 말투로 물었다.

"글쎄요, 우선은 성에 대한 지식을 처음 접했을 때겠지요."

책으로 읽기도 하고 나쁜 친구들이 귀엣말을 해 줘서 듣기도 하고 몇몇 아이들은 문틈으로 살짝 엿보기도 할 것이다. 그런 지식을 모르고 살다 보면 어른아이같이 섬뜩한 여자로 자라게 된다. 그것만 보더라도 소녀가 처음으로 성적 지식을 접했을 때의 쇼크는 엄청나다.

두 번째는 바로 결혼 생활이다. 요즘 여자들은 첫 경험 따위를 벼룩에 물린 정도로 여기는 것 같다. 첫 경험을 했다고 해서 누가 서러워하겠는가. 그렇다고 기뻐할지 어떨지는 각자 사정에 따라 다르겠지만, 상대가 누구였는지 어떤 상황이었는지 기억을 더듬어 보지 않으면 모르는 정신없는 여자도 많기 때문에 이것을 두 번째 쇼크라고 말하긴 어렵다. 물론 개인에 따라 차이는 있을 수 있다.

어쨌거나 첫 경험보다는 결혼 생활이다. 동거는 아니다. 동거는 싫어지거나 질리면 바로 헤어질 수 있으니까. 헤어지려야 헤어질 수 없는 관계여야 한다. 아이나 돈, 일 같은 속절없는 굴레가 부부를 단단히 옭아매서 아무리 서로가 싫어지더라도 꾹 참고 살아야 하는 결혼 생활, 싫어도 붙어 있을 수밖에 없는 결혼 생활이 바로 두 번째 쇼크다. 이 쇼크는 아주 질기고 은근하다.

여자는 결혼 생활을 통해 남자의 정체와 본질을 깨닫는다. 밖에 나가면 대단한 천재, 대단한 정치가였던 사람이 집 안에 발을 한 발짝만 들여놓으면 누가 보더라도 그냥 아저씨가 된다. 이러한 사실을 아주 천천히 깨닫는다. '하, 이 사회가 이런 남자들로 유지되고 있었던 거야? 정말 그런 거였어?'라며 사회 구조 뒤편에 가려져 있던 실체를, 지금껏 아무도 본 적 없었던 조각상 안을 들여다보게 되는 것이다.

이것이 인생에 눈뜨는 것이 아니면 무엇이랴. 그에 비해 첫 경험, 처녀성 상실 따위는 그저 우스운 이야기일 뿐이다.

세 번째 쇼크는 출산이 아니라 얼굴의 늙음이다. 뜨거운 것을 먹어도 목구멍만 넘어가면 잊어버린다고 했다. 출산도 마찬가지가 아닐까. 여자는 잘 잊어버리는 존재라서 자신의 모습이 어떻게 창피했었는지 금방 잊어버린다.

세 번째 쇼크는 이를테면 이런 것이다. 어느 날 문득 밝은 곳에서 천천히 거울을 들여다본다. 평소에는 바빠서 느긋하게 들여다볼 시간이 없었지만 그날따라 천천히 보게 된다.

그런데 잔주름이 보이기 시작한다. 피부의 늙음을 깨닫는다. 여자의 세 가지 적을 자신에게서 발견한다. 기미, 주름, 흰머리. 재혼한 지 얼마 되지도 않았는데, 아직 젊음과 마주할 수 있는데, 여자의 세 가지 적이 찾아오다니. 이는 곧 앞으로 자신의 매력을 전혀 다른 세 가지 요소로 표현해야 한다는 뜻이다. 그건 바로 교양, 성격, 중년의 관록이다. 여자가 쇼크를 받지 않고 배기겠는가.

　내가 그렇게 주장하자 가모카 아저씨는 말했다.

　"흠, 오세이 상도 옛날엔 조용했는데 이제 꽤 수다스러우십니다. 중년 여성의 그런 억센 면이 바로 남자의 네 번째 쇼크입니다."

○

자유자재로
변하는 능력

최근 발생한 시가은행 횡령 사건*에 대해 여자들끼리 모여 논평을
하고 있었다.

마흔대여섯 살쯤 된 중년의 미인 편집자는 기염을 토하며 말했
다.

"마흔두 살이잖아. 마흔두 살에 미혼이라는 것만으로도 전쟁을
경험한 여자로서는 절박했을 거야. 불쌍해. 이 나라 사십대 여성이
결혼을 못한 것 자체가 애초에 국가 책임이라니까. 결혼할 남자가
다 죽어 버렸잖아. 그러니까 그 사람도 결국 이 나라의 희생양 아

* 1973년 10월 시가은행(滋賀銀行)의 여성 은행원 오쿠무라 쇼코가 5년간에 걸쳐 9억 엔을 횡
령해 연하 남자친구 야마가타 겐지에게 바친 사건을 말한다.

닐까? 만약에 전쟁이 일어나지 않았더라면 평범하게 결혼해서 평범하게 살림하며 행복한 삶을 살았을 거라고 생각해. 마흔인데 아직 혼자인 여자가 연하 남자한테 돈을 쏟아 붓는다? 주변에 흔히 있는 이야기라고. 너무 불쌍해!"

활기차고 성격이 좀 급한 호스티스 또한 오쿠무라 쇼코奧村彰子 씨에게 꽤 호의적이었다. 게다가 이 여자는 젊기까지 하다.

"생각해 보세요. 도주 중에 그 나쁜 기둥서방 놈한테 전화가 걸려 왔었다고 하잖아요. 전화를 받았는데 눈물을 흘리며 너무 좋아했대요. '목소리 들은 것만으로도 너무 기뻐'라면서요. 이 상황에 그런 말이 나오나 싶으면서도 같은 여자로서 뭉클해지는 것도 사실이에요. 나쁜 남자일수록 매력 있잖아요. 저는 그 사람 기분 이해해요."

그녀는 공감하는 모양이었다.

나의 경우는 쇼코 씨가 도주 중 잠깐이지만 함께 지냈던 건설업 종사자, 그러니까 그 목수 아저씨가 마음에 든다. 신문에서 읽어 보니 성실하고 성격 좋은 남성이라고 쓰여 있었다. 야마가타 겐지 山縣元次가 일삼은 냉혹하고 무참한 처사에 비하면 이 남자는 너무나 친절하고 성실하다. "쇼코의 상처 받은 몸과 마음을 얼마나 위로해 주었을까"라는 인형극 대사 같은 신문 기사도 본 적 있다.

실제로 만나 본 적 없으니 잘은 모르겠지만, 이 남자는 그녀와 같이 지내면서 작은 아파트에 살림살이도 갖춰 놓았고, 쇼코 씨에게 얼마의 생활비도 건넸다고 한다. 그녀와 지내는 것 자체가 좋았던 것이다.

어디에서 어떻게 살던 사람인지 서로 잘 몰랐다고 한다. 하지만 어쩐지 마음이 잘 통했고 의외로 잘 지내게 됐다. 아저씨는 더없이 만족했다. 물론 그녀가 은행 돈을 횡령한 범인으로 지명수배된 몸이라는 사실은 꿈에도 몰랐다.

"아침밥도 해 주었고요……. 잘해 줬습니다."

아저씨는 나중에 이렇게 진술했다.

나는 이 남자가 매우 좋은 사람이었을 거라고 생각한다. 그래서 이 남자와 지내는 동안 쇼코 씨는 자기 내면의 착한 마음을 끌어낼 수 있었던 것이다.

언제까지 함께 지낼 수 있을지는 아무도 모른다. 살얼음판을 걷는 듯한 생활이었을 것이다. 그런 상황이 되면 여자는 스쳐 지나갈 그 남자에게 최선을 다하고 싶어진다. 만약에 부부였다면 그렇게까지 하지는 않았을 것이다. 백년해로할 부부라면, 함께 흰머리를 뽑아 주며 평생 살자 맹세한 부부라면, 평생 함께 살아야 하기 때문에 매순간 최선을 다할 수는 없다. 그러면 몸이 버티지 못할 것이다.

하지만 기한이 있는 동거라면 열심히 최선을 다하고 싶어질 것이다. 나만 해도 그럴 것 같다. 게다가 아저씨가 사심 없고 성실한 데다가 좋은 사람이었으니 더더욱 그랬을 것이다.

"아니, 사람이야 좋을지 모르겠지만"

가모카 아저씨가 끼어들었다.

"나는 아무래도 동정하게 됩니다. 생각할수록 그 아저씨가 너무 바보 같아요. 보통 아저씨였다면 자포자기하면서 나니와부시浪花節* 같은 노래를 부르며 부둣가 드럼통을 뻥뻥 차 버리지 않았을까 싶습니다."

"부둣가 드럼통을 뭐하러 뻥뻥 차요?"

"노래 가사에 나와 있지 않습니까. 〈아케미라는 이름에 열여덟에あけみという名で十八で〉라는 노래예요. 이 사건은 유행가 가사보다도 기가 막힌다는 말이에요. 쇼코 씨는 형사가 들이닥쳤을 때 시장에서 사 온 꽃으로 꽃꽂이를 하고 있었답니다. 막 연행되려고 하는데도 허둥지둥 남자한테 쪽지를 남기려고 했대요. 그 부분이 좋으면서도 이상합니다. '미안합니다'라고 갈겨쓰면서 무슨 의도였는지 꽃을 장식해 놓고 떠난 것입니다. 참 착하지 않습니까."

가모카 아저씨는 그렇게 말했다. 여자가 연행되고 난 뒤 그 아저씨도 분명 자포자기한 심정으로 부둣가 드럼통을 발로 차며 나

* 일본의 전통악기 샤미센으로 반주하여 의리나 인정을 노래하는 대중적인 창(唱).

니와부시를 불렀을 것이다. 얼마나 실망했겠느냐며 가모카 아저씨는 그를 안쓰러워했다.

그런데 우리 여자들이 참으로 이상하게 여겼던 것은 쇼코 씨가 도주 중에 변신을 했다는 점이다. 쇼코 씨는 며칠간 함께 지낸 남자조차 알아보지 못할 정도로 변신을 했다.

형사에게 잡혔을 당시 그녀는 화려하게 꾸민, 서른 정도로 보이는 아가씨의 모습을 하고 있었다. 신문에 실렸던, 언뜻 보면 회사원 같기도 하고 아줌마 같기도 한 지명수배 사진과 달라도 너무 달라서 같은 인물이라는 것이 도저히 믿기지 않았다.

어떤 신문이든 그 점에 대해 보도할 때는 그 말투에 놀라움이 묻어나 있었다. 기사를 쓴 사람이 대부분 남자라서 그랬는지, 남자들의 놀림 섞인 말투가 지면에 그대로 나타났다.

하지만 여자들은 그다지 놀라지 않았다. 사십대든 오십대든 여자가 그러고 싶으면 서른 살 아가씨로 변하는 것쯤은 식은 죽 먹기라는 사실을 우리 여자들은 잘 알고 있기 때문이다. 이것은 이중인격 따위가 아니다. 그저 남자가 여자를 너무 모르는 것이다.

사십대 여자 동창회를 가 보면 잘 알 수 있다. 엄마와 딸이 나와 있나 싶을 정도로 나이 차이가 많아 보이는 친구가 있다. 혹은 선생님이 오신 줄 알고 당황하게 만드는 할머니 같은 친구도 섞여 있다. 하지만 모두 동갑에 같은 반이었던 친구들이다. 환경과 운명, 옷 입는 취향, 마음가짐에 따라 그렇게나 달라지는 것이다.

오쿠무라 쇼코 씨의 경우는 다른 사람의 눈을 속여야 한다는 필사적인 목적이 있었기에 오히려 의식적으로 더 그렇게 했겠지만, 이 점은 여자의 무한한 가능성을 보여 주는 대목이기도 하고 남자들을 헉하게 만들었다는 점에서 인상적이고도 통쾌했다.

이것 또한 마흔이었기 때문에 가능한 능력이다. 아직 젊었을 때의 앳되고 예쁜 모습이 남아 있는 데다가 꾀를 부리기 시작하면 젊은이들은 감히 범접하지 못한다. 그런 여자가 비장의 무기를 다해 싸우면 세상 물정 모르는 남자 따위야 속이는 것은 일도 아니라는 말씀. 알겠나, 이 융통성 없는 남자들아.

"역시 여자한테는 자유자재로 변하는 능력이 있다니까. 그렇지?"

여자들이 끄덕이자 가모카 아저씨는 주뼛거리며 말했다.

"남자한테도 자유자재로 변하는 곳이 있는데……."

"아주 내쫓아 버릴 거예요!"

내 혼날 줄 알았다.

○

계약 결혼

내 친구 가모카 아저씨는 쓸데없는 것에 관해서라면 아이디어가
샘물처럼 솟아오르는 남자다.

"결혼 제도의 부작용이랄까요? 혹은 일부일처제가 가진 불공정
성 문제랄까요? 그런 부분에 대해 의문을 품은 남자가 많아요. 제
가 이와 관련해 한 가지 제안을 할까 합니다. 그건 바로 한 손으로
는 인간의 행복을 도모하고, 한 손으로는 국가 재정을 풍부하게
해 결국 두 마리 토끼를 모두 잡게 되는 명안입니다……."

아저씨의 이야기는 항상 돈과 관련돼 있다.

"간단하게 말하면 일종의 계약 결혼입니다."

"하지만 결혼이란 것 자체가 애초에 계약으로부터 성립된 것 아

닌가요? '부부는 정조를 지키고 서로 버리지 않는다'도 계약이잖아요…….."

나는 의견을 피력했다.

"아니, 제 제안의 골자는 본질적인 계약이 아니라 국가가 법률로 규정하는 기간제 계약 결혼을 말합니다. 이를테면 '결혼하면 구청에 신고한다'는 같지만, 결혼 생활을 2년으로 제한하는 겁니다."

"결혼 생활을 2년밖에 못한다고요?"

"그렇습니다. 오세이 상은 2년밖에라고 하시네요. 뜻밖에도 당신의 결혼 생활이 드러나고 말았습니다. 결혼 생활이 꽤 행복하신가 봅니다."

"아니, 아니에요!"

"뭐가 아닙니까. 이제 와서 부인해 봤자 늦었습니다. 마음에 들지 않는 상대와 어쩔 수 없이 사는 사람이라면 기가 막혀서 '결혼 생활을 2년이나 해야 된다고?'라고 했겠지요. 아무튼 이 2년이란 기간 동안에는 반드시 결혼 생활을 유지해야 합니다. 마음이 맞지 않는다고 헤어지는 건 불가능합니다."

"만약에 헤어지면 어떻게 되는데요?"

"2년 안에 이혼하면 죄가 됩니다. 거액의 벌금을 물어야 해요. 그 대신 2년을 채우면 헤어질 수 있습니다. 아니, 애초에 법으로 2년 후에 헤어져야 한다고 정해 놓습니다. 사이가 안 좋은 부부는 2

년이 지나면 신나서 헤어지겠지요. 국가가 규제를 하는 거니까 헤어지면서 발생하는 번거로운 과정도 필요 없습니다."

"하지만 사이가 좋은 부부는 헤어지기 싫다고 할 텐데요?"

"그런 부부는 계약을 갱신해 기한을 연장하면 됩니다. 하지만 이런 경우 같은 상대와 재계약을 하는 것이기 때문에 세금이 비싸집니다. 그러니까 되도록이면 다른 상대를 찾아 결혼하는 것이 바람직합니다. 그래도 나는 같은 상대와 결혼하겠다며 간절히 원하는 사람은 비싼 세금을 내고서라도 꼭 결혼할 것입니다."

"돈이 많이 들겠네요, 그러면."

"뭐, 행복세라는 것으로 보시면 됩니다. 그 대신 가치 있는 결혼을 하는 거죠."

"그럼 세금 낼 능력이 없는 사람은 울며불며 헤어져야겠네요."

"뭐, 그렇게까지 하는 사람은 없을 겁니다. 그 대신 2년 후에 헤어져야 한다고 생각하면 남편이든 아내든 하루하루가 소중하겠지요. 다소 사이가 안 좋은 부부라도 겨우 2년이라고 생각하면 서로 위로하고 감싸고 사랑하게 될 것입니다. 싸움도 안 할 거고요."

그건 그렇다 쳐도 결혼이 왜 이렇게까지 부산스러워야 하는 거지? 나처럼 느린 사람 입장에서는 2년마다 상대를 바꿔야 한다니 어지러워서 현기증이 날 것 같다.

"그 2년이란 기간은 어떤 기준으로 정하신 건가요?"

"그거야 당연히 단점이 보이지 않는 기간이지 않습니까. 한 사람의 인간을 이해하기에 1년이란 시간은 너무 짧습니다. 얼굴과 이름을 매치시키는 것이 고작일 거예요. 또한 부부가 나아가야 할 길이 무엇인지 서로 충분히 이해하고 탐구하기 어려운 기간입니다. 만약에 3년이라면 너무 길어서 서로의 단점이 보일 겁니다. 사이가 나쁜 부부라면 고문에 가까울 정도로 긴 시간일 거예요. 개중에는 생각다 못해 자살하려고 하는 나약한 남편과 아내가 있을지도 모릅니다. 그런 면에서 역시 2년 정도가 적당합니다."

"만약에 서로 잘 맞는데 헤어져야 하는 사람이라면 정말 힘들겠네요. 결혼 상대를 바꾸거나 평생 비싼 세금을 내야 하거나 둘 중 하나뿐잖아요……."

"한 번 갱신할 때마다 짤랑, 짤랑, 짤랑 국가 예산만 늘어나는 거지요."

"또 시작이네."

"본인이 좋아서 선택한 길이니까 누구에게도 불만을 가져서는 안 됩니다."

"흠, 그럼 아이는 어떻게 해요? 아버지가 2년마다 바뀌면 정신없고 혼란스럽지 않을까요?"

"아이요! 그런 걸 만드니까 일이 복잡해지는 겁니다. 아이는 만들지 않아도 됩니다. 다 큰 남자와 여자가 굳이 자식 크는 재미로 살 필요는 없지 않습니까. 세상에는 아이 키우는 것보다 재미있는 것이 얼마든지 있습니다. 그래도 굳이 낳겠다고 한다면 세금을 많이 내야 합니다. 아이 한 명 낳을 때마다 돈을 내야 한다는 거죠."

또 돈 얘기야!

"그럼 아이는 그렇다 치고 아저씨라면 어떻게 하실 거예요? 비싼 세금 내면서 평생 동안 한 명의 아내와 사실 거예요? 아니면 2년마다 새로운 아내로 바꾸실 거예요?"

"그거야 당연히 2년마다 계약을 파기하고 새 신부랑 계약하고 싶지요. 하지만 그렇게 되면 적군과 아군이 뒤죽박죽돼 육탄전이 벌어질 겁니다. 남자든 여자든 멀쩡하게 살아 있을 수 없을걸요."

"그럴까요?"

"당연하죠. 좋은 사람은 바로 다른 사람이 채 갈 겁니다. 멍하니 있다가는 원하는 사람을 빼앗기기 십상일 거예요. 그러면 남녀 관계 때문에 나라 전체가 난세에 접어들 것입니다. 이렇게 느긋하게 앉아 술 한잔도 못할 겁니다. 결혼하자마자 2년 뒤에 살아야 할 상대를 필사적으로 물색해야 하니까 목에 떡이 걸린 것처럼 답답할 거예요. 중년이 되면 더 힘들 테고요. 역시나 많은 돈을 내서라도 옛날 마누라랑 잘해 보는 게 낫겠습니다."

본인이 꺼낸 말인데 자기 스스로 이렇게 말하다니. 그리 좋은 아이디어는 아닌 것 같다.

○

남자의
성적 능력

남자들이 별것도 아닌 걸 가지고 자랑하고 서로 경쟁하는 것을 보고 의문이 생겼다. 무엇 때문에 그렇게 자랑을 할까. 아무리 생각해도 이해가 안 간다.

이를테면 남자들은 성적 능력을 각자의 사이즈나 횟수로 판가름하려고 할 때가 있다.

예를 들어 그 훌륭한 소지품을 떼었다 붙였다 할 수 있다고 치자. 그리고 만약 그와 관련한 대회 같은 게 열린다면, 흡사 고려청자를 다루듯 알코올로 윤기를 내고 광이 날 때까지 닦은 다음 이름표를 붙여 출품할 것이다. 그리고 그 출품작이 현縣 내에서 1등을 차지한다면 이제는 전국대회에 출품하려고 할 것이다. 그러면

그 전국대회 심사위원들은 각자 자신이 생각한 가장 훌륭한 출품작을 손에 들고

"여기, 이 휘어 있는 부분을 보십시오. 뭐라 형용할 수 없습니다. 역시 아오모리에서 온 것이 훌륭하다고 생각합니다."

"아니요, 이 구마모토 대표의 것을 보세요. 색으로 보나 광으로 보나 다른 것들을 압도하지 않습니까?"

"하지만 두 가지 모두 이 야마구치 대표의 두께에는 못 미칠 겁니다. 이렇게 훌륭한 물건은 요 몇 년 동안 나온 적이 없어요."

이렇게 왈가왈부하며 논의한 끝에 일본 대표로 선정된 출품작이라면, 그때는 사이즈든 색깔이든 자랑해도 된다고 생각한다. 하지만 이 물건은 떼어 내는 것이 불가능하다. 감상 혹은 감정의 대상이 될 수 없는 사적이고 고정된 도구인 것이다. 그런 물건을 횟수로 판가름하려고 하는 건 이상한 일이다.

옛날 중학생이 짚으로 된 인형에 대고 "얍, 얍!" 하며 총검 연습을 하는 거라면, 혹은 한겨울 운동장에서 물구나무서기를 하며 거꾸로 서 있는 거라면, 혹은 "선착순!"이란 호령 아래 널따란 학교 운동장을 계속 돌다가 하나둘씩 낙오되고 마지막에 혼자 남아 칭찬을 받는다면, 그때는 횟수를 자랑할 만할 것이다. 하지만 남자의 그것은 짚으로 된 인형을 향해 함성을 지르며 돌격하는 것이 아니다. 상대 또한 살아 있는 사람인 것이다.

상대방이 뭐라고 할지는 알 수 없는 것 아닐까. 횟수가 늘어날 때마다 돈을 더 버는 직업여성이 그 상대라면 열심히 격려해 주겠지만, 여자에 따라서는 박리다매보다 양보다 질을 추구하는 사람도 있을 것이다. 어쨌든 남자가 성적 능력을 자랑할 때 상대방 여자의 의견을 참고하지 않는 건 매우 독선적인 일이다. 이건 마치 혼자 즐겼던 횟수를 자랑하는 꼴이라고 할 수 있을 것이다.

긴 세월 이 문제에 대해 의문을 품고 있었는데, 최근 어떤 책을 보다가 글쎄 마침 이와 관련된 이야기를 발견했다는 것 아닌가. 이와 관련해 결혼 카운슬러이자 성과학자, 산부인과 의사, 심신질환 치료를 주로 하는 신경과 의사가 입을 모아 이야기했다.

"남자의 성적 능력은 여자가 가진 성적 잠재 능력을 얼마만큼 끌어낼 수 있느냐에 있다."

섹스란 상대를 필요로 하는 행위이기 때문에 함께한 상대를 배제하고서는 아무리 자랑해 봤자 아무 의미도 없다. 게다가 잠재 능력을 어떻게, 얼마만큼 끌어냈는지 일일이 눈으로 확인할 수 없는 것이다. 사이즈와 횟수로 판가름하는 것 자체가 불가능하다. 그렇기 때문에 남자란 참으로 단순하구나 싶은 것이다.

하룻밤의 횟수가 몇 번인지, 사이즈가 어느 정도인지 아무리 자랑을 해도 그의 아내는 항상 골이 난 얼굴에 심기가 불편해 보인다. 월급 적은 것만 한탄하고 괜스레 아이한테 화풀이를 해 대니

집이 바늘방석이나 마찬가지다. 이런 집안이라면 남자가 아내의 성적 잠재 능력을 충분히 끌어냈다고 볼 수 없다. 만약에 아내가 그쪽 방면에 눈을 뜬다면 부부의 사랑도 새로운 국면을 맞이할 테니, 월급이 조금 모자라도 아이가 말을 잘 안 들어도 행복한 우리 집이 될 수 있을 것이다.

그것을 못하는 남자는 아무리 사이즈가 훌륭하다 한들 결국 성적으로 무능한 것이나 마찬가지다. 여자의 성적 능력을 끌어낼 수 있으려면 남자와 여자 사이의 공통적 기반, 즉 애정이 있어야 하는데, 만약 그 애정이란 게 없다면 이런 경우 아무리 개발에 힘써도 소용없을 것이다. 그러니까 남자의 성적 능력이란 여자를 사랑해 줄 수 있는 마음가짐, 그런 정신적 능력 또한 포함한다.

적당히 나이가 찼으니 장가나 갈까, 혹은 결혼 안 하면 회사에서도 어깨를 못 펴니까 장가갈까 같은 안이한 생각으로는 아무리 결혼해도 바람직한 성적 능력을 끌어낼 수 없다. 사회적 신용이 있어야 가능한 것이다.

그렇기 때문에 결혼 초기의 신비로움이 사라지고 나면 매너리즘에 빠지게 되고 결국에는 권태기 부부가 되는 것이다. 이는 애초에 남자에게 성적 능력, 그러니까 여자의 그것을 끌어낼 능력이 없기 때문에 발생하는 일이다.

나 같은 사람도 남자가 여자를 그만큼 리드해 줬으면 좋겠다고 생각하는 편인데, 이건 마냥 꿈일 뿐일까?

예를 들어 돈 버는 것이 제일 좋다, 순결을 지키며 살겠다고 공공연하게 이야기하는 모 여류 평론가가 계신다. 그 여사 같은 분의 능력을 개발해 줄 남성이 나타나 주신다면, 우리 여성들은 두 팔을 걷어붙이고 행가래를 칠 것이다. '남자 중의 남자'라며 경의를 표할 것이다.

"평론가를 사로잡을 정도의 강한 능력을 가진 남자라면 더더욱 순결을 빼앗기지 않겠어."

이 선생님의 순결은 이토록 굳건하다. 평생에 남자는 단 한 사람이어야 한다고 굳게 믿고 계신다.

오랜 세월 동안 사람의 손길이 닿지 않은 광활한 정글. 그 미개한 땅에 도전장을 내밀고 부지런히 개척하고 개발해 끝내 선생님을 깜빡 쓰러뜨릴 만한 남자.

"역시 돈보다는 남자였습니다."

"결혼을 하느냐 안 하느냐는 사소한 문제였어요."

"적금 따위 개나 줘 버릴 겁니다."

선생님을 이렇게 만들 수 있는 남자가 나타난다면, 그에게 노벨상을 수여해 모든 남자의 귀감이 되도록 추앙되어야 할 것이다.

남자의 가치란, 거듭 말하지만, 이런 것이다.

횟수나 사이즈로만 생각하지 않기를 바란다.

하지만 가모카 아저씨는 코웃음을 쳤다.

"요즘 세상에 그런 정글, 미개척 광야가 있겠습니까? 그 평론가 선생은 차치하고 요즘엔 오히려 글 모르는 꼬마한테 길 물어보는 격으로, 남자가 배울 때가 더 많습니다."

○

옛날 귀족이
되고 싶어

오늘도 역시 가모카 아저씨가 놀러와 단둘이 술을 마시고 있다. 춘소일각치천금春宵一刻値千金*이로다. 아 기분 좋다. 나다灘**의 전통주에 안주는 머위줄기무침이다.

"마치 옛날 귀족이 된 것 같은 기분이에요."

내가 이렇게 말하자 아저씨는

"아니, 옛날 귀족은 더 젊은 여자를 옆에 앉혔겠죠."

라고 말했다.

"옛날에는 '침소 사퇴식' 같은 게 있지 않았습니까. 오세이 상도

---

* 짧은 봄날의 밤은 천금의 값어치가 있다는 뜻이다.
** 효고 현의 나다 지방을 말한다. 고급 청주가 유명하다.

알고 계시겠지만."

"네, 알지요. 장군 혹은 영주의 부인이 서른을 넘기면 부군의 침소에 드는 것을 스스로 사퇴하고 세상을 등진 채 살아간다는 거잖아요."

"그 생각을 할 때마다 옛날 귀족들이 참 부러워집니다. 옛날 여자들은 참 조신했던 모양이에요. 저도 옛날 귀족이 되고 싶습니다."

나는 콧방귀를 뀌며 아저씨한테 이야기해 주었다.

"침소를 사퇴하는 건 여자의 체면 때문이었어요. 색을 밝히는 여자라고 여겨지는 건 옛날 여자에게 있어서 죽기보다 싫은 수치스러운 일이었으니까요. 게다가 침소를 물리는 본래 목적은 고령 출산을 피하기 위해서였대요. 책에서 봤어요. 옛날 귀족의 정부인은 머나먼 도쿄에서 온 대단한 집안 따님이 많았는데, 그런 사람들은 바람 한 번 쐬어 본 적 없이 자란지라 몸이 약한 사람이 많았고, 따라서 고령 출산을 하게 되면 죽게 될 수도 있었대요. 고귀한 가문의 따님이 시가에서 죽으면 자칫 정치 문제로도 번질 수 있었기 때문에 정성껏 모셨던 것이지요. 이게 관습이 되고 규율이 된 거랍니다. 부인들이 조신해서 침소를 물린 게 아니라고요."

"그렇군요. 그래도 서른이면 그제야 슬슬 그 즐거움에 대해 깨닫기 시작할 때인데, 그럼에도 불구하고 사퇴를 감행했다니, 대단한 결단이 필요했겠습니다."

"뭐라고요? 여자한테 그건 그저 습관 같은 거예요. 없으면 없는 대로 지내면 된다고요."

"글쎄요."

아저씨는 옛날 여자를 더 칭찬하고 싶은지

"제가 듣기로 옛날 여자는 침소를 사퇴할 때 질투하기는커녕 자기 다음에 올 여자를 추천하고 물러났다고 합니다. 참으로 속이 깊지 않습니까. 아아, 저도 귀족이 되고 싶어요. '저 대신 이 아이를 쓰십시오'라며 다른 여자를 추천하고 떠나다니, 참으로 기특합니다."

"그걸 할 수 있는 건 정부인뿐이었어요. 후실은 신분이 비천해서 다음 여자를 추천한다는 건 분수에 넘치는 일이었죠. 결국 서른이 되면 아무 말 없이 사라졌어요. 정부인 마님은 가계 권력을 쥐고 있던 권력자였기 때문에 남편에게 바칠 여자를 자신의 하녀 중에서 골랐답니다."

"뭐라고요! 그렇다면 좀 고민해 봐야겠군요."

아저씨는 고민했다. 어수룩한 이 남자, 분명 옛날 귀족과 정부인을 아저씨 자신과 아내 분에 끼워 맞춰 비교하고 있는 거야.

"음, 우리 마누라가 골라 준다는 말이지? 그렇다면 곤란한걸. 당연히 내가 골라야 하는데 말이야……."

"그건 안 돼요. 장군이나 신분이 높은 무사일수록 일상생활은

답답하고 자유롭지 않았대요. 귀족이라고 해서 아무 여자나 옆에 둘 수 있는 게 아니라고요. 격식과 규율이 엄격해서 절차가 매우 까다로웠어요. 높으신 장군 님인데 아저씨가 바 호스티스 유혹하듯 다닐 수는 없는 거잖아요."

"하지만 그래도……."

아저씨는 몸부림치는 듯했다.

"저는 역시 제가 직접 판단해 고르고 싶어요. 마누라가 골라 준다니, 안 됩니다."

"왜요? 긴 세월 동안 부부로 지내셨잖아요. 그런 아내 분이라면 남편 마음이 어떤지 취향이 어떤지도 잘 알고 계실 것이니, 선택받은 여자 또한 틀림없을 거예요."

"아니요, 사실 저는 우리 마누라를 믿을 수 없습니다. 그런 때일수록 마누라라는 인물은 말로는 다 들어줄 것처럼 말하지만, 속으로 무슨 생각을 하고 있는지 전혀 알 수가 없거든요. 분명히 심술을 부릴 겁니다. 예를 들어 불감증인 여자를 추천한다든지 미인이긴 한데 마음속이 새까만 여자라든지……."

"사랑해 마지않는 서방님에게 그렇게까지 할 안주인은 없을 거예요."

나는 너무 재미있어서 가만히 앉아 있을 수가 없었다. 아저씨(남자)를 괴롭히는 건 너무 재밌어.

"당연히 조신하고 얼굴도 예쁜 데다가 한창 젊은 열여덟, 열아홉, 스무 살 된 여자를 추천하시겠죠."

"아니, 그렇지 않다니까요. 왠지 한 방 먹일 것 같은 기분이 듭니다."

"이번 기회에 말씀드리자면 옛날 귀족들은 의외로 자유롭지 않았대요. 아까도 말씀드렸듯이 천민이 오히려 속은 편했을걸요. 귀족이 되면 여자가 제 발로 굴러 들어올 거라 생각하시겠지만, 침소에 들일 여자를 미리 지목해 두지 않으면 절차가 제때 이루어지지 않는대요. 게다가 침소에는 횟수, 시각을 기록하는 담당자도 있고 불침번을 서는 하녀도 있대요. 그래서 느긋하게 정담도 나누지 못한답니다."

"흠, 그 말은 저도 예전에 들은 적이 있습니다. 하지만 그런 건 상관없어요. 이 나이가 되고 보니까 옆에 사람이 있다고 해서 꺼릴 이유도 딱히 없습니다. 어찌 됐건 기록 담당자도 여자잖습니까?"

"그렇죠. 침소에 들어갈 수 있는 남자는 그 귀족 한 명뿐이었으니까요."

"그렇다면 기록 담당과 불침번 담당까지 침소에 들여 같이 재미있게 놀면 되겠네요."

아저씨는 뻔뻔스럽게 웃었다. 이 마흔 살 남자, 어쩜 이렇게 다루기 힘든 걸까.

"아, 그걸 매일 할 수 있다고 생각하시면 안 돼요. 귀족은 한두 세대에서 끝나 버리는 게 아니라 대대로 이어지는 신분이잖아요. 선대, 그 선대, 그 선선대로부터 전해져 내려오는 기일에는 목욕재계를 하고 절대로 여자를 가까이 해서는 안 된대요. 그렇기 때문에 침소에 드는 날은 한 달에 겨우 며칠밖에 안 된다고 하더라고요. 그리고 침소에 들었을 때는 그 여자가 불감증이든 속이 검든 절대 불평해서는 안 된대요."

"그럼 겨우 익숙해졌다 싶어질 즈음 되면 침소 사퇴식을 해야겠군요……."

"어머, 침소 사퇴식을 몇 번이나 겪을 정도로 오래 보전하실 거라고 생각하세요?"

아저씨한테 한 방 먹인 건 이날이 처음이었다.

○

요령이
있다, 없다

가모카 아저씨와 단둘이 술을 주고받으면서 남자와 여자 중 누가 요령이 있고 없는지에 대해 논하고 있었다.

나는 (당연히) 남자는 요령이 없다는 입장이다. 남자들은 바람을 피워도 어쩜 그렇게 잘 들키는 걸까? 남자가 숨긴 비상금은 어쩜 그렇게 찾아내기 쉽고, 남자가 하는 변명은 어쩜 그렇게 간파하기 쉬운 걸까? 남자가 너무 정직해서 그런 걸 수도 있지만, 아무리 그렇다고 해도 '둔감하다'는 인상은 지우기 어렵다.

사회에서는 대단한 풍채를 자랑하는 데다가 인격과 식견이 뛰어난 어른에 사무라이의 품격까지 갖추고 있는 남자인데, 집에만 들어가면 아내 앞에서 그렇게 요령 없이 행동할 수가 없다.

바람이라도 피운 날이면 안절부절못하며 집 안을 어슬렁거린다. 아이를 안은 손길, 아내를 보는 눈빛에서부터 바로 변화가 나타나는 것이다. 그러면 아내의 육감이 발동한다. 뭔가 이상한데, 하고 여자는 바로 눈치를 챈다.

증거가 될 만한 물건을 숨기거나 비상금 같은 것을 숨기는 방법 또한 너무 허술하다. 머리만 숨고 엉덩이는 다 드러내고 있는 것이나 마찬가지. 본인은 잘 숨겼다며 뿌듯해하지만, 결국 금방 들키고 만다.

남자들은 책싸개에서 책을 꺼낸 다음 그 안에 물건을 숨기고 나서 아무 일도 없던 것처럼 책꽂이에 끼워 놓는다. 그러면서 꼭 꺼낸 책을 그 주변 아무 데나 내려놓는다. 그러니 바로 들킬 수밖에.

어머, 이 책이 왜 나와 있지? 그이가 읽고 있나? 아니야, 요즘 책 읽는 거 본 적 없는데. 주간지랑 신문밖에 안 읽던데……. 여자는 눈을 반짝거리며 서재를 둘러본다. 마침 그 책의 책싸개가 미묘하게 비뚤어져 있다. 이상하다 싶어서 꺼내 보았더니 아니나 다를까 그 안에 처음 보는 물건이 들어 있다.

책상 서랍도 수상하다. 제대로 닫혀 있어야 할 서랍이 조금 열려 있는 것이다. 여자는 그때 이미 감을 잡는다. 옷장 문도 마찬가지. 남편의 이마에 주름이 잡힌 정도, 물건이 놓여 있는 모습 같은 것에 조금이라도 변화가 생기면 여자는 바로 알아볼 수 있다. 그러니

쓸모없는 저항은 멈추길 바란다. 라클로Pierre Ambroise François Choderlos de Laclos*는 "여자에게 도전하면 그 어떤 책사가 와도 패배할 것이다"라고 말했다지만, 여자 입장에서는 남자가 너무 요령이 없어서 가엾게 느껴질 뿐이다.

지금까지 살면서 남자의 지혜 때문에 감동했던 것은 예전에 읽은 오사라기 지로大佛次郎** 선생의 《구라마 덴구鞍馬天狗》***뿐이었다. 이 남자 참 똑똑하다. 나의 친애하는 구라마 덴구 씨는 이야기 속에서 꽃이 꽂혀 있는 화병 안에 총을 숨겨 둔다. 모든 사람이 화병에는 물이 들어 있을 거라고 생각했지만 물은 들어 있지 않았던 것이다.

요즘에는 그 정도의 재치를 발휘할 줄 아는 남자가 없는 것 같다. 뭔가를 몰래 숨겨 놓으면 결국에는 그러는 족족 아내 손에 걸려서 쥐 소굴 소탕당하듯 지저분하게 끌려 나오고 만다.

애초에 물건을 숨기는 데 시간을 너무 들여서 들키는 경우도 있다. 집에 돌아와 웃옷을 옷걸이에 걸어 놓고 거실로 나오기까지 시간이 너무 긴 것이다.

뭐하기에 이렇게 오래 걸리지? 여자는 문득 생각한다. 평소에는

* 프랑스 소설가로 18세기 말 퇴폐한 귀족 사회를 묘사한 《위험한 관계》가 유명하다.
** 20세기 초 활동한 일본의 소설가.
*** 오사라기 지로의 대표작인 시대소설. 주인공 구라마 덴구가 막부 말기 교토에서 왕의 의사로서 신센구미를 상대로 활약하는 내용이다.

"어휴, 배고파 죽겠네" 하면서 야단스럽게 양손을 비비며 성큼성큼 다가와 식탁 앞에 앉는데 오늘따라 안에 들어가서 나올 생각을 안 한다.

"뭐해? 국 다 식겠어요."

라고 외치면

"어, 어어……."

남자는 소스라치게 놀라 펄쩍 뛴다. 화장실에 들어가 있는 시간이나 남자의 발소리에서도 약간의 변화가 느껴지면, 아내는 곧바로 감을 잡는다. 남자란 참 가여운 존재다. 이렇게 간파하기 쉬워서 어쩔 셈인지…….

"그런가요?"

뭐든지 반대하고 보는 가모카 아저씨가 말했다.

"여자가 세세한 부분에 대한 감이 좋을지는 모르겠지만, 남자가 봤을 때 근본적인 부분에 대해선 좀 모자랍니다. 꽤 예전에 남편의 불륜 현장을 덮치려고 남편 차 트렁크에 몰래 숨어 있다가 배기가스 중독으로 사망한 여자가 있었지요?"

"네, 뉴스에 나왔었죠."

"남자 입장에서 보면 참 요령이 없는 여자구나 싶습니다. 흥신소에 의뢰해 보고서만 잔뜩 받아 오는 여자도 참 요령 없고, 부부싸움 했다고 바로 친정으로 도망가는 여자도 참 요령 없습니다.

그러고 나서 남자가 데리러 와 주기를 바랄는지 모르겠지만, 남자한테도 다 생각이 있기 때문에 '한번 도망갔으면 끝이다', '절대 데리러 가지 않을 거다'라며 심술을 부리는 것입니다. 그렇게 눈치 없이 상황 파악 못하는 여자가 있더랍니다. 한참을 싸우다가 남편의 직업을 무시하면서 "뭐야, 겨우 ○○인 주제에!"라고 하는 것도 참 요령 없는 일입니다. '겨우'라는 말까지 들었는데, 아무리 상품 가치 없는 남자라고 해도 울컥하는 것이 당연하지요. 그걸 모르다니 얼마나 요령이 없습니까. 가여울 정도예요."

"하지만 바로 눈앞의 것에 대해 눈치 없기로는 남자가 더 심하죠."

나는 기를 쓰며 말했다.

"여자가 보기에 남자들은 너무 꾸물거려요. 진도 나갈 생각을 안 한다고요."

"무슨 진도를 나갑니까?"

"이를테면 한창 데이트를 하는데 우물쭈물 망설일 때가 있잖아요. 마음속으로 여자는 애가 타는데 엉뚱한 곳만 더듬고 있으면……."

"엉뚱한 곳이라니요?"

아저씨는 부러 머리를 크게 갸우뚱했다.

"그건 무슨 소립니까? 남자가 잘못했다는 건가요? 하 참, 그게

왜 남자 잘못입니까? 요즘 여자들 아무나 입고 다니는 그 팬티스
타킹 잘못이지요. 스커트 안에 손을 넣으면 미끄덩하고 미끄러져
서 얼마나 하기 힘들다고요."

무슨 말을 하는 거야. 갑자기 팬티스타킹 이야기가 왜 나와?

"어쩔 방법이 없으니까 더듬을 수밖에 없는 겁니다. 어딜 만져
도 다 반질반질 미끄러워서 개미가 들어갈 틈도 없어요. '어이쿠,
이거 어떻게 돼 있는 거야' 하며 조바심이 나서 그런 거라고요. 그
것을 두고 요령이 없다고 하시다니, 참 가혹하시네요."

"아저씨는 경험이 있으신가 봐요."

"아니, 그럴 리가요. 그게 문제가 아니라 제가 한 말씀 드리겠습
니다. 그럴 때는 남자가 눈치 채지 못하도록 여자가 살그머니 도
와줘야 하는 겁니다. 도와주지도 않고 목석처럼 가만히 앉아서 속
으로 애만 태운다고요? 그런 여자가 훨씬 요령이 없는 겁니다."

○

플레이보이

가모카 아저씨와 매일같이 술을 마시며 태평하게 수다를 떨고는 있지만, 이러는 동안에도 우리의 늙음은 점점 가까워 오고 있다. 그에 대한 준비는 잘하고 있을까?

"준비는 하셨나요?"

"여기에서요?"

아저씨는 말했다. 뭘 말하는 거지? 무슨 생각을 하고 있는 거야.

"아니, 노년을 맞이할 마음의 준비 말이에요. 대비는 어떠시냐는 말씀입니다."

"뭡니까, 갑자기. 준비가 어떻고 대비가 어떻고 하시니까 오세이 상이 갑자기 불끈불끈해서 집적거리시는 줄 알았잖습니까."

"헉."

"'이런 부엌에서 어떻게 하자는 거지' 싶었습니다. 노년에 대한 준비는커녕 평소 성생활에 대한 준비도 잘 안하기 때문에 갑자기 그렇게 말씀하시면 허둥지둥할 수밖에요."

"누가 아저씨를 상대로…… 말도 안 돼."

"그렇게 말할 것까지는 없지 않습니까. 이래 봬도 왕년에는 플레이보이로 훨훨 날았던 몸입니다."

"그럼 지금의 아저씨는 날지도 울지도 못하는 새와 같은 건가요?"

"과거의 영광으로 겨우 날갯짓하는 정도라고 할까요?"

"하지만 플레이보이였던 것도 다 지난 일이잖아요. 노인이 되고 나서 과거 영광만 자랑하는 건 들어 주기 힘들던데요. 헛되고 보기 흉하다고요."

"네? 그건 말이 안 됩니다. 제 생각에는 그게 바로 노후 대비예요. 노인이 돼서 왕년 플레이보이 시절에 쌓아 올린 공적에 대해 이러쿵저러쿵 이야기할 수 있다면 얼마나 즐겁겠습니까."

"그런 점이 싫다고요."

나는 '옛날 러일전쟁 때……'라며 말문을 트는 노인이 가장 못마땅하다.

늙은 플레이보이가 시종일관 코를 훌쩍거리고 눈곱을 떼면서

떨리는 손으로 손짓 발짓 해 가며 그 옛날 잘나가던 때의 공적을 과장해서 떠벌이는 모습, 왠지 모르게 처량하다.

"플레이보이의 영광은 언제나 현재진행형이어야 해요. 과거의 성과는 필요 없다고요. 한창 잘나갔던 플레이보이라고 해도 늙으면 아무 말 없이 가만히 계시는 것이 보기 좋습니다."

"그건 아니지요."

아저씨는 가만 두지 않겠다는 듯 몸을 쭉 내밀었다.

"한창 때야 말없이 가만히 있는 게 가능하지만, 나이가 들면 그래선 안 됩니다. 나이를 먹고 아무 말 없이 가만히 있다는 건 여자에게도 속세에도 관심이 멀어졌다는 증거이고, 여명이 얼마 안 남았다는 것을 의미합니다. 욕망이 사라졌다는 증거니까요."

"그런가요?"

"틀니가 덜그럭거리고 흰머리가 흩날리며 다리까지 후들거리는 노인이 과거 자신의 영광에 대해 열의를 담아 이야기한다. 얼마나 보기 좋습니까. 플레이보이가 늙으면 꽤 깊은 맛이 나는 법."

"추하지 않을까요?"

"무슨 소릴 하는 거예요. 젊은 시절 플레이보이였다고 해서 다 같은 플레이보이라고 생각하십니까? 나이를 먹으면 붙었던 귀신이 떨어져 나간 것처럼 기름기 쭉 빠진 할아범이 되는 사람이 있는가 하면, 젊은 사람들한테 근엄하게 굴며 설교하는 사람도 있어요. 그렇게 돼서는 안 됩니다. 썩어도 준치, 늙어도 남자입니다. 한 줌의 재로 돌아갈 때까지 여자의 관심을 받아야 합니다. 이래 봬도 저는 지금도 제가 현역이라고 생각합니다."

"성과가 없잖아요."

"성과란 이성에 대한 관심이 있는가 없는가로 판단하는 겁니다. 그렇게 봤을 때 이 몸은 젊었을 때부터 평생 동안 마르지 않는 샘물처럼 성과가 계속되고 있답니다."

말로는 도저히 아저씨를 못 당한다.

"그렇군요. 그럼 플레이보이인지 아닌지는 성과보다도 이성에 대한 호기심과 관심으로 판단하는 거라는 말씀이시죠?"

"그렇지요."

"그럼 모든 남자가 플레이보이일 것 같은데요."

"그게 또 의외로 그렇지가 않아요. 관심을 가지고 있음에도 감정을 억누르면서 아닌 척하는 녀석이 있는가 하면, 나이 들고 나서 여자에 대한 관심은 딱 끊어 버리고 자식 하나에만 매달리는 녀석도 있습니다. 초등학교 다니는 아이 성적 자랑하지, 회사 로커에 아이 사진 붙여 놓지……. 그런 사람이 많아요."

"아직 중년인데도 그런 팔불출이 있다는 말씀이세요?"

"요즘에는 젊은 나이에 일찍이 그렇게 된 남자들이 늘고 있어요. 여자한테 정신이 팔리기보다 아이에게 정신이 팔리는, 그런 꼬부라진 할멈 같은 남자가 아주 많습니다."

"그렇다고는 해도 노인이 돼서까지 여자한테 관심을 갖는다는 게 보통 힘든 일이 아닐 듯한데요……."

"그렇기 때문에 그런 사람을 진짜 플레이보이라고 하는 겁니다. 젊은 남자애들처럼 한껏 멋을 부리고 차를 굴리면서 흔하디흔한 여자들을 수시로 갈아 치우는 건 그저 강아지의 장난질에 지나지 않아요. 그런 녀석이 나중에 늙으면 바로 자식 바보가 되는 겁니다."

앗, 그러고 보니 그런 것도 같다. 가미가타 라쿠고上方落語*의 두 목 쇼후쿠테이 쇼카쿠笑福亭松鶴** 스승을 보면 나이가 꽤 있으신데도 플레이보이다. 성과도 엄청나거니와 호기심이나 관심 또한 엄청나다. 언젠가 큰 공연에 갔을 때 스승을 멀리서나마 뵈었던 적이 있는데, 스승은 그때 모인 사람들을 천천히 살펴보고 계셨다. 그러다가 시선이 내 쪽을 향하고 나와 눈이 마주치자 '어라? 못 보던 여자아이가 있네'라는 표정으로 가만히 나를 바라보셨다. 그 시선이란 게 참으로 섹시했고 남성적 호기심이 드러나 있었다. 물건의 가치를 평가하듯 천천히 뜯어보는 그 눈빛에서 흥미로움과

* 오사카와 교토를 중심으로 거행되는 라쿠고를 말한다. 라쿠고는 한 사람의 라쿠고카(落語家) 가 다양한 인물을 연기하며 이야기를 들려주는 일본의 전통 예능으로 현재까지 전승되고 있다.
** 라쿠고 가문인 쇼후쿠테이의 계승자. 보통 스승이라고 부른다.

젊고 생생한 호기심이 약동하는 것을 느꼈다. 나는 단번에 스승을 존경하게 되었다. 남자는 모름지기 새로운 여자를 만났을 때 그래야 하는 것이다. 나는 스승을 남자 중의 남자라고 생각했다. 그때 있었던 일을 가모카 아저씨한테 말했더니

"그 사람이야말로 진짜 플레이보이입니다."

라고 했다.

"제가 쇼카쿠 스승에 비해 무엇이 모자랍니까. 저도 나중에 노인이 되면 철저하게 플레이보이의 길을 걸을 생각입니다. 장밋빛 미래가 펼쳐져 있다고요."

"가모카 아저씨가 돌아가시면 추도문은 이게 좋겠어요. '플레이보이라 불리던 사람 여기 잠들다.'"

추도문은 엄숙하게 읽으면 왠지 웃기다는 것에 특징이 있다.

○

애처로운
남자

남자가 열심히 일하는 모습을 보면 애처로운 기분이 들 때가 있다. 얼마 전 사토 아이코 씨를 만나 그렇게 이야기했더니, 사토 씨는 놀라워하며 말했다.

"대부분의 여자들은 남자가 일하는 모습을 보면 늠름하고 듬직해 보인다고 하던데 특이한 사람이네."

뭐 유부녀를 대상으로 쓰인 책을 읽어 보면 그런 내용이 많기는 하다. 집 안에서는 빈둥거리기만 하는 남자. 아내와 아이의 빈축을 사고 멸시당하기 일쑤였던 존재가 직장에서는 360도 돌변해 다른 사람인가 착각할 정도로 물 만난 고기처럼 빠릿빠릿하게 일한다. 우연히 그 모습을 보게 된 아내는 '남자란 역시……'라며 남편을 다시 보게 되고, 아무것도 모른 채 남자를 무시해 왔던 자신의 어리석음을 자책하면서 '역시 우리 남편이 최고야!'라고 생각하게 된다는 것이다. 그런 책을 보면 이런 내용의 수기나 좌담이 많다.

하지만 내가 말하는 것은 남편 자랑의 반대라고 할 수 있다. 남편 자랑으로는 어디 가서 지지 않는 나인데, 일하는 남자만 보면 애처로워서 눈물이 나다니 참 이상한 일이다.

마치 유치원 운동회를 보는 것 같다. 유치원생들이 음악에 맞춰 목을 까딱거리며 춤을 추기 시작한다. '송사리 학교는……'이라는 노래가 시작되면 모두 배운 대로 천진하게 손을 잡고서 원을 만들기도 하고, 앉았다 일어섰다 하기도 한다. 그 천진난만한 몸짓, 순진한 모습을 본 어른은 어쩐지 처량하고 슬픈 기분이 든다. 아이들이 귀엽다기보다는 애처로워서 눈꺼풀 안쪽이 뜨거워진다. 말하자면 이런 종류의 감정과 비슷한데, 타인에게 이 감정을 있는 그대로 설명하기란 어렵다.

받아들이는 사람에 따라서는 불손한 언사로 여길 수 있기 때문이다. '높은 곳에 서서 하느님이라도 되는 것처럼 내려다보며 남자가 불쌍하다고? 괘씸한 것'이라고 생각하는 신사 분도 있을 것이다.

하지만 물론 그런 의미가 아니다. 나는 남자를 그런 눈으로 본적이 없다. 그런 감각과는 또 다른 감정이다.

예를 들어 보자. 며칠 전 우리 동네 어딘가에서 멍하니 서 있는데 처음 보는 남자가 빨빨거리며 건물에서 나왔다. 그 길로 주차장으로 들어가 낡아빠진 블루버드에 가방을 욱여넣고 허둥지둥 운전석에 몸을 접어 실은 뒤 문을 탁 닫는 것이다. 그 남자는 입구에 서 있는 수위 아저씨를 보고 간살부리며 웃더니 한창 더운 대낮에 시내로 차를 몰고 나갔다.

그런 남자의 모습을 보면 너무 애처로워서 가슴이 아플 정도다. 거래가 생각대로 안 된 걸까. 기대했던 것이 어긋난 걸까. 엄청난 클레임을 받은 건 아닐까. 계약이 중간에 틀어진 것 아닐까. 차 안에 혼자 남은 그 남자는 무뚝뚝한 표정으로 눈에 핏발을 세우며 신호가 바뀌기를 기다리고 있었다.

내가 보고 있다는 사실을 전혀 모른 채 무심하게 차에 앉아 있는 것이다. 하지만 남자의 무심함이란 여자의 마음을 끌어당기는 법이다. 그렇다고 해서 그 남자를 보면서 섹시함이나 사랑 같은 걸 느꼈다는 것은 아니지만, 왠지 모를 삶의 고단함이 느껴져서 눈시울이 빨개졌다. '장하다, 참으로 장해'라는 생각이 들면서 가슴이 꽉 조여 오는 기분이었다.

일이 잘된 건지 안 된 건지 초조해하며 허공에 붕 뜬 기분으로 갈팡질팡하는 남자. 그 남자가 땀을 닦으며 허둥지둥 걷는 모습에서 이미 눈물이 나오려고 했다.

"당신이 정말 이상한 거야. 안 걸어 다니는 사람이 세상에 어디 있어?"

여자 친구들 중 한 명에게 꾸중을 들었다. 하지만 남자는 항상 일 때문에 걸어 다닌다고. 두 다리를 번갈아 내밀며 걷는 모습을 봐, 얼마나 애처로운데…….

"바보. 두 다리 한 번에 내밀면 그게 개구리 뛰기지 걷는 거니! 도대체 무엇 때문에 그렇게 남자가 불쌍하다느니 애처롭다느니 하는 거야?"

그 이유는 나도 모른다.

하지만 남자의 모습에는 근원적으로 슬픔이 따라다닌다. 단골 손님에게 주문을 받으러 갔다가 욕만 먹고 쫓겨난다거나, 싫어하는 상사에게 호되게 당하거나 혼이 나기도 하고, 거슬리는 동료가 승진해 큰소리치고 다니는 것을 보고도 묵묵히 견딜 수밖에 없다. 그런 모습을 떠올리게 하니까 슬프다는 것이다.

"남자라면 당연히 그런 거잖아!"

그 여자 친구가 또 말했다.

"하지만 딱하고 애처로워. 남자는 평생 죽을힘을 다해 사는구나 싶고…….""

"그럼 당신은 어떤데?"

그녀는 소리쳤다. 이 친구는 맞벌이하는 여선생이다. 아침 여섯 시에 일어나 첫째 아이의 아침을 만들고 학교에 보낸 다음, 둘째 아이를 할머니에게 맡기고 남편 아침을 챙겨 준 다음, 자신이 문단속을 하고 출근한다. 흔들리는 전차를 타고 가면서 그제야 아침을 못 먹었다는 사실을 떠올린다. 집에 돌아가면 아이를 데리러 갔다가 저녁 준비, 집 안 정리, 빨래, 청소, 학생들의 답안지를 체크한다.

"나의 이 대활약은 애처롭지 않니?"

그건 애처롭다기보다는 비장하고 처절한 느낌이다. 용맹과감, 일로매진이며, 단호히 행하면 귀신도 이를 피한다는 열부의 귀감이다. 어디에서 슬픔, 애처로움을 찾아볼 수 있으랴. 그저 경의를 표할 뿐이다.

"열심히 일하는 노인이 오히려 애처롭지 않아?"

그것은 다른 차원이다. 보건복지부 장관이 생각할 일인 것이다. 남자의 슬픔과 애처로움은 어디에 가져가 들이밀어도 '우리 관할 아닙니다'라며 거절당할 것 같아서 슬픈 것이다. 이런 것은 나 자신도 난감해할 문제다.

남자가 애처로워 보이기 시작하면 할 수 있는 건 전부 해 주고 싶어서 몸이 열 개라도 부족하다. 물보라 흩날리는 폭포 안에 앉아 있는 천수보살이 될 것 같다.

"같이 노옵시다아."

가모카 아저씨가 찾아왔다. 아, 이런 건 아니다. 술 마실 때의 남자와 여자와 뭔가를 하고 있을 때의 남자는 전혀 애처롭지도 슬프지도 않기 때문에, 뭐든 다 해 주고 싶은 기분이 들지 않는다. 그런데 가만 생각해 보니 내가 그들을 애처로워한다 한들 남자로서는 딱히 이득 볼 것도 없잖아.

......

이것 참 실례가 많았습니다.

○

꽃은 벚꽃,
여자는 멍청이

전화 인터뷰는 믿을 게 못 된다.

예를 들어 내가 "왜 그런가요?"라고 말하면, 듣는 쪽은 오사카 사투리를 모르기 때문에 엉터리 단어로 적당히 바꿔서 써 놓는다. 나중에 책이 나와서 보면

"그런 게 어디 있겠습니까?"

"그런 겁니까?"

내가 이런 말을 했다고 돼 있다.

나는 이런 말을 쓰지 않는다. 나는 가사기 시즈코笠置シヅ子* 씨

---

* 1914년생 일본 여배우로 어린 시절 오사카에서 자랐다. 다소 거친 오사카 사투리를 쓰는 것으로 유명했다.

도 도루 고란融紅鸞* 여사도 아니란 말이다.

나뿐만 아니라 나보다 나이가 많은 오십대 여자들을 봐도 요즘 오사카 여자들은 그런 말을 쓰지 않는다. 아파트 단지에 사는 부인들이나 사십대 여자들도 쓰지 않고, 그보다 나이가 어린 사람들은 더더욱 쓰지 않는다.

친한 사람들끼리 스스럼없이 대화할 때

"그런 게 어딨어."

"그렇겠네."

라는 말은 쓰지만, 처음 본 사람과 이야기할 때는 제대로 격식을 차려서 "그렇지는 않겠지요", "그렇겠군요"라는 표준어를 쓴다. 물론 나도 그렇다.

그런 센스 없는 사람과 작업을 하면 '그런 겁니까'가 내가 한 말이 되는 것이다. 이것은 (요즘 오사카 여성의 언어 문화에서) 매우 실례 되는 말투다. '그런 겁니까'나 '어디 있겠습니까'는 옛날에는 존댓말이었지만, 요즘 여자가 사용하면 거친 뉘앙스를 풍기는 말투다. 잘 모르는 사람에게 그런 거친 언어로 말하는 여자는 없을 것이다. 최근 어떤 책에 내가 한 대담이 실렸는데 내가 '그런 겁니까'와 '어디 있겠습니까'라는 말을 했다고 되어 있었다. 아니, 나는

* 1906년생 일본 만화가이자 탤런트로 오사카에서 주로 활동했다. 오사카 라디오 프로그램에서 특유의 입담으로 인기를 모았다.

지금 여기에서 오사카 사투리 이야기를 하고자 하는 게 아니다. 오사카 사투리를 엉뚱한 뜻으로 잘못 쓰는 경우도 곤란한 건 사실이지만, 그것보다도 중요한 것은 나 자신이 'ㅇㅇ님의 말씀'이라는 타이틀을 내걸기에 적합하지 않은 사람이라는 말을 하고 싶다. 'ㅇㅇ씨의 말씀'이라는 타이틀과 잘 어울리는 사람이 있고 그다지 어울리지 않는 사람이 있는데, 나 같은 사람은 의심할 여지없이 후자 쪽이다. 사람에게는 '격'이라는 것이 있다.

따라서 강연 같은 것 또한 하지 않는 편이 낫다고 생각한다. 그래서 강연 의뢰가 들어오면 대부분 거절하는데, 때때로 받아들일 수밖에 없는 경우가 있다. 어쩔 수 없이 강연을 하고 돌아와 나중에 녹음한 강연 내용을 인쇄물로 받아 읽어 보면, 이시다 바이간石田梅岩의 심학도화心學道話*가 따로 없다. 나 자신이 아니라고 생각했던 말들이 내가 한 말인 것처럼 잇따라 튀어나와서 결국 내가 설교한 것처럼 그려져 있는 것이다. 단상 위에서 이야기한 이상 아무래도 그런 말투로 하는 쪽이 좋겠다고 생각하셨던 모양이다. 참 시시한 일이다.

그 일을 겪고 나서 나는 생각했다. 마흔이 되면 자신의 얼굴에 책임을 진다고들 하는데, 그건 말하자면 내 얼굴에 어울리는 일을

---

* 석문심학(石門心學)은 이시다 바이간을 시조로 하여 서민들에게 삶의 의미를 가르친 에도시대의 사상 교화 운동을 말한다. 심학도화는 석문심학의 또 다른 말이다.

해야 한다는 의미이기도 할 것이다. 연설은 내 얼굴에 어울리는 일이 아닌 것 같다. 술 마시고 웃고 떠드는 것이 나 스스로에게 딱 적당한 수준이다. '심학도화'나 '누구누구 님 말씀' 같은 타이틀과는 어울리지 않는다.

"아저씨, 그런 것 같지 않나요?"

가모카 아저씨에게 물어봤다.

"뭐, 아무래도 그렇지요. 심학도화를 할 얼굴은 아닙니다. 전화 인터뷰나 평론 모두 오세이 상이랑은 어울리지 않습니다."

아저씨는 그렇게 말했다. (보라! 오사카 남자는 오사카 사투리로도 이렇게 존댓말을 자연스레 구사한다.)

"맞아요. 저는 인간으로서의 격이 없으니까요."

"격이 너무 있어도 안 좋습니다. 그러다가 중년 여자 모두 격이 생기면 남자 입장에서는 아주 난감해집니다. 아아, 중년 여자들 참 싫어요."

"무슨 말씀이세요. 아저씨는 항상 중년 여자를 칭찬하셨잖아요. 젊은 애들은 이제 힘들다는 둥 '꽃은 벚꽃, 여자는 중년 여자'라는 둥……."

"아니, 사실대로 말씀드리면 당연히 젊은 여자가 좋습니다."

"비겁해요. '떠나려거든 떠나라, 우리는 중년을 지키겠다'고 말씀하신지 얼마나 됐다고……. 이제 와서 딴말을 하시다니 지조가 없으시네요."

"왜 그런 말을 하는가 하면, 젊은 여자는 뭘 모르기 때문입니다. 남자들은 보통 분별력 있는 여자를 싫어하거든요. 젊은 여자는 어딘가 모르게 모자란 부분이 있어서 남자 입장에서는 편하고 좋습니다."

빠드득.

"스스로는 똑똑하다 생각하고 하는 행동인데도 머리만 숨기고 엉덩이는 미처 못 숨길 때가 있어요. 어딘지 모르게 미숙하고 졸렬합니다. 있는 힘껏 발돋움해 보여 주려고 하는 건 알겠는데 어딘가 나사가 풀려 있다고 할까요. 그런 면이 참 귀엽습니다."

빠드득.

이 소리는 내가 이를 갈 때 나는 소리를 종이 위에 옮겨 적은 것이다. 나는 말했다.

"머릿속이 텅 비었다는 말씀이잖아요, 그건."

"오호라, 텅 비었다! 그 점이 좋다는 거예요. 여자는 텅 비어야 합니다. 똑똑한 여자, 분별력 있는 여자, 의기양양한 여자는 남자가 못 당한단 말이죠."

오늘 분위기 이상하네.

"일반적으로 남자가 중년 여자를 좋아하지 않는 것은 우선 너무 분별력이 있기 때문입니다. 언제나 몸가짐이 바르고 타인의 결점을 잘 들추며 나아가서는 남자를 가르치려고 하거든요."

"그건 좋은 점 아닌가요? 보고만 있을 수 없으니까 그런 거잖아요."

"영악한 여자가 너무 많아요. 그래서 남자가 하려는 것, 이루려는 것마다 뒤에 서서 평가를 하며 비웃습니다. 천년 묵은 구미호처럼, 혹은 오래된 연못 속 터줏대감 메기처럼 간사하고 영리한 꾀가 똬리를 틀고 있어요. 그런 모습을 보면 부아가 치밀지만 세상일이 또 중년 여자가 말하는 대로 되는 경우가 많으니 뭐라고 할 수도 없습니다."

"앞날을 훤히 읽고 있으니까 그렇지요. 중년 여자들이 하라는 대로만 하면 아무 문제없이 완벽할 거예요."

"그 점이 남자로서 화가 난다는 겁니다. 요즘 중년 여자들은 전부 다 빈틈없고 영리하고 분별력 있는 여자들뿐이에요. 중년 여자한테 분별력을 빼면 뭐가 남겠습니까?"

"섹시함?"

"말도 안 돼. 중년 여자한테 그런 건 약에 쓰려고 해도 없을 겁니다. 중년 할멈한테 분별력을 빼면 속곳이랑 속눈썹만 남아요. 아, 중년 여자 정말 싫습니다. 여자라면 바보 멍청이가 좋아요."

아저씨는 나를 보고 말했다.

"오세이 상의 그 멍청함과 바보스러움은 수준이 꽤 높은 편입니다. 꽤 쓸 만합니다."

나 웃어야 해, 화내야 해.

○

뒷마무리

내가 신뢰하는 우수한 평론가 히구치 게이코樋口惠子* 씨는 최근 "남자아이에게 뒷마무리를 교육하라"고 주장하셨다.(《마이니치 신문》1974년 8월 12일 자)

　남자는 뒷마무리에 대한 교육을 안 받기 때문에 앞으로 나아가려고만 하지 다른 사람의 고통을 헤아리려고 하지 않는다. 히구치 씨는 "일본이 세계에서 으뜸가는 공해 유발 국가가 된 건 뒷마무리하는 법을 모르는 일본 남성 때문이며, 이는 끊임없이 확대 재생산되고 있다"고 말씀하셨다. 백번 맞는 말이다. 나는 '가정 과목

---

* 1932년생 일본의 여성 평론가. 주로 복지, 교육, 여성, 노후 등에 관한 평론으로 활동했다.

남녀 공동 수학을 권하는 모임'의 취지에 찬성한다.

이를 두고 일본 문화의 근본이 여성적 논리와 사고에 의해 침해되고 있다고 비난하는 남자가 많은데, 그것과는 관계없다.

일본 문화는 흥미롭게도 남성 상위 사회면서도 그 안에 여성적 성향이 감돌고 있다는 것에 그 특징이 있다.

일본 문화의 여성적 성향에 대해 논하기 시작하면 이야기가 길어질 테니 여기서 멈추겠다. 아무튼, 어째서 남자들은 그렇게 뒷마무리를 못하는 것일까?

예전에도 어딘가에 쓴 적이 있는데, 내가 아이 딸린 남자와 결혼해 가장 깜짝 놀랐던 것은 남편의 아들들이 철저하게 남성 상위의 가정교육을 받았다는 점이었다. 이러한 경우를 보더라도 남자가 세 살이 되기 전까지는 반드시 뒷마무리 훈련을 시켜야 한다. 초등학생 정도만 되도 그때는 이미 늦는다.

어느 날 초등학교 5학년인 둘째 아들이 밖에서 돌아와 말했다.

"다녀왔습니다. 밖에 개똥 떨어져 있어요."

나는 그때의 경악과 분노를 잊을 수 없다.

"이 녀석아, 똥이 떨어져 있으면 네가 치우면 되잖아!"

나는 화가 하늘을 찌를 듯 노발대발 분노했다.

이 녀석, 여자를 뭘로 보는 거야. 정말로 너무 놀랐다.

가정교육을 어떻게 시킨 거야. 아들이 이런 말을 한다면, 애초에 엄마라는 사람이 잘못 가르쳐서 그런 거라고 볼 수밖에 없다. 자신이 사는 집과 자신이 먹은 음식에 대한 뒷마무리는 인간이라면 당연히 해야 하는 일. 남자와 여자의 구별이 있어야 할 이유가 없지 않은가.

"남자아이가 그런 것 하나하나 신경 쓰다 보면 나중에 큰일 못해요."

엄마 본인은 이런 불평을 늘어놓을지도 모른다. 그렇다면 그 큰일이라는 게 대체 무엇인지 묻고 싶다. 대학에 들어가 일류 회사에 근무하는 것? 그래서 임원이 되는 것? 가만 보면 남자들이 한다는 그 큰일이라는 건 고작 돈벌이 아니면 전쟁에 우르르 끌려가는 것이다. 대항해시대는 이미 끝났다. 큰일을 여자가 하지 말라는 법도 없고, 남자 혹은 여자라는 이유로 가정 수업에 대한 구별이 생길 필요는 없다고 생각한다.

일상생활 속에서 갓난아기처럼 손이 많이 가는 남자가 있다. 나는 아무리 귀여워도 이렇게 바보 같은 남자는 사절이다. 빨래 하나 못하고 요리 또한 못해서 아내가 없으면 수염이 덥수룩해지고 주린 배와 분노를 부여잡으며 꾹 참는 것밖에 못하는 남자. 이런 남자는 무능한 바보라고 본다.

이와 마찬가지로 남자 없으면 어떻게 먹고 사느냐고 말하는 여자도 똑같은 존재다. 남자 없으면 외로워서 못 산다고? 그건 이해가 간다. 하지만 남자가 벌어다 주는 돈이 아니면 못 산다고 하는 여자도 난감하기로는 마찬가지다. 자기 힘으로 먹고 사는 것 또한 인간이 해야 할 뒷마무리일지도 모른다.

한편, 최근 이치카와 후사에市川房枝* 씨 댁에서 정치자금을 돌려받았다. 선거 때 '선거 공탁금 모금회'라는 것을 하셔서 약간의 돈을 기부했는데, 그 당시 약속이 선거 후 돌려준다는 것이었다. 물론 그것을 바라고 기부한 것은 아닌데, 정말로 전액을 돌려주셨다. 나뿐만 아니라 모금한 사람 모두에게 돌려주셨을 텐데, 이는 참으로 훌륭한 뒷마무리가 아닌가 생각한다.

또한 노사카 아키유키 선생은 선거 후에도 모임을 주최해 입후보 때 뜻했던 바를 책임감 있게 실행하고 계신다. 이 또한 훌륭한 뒷마무리다. 도리를 다하겠다는 뜻이리라.

그 유명한 태양에의 도전자太陽への挑戦者**가 행한 뒷마무리와는 대단한 차이가 있다. 뒷마무리는 안중에도 없고 그때그때 허세만 부리면 얼마든지 '큰일'을 할 수 있으니, 이 얼마나 멋진 일인가. 허세라는 건 뒷마무리가 안 돼 있는 곳에서 발생한다.

* 부인운동가 및 정치가. 제2차 세계대전 후 신일본부인동맹을 조직했다. 1953년부터 다섯 번 참의원으로 당선되었다.
** 이는 소설가 이토야마 에이타로(糸山英太郎)를 지칭하는 것이다. 이토야마 에이타로는 일본의 정치가이자 실업가로《태양에의 도전》이라는 책을 집필했다. 1974년 서른두 살의 나이에 참의원으로 당선되지만, 선거 기간 중 금품 선거 혐의가 언론에 알려지며 논란이 되었다. 그 외에도 측근의 대규모 선거법 위반으로도 세간의 비난을 샀다.

멋을 부린다는 건 멋 부리는 당사자한테 말하면 화를 낸다는 특징이 있다. 예전 과격파 운동권 학생과 이야기를 나눈 적이 있는데, 아무 생각 없이

"넌 그게 멋있다고 생각하니?"

라고 물었다가 호되게 당했다. 그는 화가 나 펄쩍 뛰며 악을 썼다.

"멋있다고 생각해서 하는 것 아닙니다!"

이건 어쩌면 그가 자아도취에 빠져 멋있다고 생각한 탓일지도 모른다. 하지만 그는 뒷마무리에 대한 생각 따위를 전혀 하지 않기 때문에 시위할 수 있는 것이다.

"뒷마무리, 뒷마무리, 아무리 얘기한다 한들 말이죠……."

가모카 아저씨는 깊이 생각한 뒤 말했다.

"뒷마무리를 꼭 해야 한다며 억지로 남자 등을 떠밀면 오히려 위축이 돼서, 그럼 애초에 시작을 말까 하는 녀석도 나오기 마련입니다. 저도 뒷마무리하는 게 귀찮을 것 같으면 아예 시작을 말자고 생각할 때가 있거든요."

"그런 게으름뱅이는 아저씨밖에 없을걸요."

"아니, 그 옛날 이시하라 신타로石原愼太郎* 씨가 장지를 찢었을

---

* 일본의 정치가이자 작가다. 일본 참의원과 도쿄 도지사를 지냈으며, 《태양의 계절》로 제24회 아쿠타가와상을 수상하기도 했다.

때*도 남자들 모두 말했습니다. 그렇게 장지를 찢으면 나중에 누가 붙이냐고요. 자기가 찢고 자기가 어떻게 붙이겠습니까. 번거로워요."

"뭐…… 지금 장지가 중요한 게 아니잖아요……."

"뒷마무리 이야기가 나온 김에 한 말씀 드리자면, 여자와 뭔가 한 다음에 해야 하는 자질구레한 일들 모두 남자가 하지 않습니까?"

"이를테면요?"

"시트 정리라든가, 방 불을 켜고 수건을 가져다준다든가, 물도 따라다 주고요……."

"아, 그건 그렇네요……."

"그런 고달픈 뒷마무리를 꼭 해야 될 것 같다 싶으면 애초에 그만둘 겁니다. 두고 보세요. 남자한테 뒷마무리를 강요하다가는 결국 그렇게 될 겁니다."

---

* 《태양의 계절》의 한 부분으로, 남자 주인공이 사랑하는 여자가 있는 방 너머에 서서 발기한 성기로 장지를 뚫고 내민다는 대목을 말한다. 이 소설은 당시 적나라한 성적 묘사로 대중의 지탄을 받았으나, 훗날 영화화되기도 하는 등 선풍을 일으켰다.

○

여자는
허벅지

오늘 밤에는 귀한 손님이 찾아왔다. 바로 내 소학교 시절 친구 기타노 씨다.

기타노 씨는 기계 관련 엔지니어에 고지식한 사람이지만, 술을 사랑하고 만담을 좋아한다. 그는 네모난 위스키 한 병을 들어 보이며 싱글싱글 웃었다.

"안녕하세요."

남자인 데다가 술까지 들고 찾아오다니. 이 어찌 기쁘지 않을 수 있으랴. 나는 크게 기뻐하며 말했다.

"마침 잘됐네요. 또 한 분 오실 거예요. '같이 노옵시다아' 하며 매일 들르는 사람 있거든요. 그분 오시면 같이 마셔요."

"알아요. 가모카 아저씨죠?"

기계점 주인 기타노 씨는 말한다.

"아저씨 이야기는 항상 챙겨 읽고 있어요."

기타노 씨는 옛날 사람이라서 예의가 무척 바르다. 분명 존댓말도 제대로 쓰는 사람일 것이다.

또한 그의 명함을 보니, 직함 따위는 그저 '맹장' 같은 것이나 마찬가지임에도 불구하고 꾸역꾸역 '부장'이라 쓰여 있었다.

동급생이기 때문에 나이는 나와 같다. 말하자면 어린 시절 '피었다, 피었다, 사쿠라가 피었다' 같은 시를 큰 소리로 함께 읽던 동지인 셈이다.

한편 아무리 기다려도 가모카 아저씨가 오지 않아서 전화해 봤더니 아저씨는 아직 집에 있었다.

"간이 안 좋아서 말이죠. 이제 입원하려고 하는 참입니다."

"네? 간을 다치셨고요? 바보! 건강도 능력이라고요."

"네, 지당한 말씀이긴 합니다만, 그저 천천히 쉴 수 있는 것도 재주입니다. 게다가 병원인 이상 간호사 선생도 계실 것 아닙니까."

"그야 당연히 계시겠죠."

"어이쿠, 좋다. 어허…… 포동포동, 만질만질, 몽실몽실, 탱탱한 간호사가 살살 치료도 해 주고 만져 주기도 할 테지요. 아아, 인생 가는 곳마다 스커트가 있으리니 이 어찌 즐겁지 않으랴. 가끔 전화 주십시오. 이번 주 경과와 함께 성과 또한 보고하겠습니다."

"아저씨 같은 사람한테는 귀신도 때려잡는 우락부락한 수간호사 님이 붙을 거예요."

"그건 그것대로 또 각별한 느낌이 있습니다."

"술을 못 마실 테니 힘드시겠네요."

"아니요, 못 마신다고 해서 슬퍼하는 건 대인배가 아니지요. 대인배는 세 끼 밥만 먹어도 취할 수 있답니다. 입원 생활이 그리도 재밌을 텐데 취하는 게 당연하지요. 색다른 것이라면 무조건 환영입니다."

한시도 입을 가만히 못 두는 남자다.

할 수 없이 기타노 씨와 잔을 주고받으며 마시기로 했다.

이 사람은 가모카 아저씨와는 다르게 고지식한 스타일이지만, 어렸을 적부터 알고 지낸 사이라 파란 레몬처럼 허물없고 속마음을 알 수 있어서 좋다.

"인생 가는 곳마다 스커트가 있으리니, 라니? 중년 남자들은 너무 뻔뻔스러워."

내가 말하자 기타노 씨는 고개를 끄덕이며 진지하게 생각한다.

"그런가요? 나 같은 경우는 고지식하고 착실하고 진지하고 소심해서 뻔뻔스러운 면은 없는 것 같은데요. 요즘 사람들 사십대 남자를 두고 징그러운 아저씨라는 둥 중년남의 욕망은 기름기 빠진 욕망이라는 둥 포르노 영화 제목 같은 말들을 하는데, 정말 그런가요? 뻔뻔스러운 중년 남자가 대체 어디 사는 누구라는 건지 잘 모르겠어요."

"중년남이신 본인도 지금 뻔뻔스럽게 말씀하시잖아요."

"핫핫핫핫."

기타노 씨는 웃을 때마다 정면을 보며 '핫핫핫핫' 하고 웃는 것이 버릇이다. 솔직한 사람이다. 음하하하하……라고 웃는다든가 히히거리거나 껵껵대며 웃지 않는다.

솔직한 사람이라 뭐든지 솔직히 말할 것이다.

"그럼 기타노 씨."

"네?"

"남자들은 정말 병원에 입원해도 간호사 분들만 의식하나요?"

"글쎄요, 저는 불행인지 다행인지 특출할 정도로 건강해서 입원해 본 경험은 없지만, 남자인 이상에야 의식 깊은 곳에서 끊임없이 여자를 끌어당기려고 하겠지요. 간호사뿐만 아니라요."

"그래도 여자 생각을 아예 안 할 때도 있죠? 이를테면 일하다가 실수해서 상사한테 혼나고 있을 때라든가, 뭐 그런 때요."

"소학교 시절, 여자 친구 앞에서 선생님한테 혼났을 때는 참 속상했습니다. 남자는 마음속 어딘가에 초등학생 같은 마음을 가지고 있어요. 마흔이 돼도 똑같습니다."

"똑같지 않을 때는 언제인가요?"

"뭐 그건 여자를 아느냐 모르냐에 따라 엄청나게 달라지지요."

"기타노 씨는 아내 분이 처음이었어요?"

"아니요, 그 전에 있었습니다."

이런 면은 기타노 씨가 기계점을 해서 정확한 것이 아니라 남자라서 정확한 것이다.

여자는 이럴 때 대부분이 얼버무리거나 거짓말을 하거나 이야기를 애매하게 끝내거나 모르는 체한다. 남자는 솔직해서 좋다.

"처음 여자를 알게 됐을 때 가장 깜짝 놀랐던 게 뭐예요? 가르쳐 주세요."

나는 졸라 댔다.

"그럽시다."

기타노 씨는 정확성을 기하기 위해 다시 심각하게 고심한 뒤 대답했다.

"허벅지였습니다."

"허벅지?"

"아, 여자의 허벅지가 이렇게 굵은 것이로구나. 처음에 깜짝 놀랐습니다. 굵고 하얬어요."

"그건 그러니까, 어느 정도 나이가 있고 비만인 여자를 만나셨다는?"

"아니, 날씬한 아가씨였는데 밖에서 만나 보면 바로 옆에서 봐도 잘 모릅니다. 다리를 들어 올렸을 때 정면에서 봤는데 어찌나 굵고 하얗던지……."

나는 그 후 열심히 생각해 봤지만, 아무리 상상해도 어떤 그림인지 도무지 명확하지가 않았다. 한편 내가 남성의 몸을 처음 보고 가장 놀랐던 건

"그…… 흔들리는 것이었어요. 그도 그럴 것이 여자 몸에는 흔들리는 부분이 없잖아요."

"이런 바보. 그게 숙녀가 할 말입니까?"

결국 옛날 사람 기타노 씨한테 혼나고 말았다.

○

인생은
주마등

"이야, 또 일하고 계십니까?"

가모카 아저씨가 찾아왔다. 아저씨는 불행하게도 건강을 되찾아 한 달 만에 퇴원했다. 그동안 나는 부지런히 글을 쓰고 있었다.

"한 달 입원해 계시는 동안 많이 밀렸어요."

"한 달 입원해 있는 동안 인생관이 바뀌었을 만도 한데……."

아저씨는 고개를 갸웃거리며 말을 이었다.

"인생은 길고 예술은 짧다는 것을 이제 슬슬 깨달아야 합니다. 범인凡人의 몸으로 뭐하러 그렇게 종이 쓰레기를 만드십니까. 갱년기도 다가오는데 적당히 일도 줄이시고 쉬엄쉬엄하세요."

"하지만 기타노 씨는 좋아하는 걸 하라고 하던데요?"

"기타노 씨는 어리광 부리면 다 받아 주니까 안 되는 겁니다. 소랑 여자 엉덩이는 사흘에 한 번씩 때려야 한다는 말이 이런 경우 때문에 있는 겁니다."

"아저씨는 왜 항상 난폭한 말만 하세요? 꽃봉오리 같은 이 오세이한테……."

"꽃봉오리라고요? 당신 나이 정도 된 여자는 석류라고 해야지요."

"왜요?"

"글쎄요."

술을 마시기로 한다. 갑자기 찾아와 찬물을 끼얹으니 일도 손에 잡히지 않는다. 알이 밴 은어를 조촐하게 익히고 광어회를 내온다. 이걸로 한잔해 볼까.

"아저씨는 나 같은 사람이 잡문(소설을 포함해) 같은 것을 써서 파는 것을 시시하다고 말씀하셨죠? 그럼 대중 주간지나 여성 주간지 같은 건 어떠세요? 신문광고에 실린 목차만 봐도 여배우 아무개가 약혼을 했다느니 결혼을 했다느니 유산을 했다느니……. 위자료는 얼마를 받는다느니…… 다 그런 시시한 이야기만 쓰여 있잖아요."

"그렇지요."

아저씨는 뜨거운 술을 한 모금 마시고 말했다.

"시시하지요. 하지만 그렇게 따지기 시작하면 시시하지 않은 일은 아무것도 없을 겁니다. 이런 걸 싣으면 되지 않느냐고 샘플을 제시할 수 있는 사람도 없고요. 그래서 모두 그런 가십을 읽는 겁니다."

"그렇겠죠. 그래서 내가 쓰면서도 시시할 건 없다는 거예요."

"아니, 쓰는 건 상관없지만 술 마시는 건 잊어선 안 됩니다. 그런데 요즘 사람들은 일만 하고 한잔하는 걸 자꾸 잊어버려요. 아이에게도 그렇습니다. 공부하라고 잔소리만 할 줄 알지 놀라고 하는 걸 잊어버립니다."

"그러고 보면 옛날에는 도시 아이든 시골 아이든 잘 놀았었죠."

"그때도 태도가 반듯하고 공부 잘하는 아이는 별로 안 놀았습니다. 공부 못하는 아이들은 하루 종일 놀았지요."

내가 자란 오사카 번화가에서 남자아이들은 주로 딱지나 전쟁놀이를 했다. 교실에서는 기를 못 폈지만 일단 밖에만 나가면 활개를 치면서 뜀틀, 턱걸이 할 것 없이 뭐든 잘했다. 자전거로 곡예도 타고 대중목욕탕 안에서 수영도 하고, 공터에 나가면 캐치볼, 동네 축제가 열리면 가마꾼 역할까지 도맡아 했는데, 하나같이 다 잘했다.

"저는 시골에서 자랐는데 그곳 아이들은 뱀 잡기나 밤 줍기 같은 것을 잘했어요."

아저씨가 말했다.

"옛날에는 그런 아이들도 자신감을 가질 수 있도록 여러 가지 생각을 많이 해 줬어요. 운동회 날에는 그런 아이가 활약했고요."

"1등 상품인 노트나 연필을 독차지하기도 했죠."

평소 주눅 들어 있고 공부를 못하던 악동이나 골목대장이 그날에는 영웅이 되었다. 모두가 공평하게 자신만만할 수 있도록 마음을 썼던 것이다. 그래서 운동회 날이 되면 교실 안에서 기를 펴고 있던 공부 잘하는 아이가 반대로 주눅이 들곤 했다. 요령이 없으니 주뼛주뼛 나와서 비실거리다가 꼴찌로 들어온다. 그렇게 그 아이의 작은 가슴이 굴욕감으로 가득 찼다. 굴욕은 인생을 살면서 필요한 감정이다.

"옛날에는 미워하려야 할 수 없는 장난꾸러기들이 있었습니다."

"그러게요. 선생님들은 의외로 우등생보다 그런 아이들을 더 귀여워했어요. 하지만 그런 악동들은 우등생이랑 친구가 되고 싶어 했죠. 우등생한테 딱지를 주거나 대나무 잠자리를 만들어 주면서 친해지려고 했어요."

"귀신도 잡을 것 같던 장난꾸러기들이 우등생한테는 남몰래 부러움을 느꼈던 겁니다."

그렇게 졸업을 하면, 과연 누가 성공할까.

"보통은 미워할 수 없는 장난꾸러기가 성공합니다. 동네 제일가는 잡화점 사장이 되거나, 동네 제일 큰 슈퍼마켓 아저씨 같은 동네 명사가 되지요. 돈 많이 벌죠, 동네 사람들한테 사랑받죠, 거기에 신망까지 두텁습니다."

"그런 한편, 우등생은 어떻게 되는가 하면 '어린 대나무야, 생각만큼 자라지 않는구나', 끝내는 이렇다 할 것 없는 그저 그런 샐러리맨이 됩니다. 집 살 때 받은 대출에 쫓겨서 '날은 저물고 갈 길은 먼 나날'이 계속됩니다."

동창회라도 있는 날이면 옛날 장난꾸러기였던 동네 명사가 잘아는 요릿집을 섭외해 자리를 마련한다. 준비도 척척, 뭘 해도 빈틈이 없다. 세상 쓴맛을 아는 사람이기에 마음 씀씀이도 깊다.

"담임선생님도 초대하죠. 그럼 그 선생님은 우등생보다 장난꾸러기였던 친구를 더 잘 기억해요."

"하하하. 하지만 동창회 시작 전 인사말 같은 건 우등생이었던 녀석한테 시킵니다."

"맞아요. 그 대신 술잔을 돌리는 건 장난꾸러기가 시작해요."

우리는 그들의 그 후 인생에 대해서도 상상해 보기로 했다.

"장난꾸러기의 아이들이 공부도 잘합니다. 공부 못했던 부모의 아이일수록 척척 위로 올라간단 말씀이에요. 도쿄 대학이나 교토 대학 같은 곳에 들어가 부모의 자랑거리가 됩니다."

"하지만 그런 아이가 또 제 부모를 무시하기도 하잖아요."

"음, 생각보다 그런 아이가 많더군요."

"결혼할 때 교수 딸이나 재벌가 딸을 고르려고 하고, 동네 명사 아버지는 잡화점을 한다며 부끄러워할 거예요. 결국 아버지는 나중에 홀로 쓸쓸히 죽게 될 거고요."

이렇게 보면 인간의 삶이란 주마등과 같다.

"그러니까 지금 이 순간을 소중히 여기면서 한잔하실까요. 어차피 인간의 앞날이란 건 뻔한 겁니다. 데운 술 한잔!"

아저씨는 이렇게 결론이 나기까지 10분이나 떠들었다.

○

불순함을
권장함

공산당이란 사람들은 아무 때나 이상한 말을 해서 나를 곤란하게
만든다.

전쟁 전의 감각이 남아 있는 나 같은 사람은 나도 모르는 사이
에 문득 공산당에 의지하거나 친근감을 가지게 되는데, 그런 사람
들이 요즘 이렇게 코끝에서 문을 쾅 닫아 버리는 듯한 말을 내뱉
는다.

어쩌면 이건 옷 속에 몰래 숨겨 입고 있던 갑옷이 보일락 말락
하는 것과 마찬가지일지도 모른다.

나의 낡은 감각으로 봤을 때, 공산당은 사회라는 물속에 낀 이
끼와도 같은 그 보수성을 뒤집어엎어야 한다. 모든 것을 혁신해야

한다. 그리고 그들의 그 성의식性意識 또한 혁신에 포함된다. 공산당을 성 혁명의 급선봉이라 믿는 것은 전쟁을 경험한 세대의 무지몽매함 때문일 것이다.

작년에 있었던 포르노 비판* 때도 그러더니, 이번에는 성적 퇴폐와 방종을 유감이라고 했다. 혼전관계, 동거, 난교, 프리섹스, 스와핑, 동성애, 변태성욕 등을 용인하지 않겠다고 말했으며, 청소년에게는 순결을 권장하고 있다(청소년에게 권장할 정도면 당연히 중년에게도 권장해야 되는 것 아닌가. 순결하지 않기로 따지면 중년들이 훨씬 심하다).

하지만 성의 해방과 인간의 자유, 특히 여성의 자유는 밀접한 관련이 있다. 여자가 홀로 자립해 살아가고자 한다면, 성의 자유는 제 손에 꽉 쥐고 있어야 한다. 그렇지 않으면 세상 살기가 만만치 않다.

그랬을 때, 어디까지가 방종이고 어디까지가 착실한 삶인지 법률과 도덕 따위로 판단할 수 있다고 보는가?

공산당 의원 우에다 고이치로 씨는 이렇게 말했다.

"혼전관계를 맺더라도 당사자들이 서로 착실하면 지장이 없을

---

* 1975년에 있었던 '포르노 TV 프로그램 비판'을 말한다. 당시 공산당 소속 정치가였던 미야모토 겐지가 몇몇의 선정적인 TV 프로그램이 여자의 나체를 노출한 것을 두고 상업방송계가 여성을 경시하고 있다며 강하게 비판했고, 이는 곧 '포르노 TV 프로그램 추방 운동'으로 번졌다.

것이다. 하지만 현실적으로 봤을 때 착실하지 않은 경우가 더 많다."

이 세상에는 결혼을 했어도 착실하지 않은 사람이 있고, 동거를 하지만 착실하게 사는 사람도 있다. 결혼했다고 해서 모두 착실한 삶을 사는 건 아니지 않나? 모두 같은 것을 했는데 구청의 종이 한 장으로 평가를 달리 한다는 것은 위선이다.

내 친구 골드 미스는 말한다.

"이제 일 안 할 거야. 몸도 힘들고 이렇게 계속 혼자 지내다 보니 괜히 주눅도 드는 것 같고, 못 버티겠어. 마침 혼담도 들어왔기에 어디 한번 나가 볼까 싶어 나갔는데, 아이 딸린 홀아비지만 공무원이래. 그럼 연금도 나올 테고 집은 본인 거라고 하더라고. 흠, 그런 아저씨가 좋을 리 있겠냐마는, 말끝마다 애교를 섞어 간살을 부렸더니 남자란 단순해서 또 금방 넘어오더라. 뭐 지금이 잘 팔릴 때기도 하고."

결혼의 동기가 이렇게 불순할 수도 있다. 이런 사례뿐 아니라 성 문제만큼은 실로 사람마다 상황이 다르다. 전후 30년이 지난 지금에 와서야 겨우 사람 저마다 성에 대한 역사가 다르다는 인식이 퍼지고 있는데, 이렇게 조잡한 도끼를 휘두르다니 참으로 곤란한 일이다.

"있잖아요, 아저씨. 최근 대단하신 양반들이 착실한 혼전관계는 괜찮지만 착실하지 않은 건 안 된다고 하셨잖아요. 그런데 관계를 하는 사람이라면 누구나 그 순간, 그 자체로 착실하지 않나요?"

나는 가모카 아저씨한테 물어봤다.

나는 예의 그 행위는 착실해야 성립하는 거라고 생각한다. 그때만큼은 최선을 다해 열심히 해야 한다고.

"착실하고 착실하지 않고는 상관없습니다. 좋아하는 마음이 있으니까 하는 것뿐이지요."

아저씨는 밑도 끝도 없이 말했다.

어쨌거나 나는 순결이라는 단어에 주목하고 싶다. 순결이란 단어를 옛날 그대로 '이성과 관계를 갖지 않다', '성을 비밀스럽게 숨기다'라는 의미로 사용하는 건 맞지 않다. 새로운 세상에 이만큼 발을 들여놓은 '성', 혹은 '순결'의 현대적 의미는 '이성과 어떻게 관계를 가질 것인가', '성의 바람직한 사용법은 무엇인가'를 아는 데 있지 않을까.

"가스레인지 사용법, 혹은 전기 고타쓰 사용 시 주의사항처럼 구체적으로 알아 두는 편이 좋습니다."

아저씨는 말했다. 그런데 너무 잘 알아서 난감한 사람이 있는가 하면, 너무 몰라서 난감한 사람도 있다.

내 친구 중 여자에 대해 아무것도 모르는 남자가 있는데, 그는 결혼식 직전 서둘러 몇 십 권이나 되는 책을 독파했다. 여성론부터 통속 의학서에 이르기까지 책이란 책은 기를 쓰고 읽은 것이다. 그는 결혼식을 사흘 앞두고 울면서 말했다.

"아, 이걸 언제 다 읽어. 아직도 네 권이나 남았어. 이러다 다 못 읽을 것 같아."

"여자 분도 조금은 아시겠지."

내가 이렇게 말하자, 책을 읽으니 더 모르겠다며 몹시 걱정하는 것이다. 이 친구라고 하면, 전처가 도망을 가서 재혼하는 거였는데, 지금 그 결혼 또한 위태로워서 현재 별거 중이다. 만나면 우는 소리만 한다.

그런 반면에 이 남자 저 남자 만나고 다녀 문제였던 여자가 동거를 했는데 곧 아이가 생겼다. 어떻게 해야 하느냐고 남자와 옥신각신하다가 결국 호적에 올렸는데, 예전에 그랬던 여자가 지금은 어깨너머로 배워 젖도 물리고 새해가 되면 아기 옷도 말끔히 입히고 잘 말려 깨끗한 턱받이도 해 주는 것 아닌가. 그러면서 제 자신은 정작 기모노의 띠도 제대로 챙기지 못했는지, 여름용 띠를 두르고 나와 바쁘게 돌아다닌다. 옛날 생각을 하면 세상 오래 살고 볼 일이라며 넋을 놓고 보게 된다.

이들의 경우를 보면 성도덕적으로 무엇이 착실하고 무엇이 착실하지 않은 건지 판단하기 힘들다. 이를테면 큰 파도가 성性이라는 방파제를 넘자 순식간에 새로운 시야가 펼쳐졌다고 할까? 새로운 삶이 여러 갈래로 펼쳐져서 인생의 가능성을 엿볼 수 있는 것이다. 그래서 나는 소리 높여 불순함을 권장하고 싶다. 아저씨는 눈을 부라리며 말했다.

"뭐라고요? 말도 안 되는 소리. 젊은 사람에게는 순결을 권하는 게 맞습니다."

"어머나, 아저씨도 순결을 권장한다고요? 말도 안 돼."

"아니, 뭐가 어떻든지 간에 결국 자식이 말썽을 부리면 부모가 가만히 앉아 술을 못 마시지 않습니까. 청년들한테 순결을 지키라고 엄포를 놓으면, 어른들은 느긋하게 앉아 술이나 마시며 놀 수 있습니다. 결국은 이런 것이죠. 아셨습니까?"

○

장사꾼

최근 우리 집 어느 곳을 꾸며 보고 싶어서 어떻게 할까 고심하다
가 결국 전문가의 지혜를 빌려 보기로 했다. 지금까지 늘 내 취향
껏 해 오다 보니 매너리즘에 빠진 것 같았기 때문이다.

언제부턴가 내가 무언가를 꾸미면 때와 장소 상관없이 '베르사
유의 장미' 스타일이 돼 버린다는 것을 깨달았다. 인형이나 곰인
형, 지저분한 장난감, 짤랑거리는 얼토당토않은 장식에 아무렇게
나 모은 컬렉션까지. 나 스스로가 내 취미에 질리고 만 것이다.

그래서 우선 일류 백화점에서 사람을 불러 인테리어 상담을 받
은 다음, 그가 추천해 주는 물건을 사야겠다고 마음먹었다. 그리고
얼마 후 미모의 젊은 청년이 찾아왔다.

내가 깜짝 놀랐던 건 이 남자, 어디가 어떻다고 딱 꼬집어 낼 수 없이 오만하고 무례했다는 점이었다. 말투부터 그 이야기를 이끄는 방식에 이르기까지 왠지 모를 거북함이 느껴졌다.

그는 처음부터 내 의향을 고려하지 않고 자신이 추천하는 물건을 막무가내로 고집했다. 내가 내 취향에 질렸다고는 해도, 그 취향을 연장선상에 둔 상태에서 전문가의 지혜를 빌리겠다는 것이지, 완전히 다른 물건을 받아들이겠다고 한 것이 아니란 말이다.

그가 제시한 물건은 구식에 근엄해 보이기만 한 고가의 물건이었다. 나는 은행 총재 부인이 아니라 그저 보잘것없는 글쟁이일 뿐이다. '빈약한 일가'에서 사용할 가구나 집기로 '일본에서 다섯 개밖에 없는' 고가품이 무슨 필요가 있으랴.

내가 난색을 표하자 그는 '이 바보 같은 여자야'라며 다그치는 듯한 말투로 설득하기 시작했다. 그래서 순간 마음을 돌려 '그래, 가구는 매년 바꾸는 것도 아니니까 생각해 볼까' 싶었지만, 마음 한구석에서 이 물건을 사려면 《슈칸분슌》에 글을 몇 회나 써야 하는지 계산해 보고 까마득한 기분이 들었다.

서양 소설을 보면 인테리어 디자이너라는 사람이 자주 등장해 고객의 의향을 듣고 취향껏 방을 장식해 주기도 하던데, 일본에서는 아직 그런 장사는 무리인가 보다. 고객의 취향을 철저하게 파악하거나 관찰하는 데 시간도 품도 들이지 않는다. 게다가 나이가 어린 사람은 쌓아 온 지식이나 경험이 적기 때문에 상대방의 기호나 취향을 꿰뚫어 볼 통찰력도 부족하다.

우리 집에 온 청년도 바보가 어쩌다 알게 된 지식 하나로 고집을 부리듯 틀에 박힌 형식만 고집할 뿐이었다. 게다가 그것을 너무 강요하니까 껄끄러울 수밖에. 가구만큼 자유롭게 조합할 수 있는 것도 없는데 말이다.

그러고 보면 요즘 들어서 행동이 오만한 청년이 늘어나고 있는 것 같다. 요즘 젊은 여자들을 겪어 보니 귀염성 없는 사람도 꽤 있던데, 청년 또한 그에 못지않은 것이다. 처음 보는 사람에 대한 어려움이 없다. 상대방이 무슨 생각을 하는지조차 잘 모르는 주제에 콧대를 높이며 가르치려고 하는데, 정작 자기 자신은 그것을 조금도 오만무례하다고 생각하지 않는다. 그래서 상대방이 거부하면 끝까지 밀어붙이려고 한다. 요즘 일류 백화점에서는 직원 교육 같은 걸 적당히 대충하는 모양이다.

회사에서 사원 교육을 실시할 때 이렇게 하는 것은 어떨까? 혼담을 중매하거나 교통사고 합의를 조정하는 업무에 투입해 일이 수습되는 모든 과정을 지켜보도록 하는 것이다. 여기서 중요한 건 프로 중개인은 안 된다는 점이다. 프로들은 너무 테크닉만 구사하기 때문에 신입사원들이 그것을 보고 더욱 나쁜 것만 배울 수 있다.

초심자 중에 문제를 원만히 해결하려고 분주히 다니는 사람을 골라 그 옆에 붙여서 보고 배우게 하는 것이다. 분규를 해결하려면 말만 잘해서 되는 게 아니라 진심이 있어야 한다. 또한 진심이 있다고 해도 표현이 졸렬하면 그 말이 구석구석 미치지 못한다. 이런 사실을 깨닫게 하는 것이다. 그런 현장에서 보고 배운다면, 분명 좋은 장사꾼이 될 것이다.

앞에서 말한 그 오만한 청년도 옆에서 보고 배울 사람이 없었기 때문에 그렇게 했던 것 아닐까. 나는 오사카의 장사꾼 집안에서 태어나 장사꾼 집안에서 자라고 장사꾼 집안에서 일했기 때문에, 언행이 부드럽고 융통성과 붙임성을 갖춘 데다가 겸손하기까지 한 남자 장사꾼들을 많이 봐 왔다. 그래서 더더욱 그 백화점 직원을 보고 놀랐던 것이다.

그렇다고 해서 그가 샐러리맨 같았다는 뜻은 아니다. 샐러리맨들은 보통 말주변이 없고 사무적으로 영업하지만, 그 안의 상하관계가 엄격해서 거래처 사람들에게 절대적으로 몸을 낮춘다.

하지만 예의 그 남자는 뭐라고 할까, 악덕 부동산의 허풍쟁이 아저씨 같달까. 노점상 주인이 손님을 낮게 보면서 협박해 물건을 사게 하는 식이다. 뭐 어차피 내 스타일이 아니니까 어떤 녀석이든 상관은 없지만.

보통 오사카에서 '장사꾼'이라고 하면 칭찬이다. 장사하는 사람이라는 의미가 아니라 인품이 좋다는 뜻이기 때문이다. 상대방이 원하는 것이 뭔지 속속들이 파악하고 자신의 요구 또한 구체적으로 제시하며 접점을 찾기 위해 밀고 당기기도 하고 한 발 물러나기도 한다. 여러 가지 방법을 시험해 본 다음, 합의를 하지 못하더라도 바로 포기하지 않는다.

"그럼 차나 한잔하실까요."

그렇게 차라도 한잔하면서 호흡을 가다듬고 사전 조사를 다시 한다. 그러면서 상대방의 성격이나 습관까지 파악해 이렇게 제시하면 저렇게 말할 거라는 것을 예측한다. 상대방에게 사뿐사뿐 다가가 이렇게 하면 어떻겠냐, 저렇게 하면 어떻겠냐고 여러 가지 제안을 한다. 그만큼의 일이 진행되려면 실없는 이야기도 꽤 많이 해야 한다. 실없는 이야기를 하면서 고객의 관심을 잃지 않으려면 역량이 필요하다. 역량은 인생 경험에서만 나온다.

그래서 오사카 사람은 그런 역량을 갖춘 남자와 여자를 보고 말한다.

"저 사람 장사꾼이로구먼."

반면에 역량이 없는 사람을 보면

"저 사람은 월급쟁이야."

라며 깎아내린다.

그런데 요즘에는 '장사꾼'이 줄어들고 '노점상 주인' 같은 사람만 늘어나는 것 같다. 매우 안타까운 일이다. 그리하여 가모카 아저씨는 스스로를 '장사꾼'이라 부른다. 하지만 중년 여성에 관해서나 그렇지, 세간이나 가구는 잘 못 파신다고 한다.

○

넉 장 반
판결에 대하여

최근 〈넉 장 반 맹장지의 초배四疊半襖の下張〉*가 외설문학이라는
비판이 있었다. 재판관은 이 소설을 제대로 읽기는 한 걸까?

〈넉 장 반 맹장지의 초배〉는 워낙 유명한 게사쿠戲作**였지만 읽
을 기회가 없었는데(1950년에 외설 서적으로 지정되었기 때문에 일반
인은 구하기 힘들었다), 이번에 잡지《오모시로한분面白半分》에 실렸
기에 비로소 읽을 수 있었다. 그 점에 대해《오모시로한분》측에
감사의 인사를 드리고 싶다.

* 일본 탐미주의 소설가 나가이 가후(永井荷風)의 단편소설이다. 소설에 나타난 성적 묘사 때
문에 당시 작품이 실린 잡지《오모시로한분》의 사장과 편집장이 외설문학 판매죄로 형사 입건
됐는데, 이로 인해 '외설이란 무엇인가'에 대한 논쟁이 벌어졌다.
** 에도시대 후기의 통속소설.

내가 이 작품을 읽었을 때 마침 슌스이春水*의《봄을 알리는 매화春色梅兒譽美》에 탐닉하고 있었던지라 그 연장선상에서 술술 읽을 수 있었는데, 읽는 내내 원작인《봄을 알리는 매화》보다 훨씬 훌륭한 문장이구나 생각했다.

또한 이야기 속 여자 주인공 오소데お袖라는 인물이 너무나 사랑스럽고 정감 있어서 좋았다. 소설에서 오소데는 참하고 여성스러운 여자로 그려져 있는데, 그러면서도 침대에서의 기술도 탁월하고 자신 또한 색을 좋아해 항상 진심을 담아서 그 일에 임한다. 소설을 보면 그런 그녀의 순수하고 귀여운 성격이 잘 나타나 있다.

"이제부터 조금씩 좋아지려 하던 참이었으나, 여기에서 내 마음 가는 대로 하다가는 그것이야말로 이 아이를 힘들게 만드는 일일 터. 아무리 생각해도 이 아이가 가여워지는 고로 서로가 마주 볼 생각도 하지 못한 채 그대로 꾸벅꾸벅 잠이 든다. 잠에서 깨어나 얼굴을 마주하자 서로 싱긋 웃는데, 그 순간 여자가 무슨 생각을 했는지 작은 목소리로 당신도 좋았느냐고 묻는다. '글쎄' 하고 웃어 보이니, 당신도 참 나한테만 하게 하고 본인은 정작 태평하시다니까. 정말 사람이 못됐어……."

* 에도시대 후기의 통속소설 작가로, 그의 작품《봄을 알리는 매화》는 에도시대 후기를 풍미한 풍속소설 닌조본(人情本)의 대표작으로 평가받는다.

나는 이 '얼굴을 마주하자 서로 싱긋 웃는데'라는 대목이 정말 좋다. 말하자면 이 소설은 남녀가 교감한 후 '서로 싱긋 웃는' 소설이지 음탕하고 문란한 소설이 아닌 것이다.

요즘 세상에 이 정도 수준의 음탕함과 문란함은 사라진 지 오래다.

이 소설이 쓰였을 당시인 반세기 전이었다면 몰래 읽고 가슴이 뛰거나 성적 흥분에 사로잡히고 수치심이나 혐오감을 느꼈던 사람도 있었을 것이다. 아직 성적으로 닫혀 있던 시대였기 때문에 이 소설이 '음란서'라는 이름으로 무겁게 불릴 만했다고 생각한다. 관헌의 눈을 속여 가며 은밀하게 이 사람 손에서 저 사람 손으로 넘겨질 때의 스릴과 즐거움 또한 있었을 것이다.

하지만 어찌 됐든 요즘 이 정도의 묘사는 이미 널리 퍼진 상태고, 독자 또한 익숙해서 색다르다고 느끼지 않을 것이다. 더 대단한 것들이 길거리에 범람하고 있으니 놀라울 게 전혀 없는 것이다.

오히려 나는 '서로 싱긋 웃는데'가 놀라웠다고 말하고 싶다. 소설 속 베드신에서 이렇게 사랑스러운 여자가 등장하기는 어려운 일이다. 이 정도의 소설을 언급하자면, 곧 도코今東光* 씨의 소설 정도가 고작일 것이다.

* 일본 신감각파 소설가이자 참의원을 지냈다.

곤 씨의 소설에 나오는 여자는 모두 조신하고도 섹시하며 자유분방한 데다가 가련한 면까지 있어서 참으로 매력적이다. 그의 소설 속 여자는 진심을 담아 남자와의 만남에 전념하고 제 마음 가는 대로 쾌락에 집중한다. 그리고 바로 그 순간 비로소 여자의 삶이 가진 광채가 빛을 내뿜는다. 읽다 보면 '살아 있다는 것이 이토록 굉장한 것인가'라는 느낌을 품게 한다.

〈넉 장 반 맹장지의 초배〉의 오소데도 마찬가지다. 색을 밝히는 가련한 이 여자를 어찌 사랑하지 않을 수 있으랴.

요즘 사람은 이 소설에서 음란함을 느끼기보다, 오히려 오소데를 통해 인간의 해방된 자유의 광채를 볼 것이다. 그것이 바로 50년 동안 이루어진 사회 통념의 변화다.

재판관과 검사는 정말 〈넉 장 반 맹장지의 초배〉를 제대로 읽은 것일까. 다른 사람에게 대충 내용을 전해 듣고 클라이맥스만 읽은 것 아닐까. 아무리 그렇다고 해도 내 생각에는 논란이 된 부분만 따로 떼어 잡지 첫머리에 컬러로 게재한다 해도 이렇다 할 충격을 받을 독자는 없을 것이다. 작품 속 전위적 성 묘사가 지니는 독이라는 것은 전혀 없을 거란 말이다. 성적 해악이 없는 외설 서적이라니, 이것이 말이 된다고 생각하나.

나는 남자와 그 일을 끝내고 함께 '싱긋' 웃을 수 있는 여자가 좋다. 요즘에는 〈넉 장 반 맹장지의 초배〉보다 더 대단한 포르노 소설이 넘치고 넘쳐 나는데, 그 소설에 나오는 여자들은 하나같이 실내 체육관에서 소리 지르며 체조를 하는 것 같고, 체조가 끝나면 곧바로 휙 돌아서서 계산을 끝내고 나가려고 한다. 마음을 담아 색을 즐기는 순수한 여자, 그런 그녀가 지닌 사랑스러움을 이 정도로 표현한 소설은 없는 것이다.

　나는 다시 생각한다.

　〈넉 장 반 맹장지의 초배〉는 성적 해악이 없음에도 불구하고 외설이라는 판정을 받았다. 하지만 사실은 재판관도 알고 있었던 게 아닐까?

　현대 소설 중 이 정도 수위의 소설은 얼마든지 있다. 그런데 옛날 문체로 쓰여 읽기 어렵고 번거로운 이 소설을 독해력이 부족한 요즘 사람들이 일부러 찾아 읽고 충격을 받는다고? 아무래도 말이 안 된다. 이 점을 재판관도 알고 있지 않았을까?

　높으신 분들은 국민들이 '서로 싱긋 웃을 수 있는 마음'을 가질까 봐, 그들만의 약속을 진심으로 즐길 수 있는 자유로운 마음과 삶을 누리려고 할까 봐 두려웠던 게 아닐까?

　사람들이 솔직하게 성의 즐거움을 구가하기 시작했을 때, 점점 다른 문제들까지도 자유롭게 판단하려고 할까 봐 두려웠던 것 아닐까?

　그런 이유 때문이라면 나 또한 아리요시* 씨에게 포르노 쓰는 법을 배울 것이다. 그저 성적 해악을 담아 높으신 분들한테 반항하려는 것은 아니고.

라클로의 《위험한 관계》가 출간된 뒤 가짜 '위험한 관계'나 그 소설의 이면을 다뤘다고 광고하는 이본異本, 사본寫本 '위험한 관계'가 엄청나게 출간되었다. 이러다가는 〈넉 장 반 맹장지의 초배〉도 덩달아 '속 넉 장 반', '속속 넉 장 반'이 나올지도 모르는 일이다.

지극히 평범한 어른 가모카 아저씨에게 물었다.

"〈넉 장 반 맹장지의 초배〉 읽으셨어요?"

"글쎄요, 읽기는 했는데 기억이 잘 안 나네요."

뭐, 대략 이런 정도라고 보면 된다.

---

* 소설가 아리요시 사와코를 말한다. 아리요시는 그 당시 〈넉 장 반 맹장지의 초배〉에 대한 논란이 일자 차라리 포르노 소설을 쓰겠다고 선언하고 〈기름집 오콘〉이라는 소설을 잡지에 연재하기도 했다.

○

사랑과
위로

최근 신문에서 봤는데, 정년퇴직한 샐러리맨이 앞으로의 삶에 관해 누구와 가장 많이 상담을 하는가에 대한 질문에 90퍼센트 이상이 '아내'라고 대답했다고 한다. 중년 남자는 아내를 아주 깊이 의지하는 모양이다. 역전의 전우라 여기는 걸까.

또한 아내에게 갱년기가 찾아오면 그 변화를 극복할 수 있도록 도와주는 사람도 남편이라고 한다.

내 지인 중 어느 부인이 최근 머리카락이 많이 빠져서 병원에 갔다. 이것도 갱년기의 한 증상인지, 아니면 스트레스를 받아서 그런 것인지는 모르겠지만, 의사가 말하길 연고는 무조건 남편이 발라 줘야 한다고 지시했다고 한다. 혼자 거울을 뒤에 대고 눈을 뒤

집어 까면서 발라 봤자 효과가 없을 거라는 것이다. 이 현대판 '오사토와 사와이치お里澤市'*'는 지금 대머리 연고를 주거니 받거니 발라 주면서 잘 지내고 있다.

남편이 머리 빠진 곳에 약을 꼼꼼하게 발라 주면 겉으로 드러나는 약효뿐만 아니라 심리적 약효 또한 현저하게 나타난다고 한다.

"하긴 중년 남녀의 마음이 허할 수 있어요. 서로 기대며 벗 삼아 지내는 것이야말로 애정 아닐까요. 인생 중반을 넘기고 나서야 사랑에 눈뜬다고 할까?"

가모카 아저씨에게 그렇게 말하자 아저씨의 표정이 일그러졌다.

"그건 사랑이 아니라 위로이지 않습니까."

아저씨는 술병을 기울였다.

"위로와 사랑이 다른 건가요?"

"당연하지요. 위로만으로 어떻게 ××를 합니까. 사랑이 있어야 ××를 하죠."

이분은 왜 늘 이런 식일까.

모처럼 오사토와 사와이치의 숭고한 '부부애'에 대해 이야기하려고 하는데, 이 산뜻한 기분을 단박에 깨 버린다. 왜 여기에서 이야기를 꺼내는 거야.

---

* 맹인 사와이치와 그 아내 오사토의 부부애를 다룬 19세기 옛날이야기다.

"그건 말이죠, 남자든 여자든 중년이 되면 상대방이 마음에 안 들고 미워집니다. 그렇다고 해서 이제 와서 물릴 수도 없고, 새것으로 바꿔서 처음부터 다시 시작할 정도의 기력도 없어요. 어느 날 문득 마누라 얼굴을 보니 어느새 눈가에 주름이 자글자글하고 치아는 흔들흔들합니다. 하얀 털이 머리에, 콧속에, 아래에까지 나 있고요. 그걸 보면 귀신 눈에서도 눈물이 날 겁니다. 남자도 하염없이 서글픈 마음이 들곤 합니다. 여러 가지로 부족하다 생각했던 마누라이긴 하지만, 그동안 고생한 것도 알고 보면 다 나 때문 아닙니까. 그렇게 생각하면 저절로 위로하고 싶은 마음이 생기지요. 저는 이걸 말하는 겁니다."

"그런 게 사랑 아닌가요?"

"흐음, 그게 아니라……."

아저씨는 안타까워했다.

"아무리 해도 마누라를 사랑할 수 없으니 저도 참 난감합니다. 아내가 아무리 들이대도 사랑이 안 나와요. 항상 위로라는 녀석이 나옵니다."

아저씨는 진심으로 안타까워 보였다.

"예를 들어 우리 마누라 나 때문에 고생 많이 했구나, 언제 이렇게 늙었지, 라고 생각한 시점에 사랑이 나온다면 아내도 좋고 나도 좋고 더할 나위 없이 좋은 결말로 원만하게 마무리되겠지만,

왜 그런지 꼭 이타와리노 아사타로板割の淺太郎*가 나오고 맙니다. 머리카락이 빠졌든 피부병에 걸렸든 치질이 있든 위로하는 마음으로 약이라면 얼마든지 발라 줄 수 있어요. 중년 남자는 자신도 모르게 늙은 제 처에게 적십자와 같은 감정을 품게 됩니다. 집 안에서 기다리는 자는 인내심과 사랑이 넘치는 남자입니다. 털이 수북한 두꺼운 손을 뻗어 흘러나오는 피를 씻어 내니, 마음은 적십자가 따로 없구나. 남자들이 이렇게나 착하답니다. 요즘 젊은 남자와는 또 다른 면이 있어요. 중년 남자는 오래 산 마누라에게만큼은 뼛속까지 착할 수 있습니다."

"음, 아내 분께 그렇게까지 잘하시는데, 사랑하시면 되잖아요?"

로맨틱한 연애소설을 쓰고 싶어 하는 나로서는 어떻게 해서라도 중년 남자의 위로를 사랑으로 바꿔 주고 싶었다.

"참으로 성가시게 하십니다. 위로가 뭐가 안 된다고 그러십니까."

아저씨는 의아해했다.

그야 당연히 남자는 위로만으로는 '안 된다'면서요!

"뭐가요?"

* 19세기 구니사다 주지(國定忠治)라는 협객을 따르던 부하 이타와리노 아사타로는 구니사다가 자신의 숙부에게 쫓기다 살해될 위기에 처하자 구니사다에게 충성을 다하기 위해 숙부와 그의 아들을 죽이고 구니사다가 도망칠 수 있도록 돕는다. 이 사건으로 그는 의리의 상징으로 여겨지는데, 훗날 그를 주제로 한 노래까지 만들어졌다.

뭐냐니요. 그걸 어떻게 여자 입으로 말해요.

"하 참, 확실히 묻고 있지 않습니까?"

아저씨도 참, 짓궂기도 하시지. '그거'잖아요.

"아하, ××?"

굳이 그 단어를 꼭 꺼내셔야겠어요, 숙녀 앞에서?

"오세이 상이 말해 주길 바라는 것 같아서 한 것 아닙니까. 뭐라고 하시든 위로가 사랑으로 변화하는 일은 없습니다. 사랑은 언젠가 반드시 위로로 바뀌지만 말이죠. 그렇기 때문에 세상 남편이란 남편은 모두 다 이혼하지 않으려고 버티며 살아갑니다. 위로하는 마음이 없었다면, 99.9퍼센트 모두 이혼했을 겁니다. 그러니까 여자도 중년이 되면 더는 몸부림치면 안 돼요. 보기 안 좋습니다. 삼가세요."

나는 점점 화가 나기 시작했다.

왜인지는 모른다. 아저씨는 우쭐거리며 말했다.

"남자가 위로를 해 주면 그 정도로 만족하고 감사하세요."

그래요? 여자는 위로만으로는 부족해요. 시시하다고요.

점점 모욕당하는 것 같은 기분이 든다.

"그 점이 안 된다는 겁니다."

아저씨는 가르치는 듯한 말투로 나를 타일렀다.

"이쯤에서 뒷방으로 물러날 줄 아는 마음가짐을 가지셔야 합니다. 이 기회를 빌려서 큰 소리로 주장하고 싶은 게 있습니다. 사람들은 왜 결혼식만 성대하게 하는 겁니까?"

"장례식도 성대하게 해요."

"안 됩니다. 결혼식과 장례식 중간에 뒷방으로 물러나는 의식 또한 거행해야 합니다. 이를테면 침소 사퇴식이랄까요?"

"부부가 함께요?"

"바보! 당연히 여자만 해야죠."

이게 무슨 위로야.

○

침소
사퇴식

앞의 글에서 가모카 아저씨가 "여자는 중년이 지나면 침소 사퇴식을 해야 한다"고 말했는데, 그 후 내 주변이 몹시나 웅성웅성 시끌시끌했다. 맞아 맞아, 하는 남자들이 있는가 하면, 여자들은 무슨 소리를 하는 거냐며 반발했고, 그 덕에 주변이 몹시 북적댔던 것이다.

아저씨는 찬성하는 사람이 많아 기분 좋으신 것 같았지만, 나는 다른 대부분의 여자들과 마찬가지로 남자는 안 하는데 왜 여자만 뒷방으로 물러나야 하느냐는 입장이었다. 그 점이 정말로 화가난다.

"불합리해요. 남자는 왜 같이 안 하나요? 나이를 먹는 건 둘 다

마찬가지잖아요."

"아니요, 그건 마찬가지일 수 없습니다."

아저씨는 자신 있게 말했다.

"예를 들어 히나마쓰리雛祭り*는 여자들만의 축제가 아닙니까? 그것과 똑같은 거예요."

"남자도 남자들만의 축제가 있잖아요. 5월 5일 단오요. 공평하게 나뉘어 있다고 생각했는데 아닌가요?"

"남자들의 축제는 성격이 다릅니다. 남자만의 축제이기 때문에 히나마쓰리와 함께 거행될 수 없어요. 성격이 다릅니다. 남자들의 그것은 우리의 장대한 꿈을 북돋우기 위한 힘찬 성격의 축제라 할 수 있습니다. 여자는 그 축제에 낄 수 없도록 돼 있어요. 갑옷, 무사 인형, 투구, 여자는 매달지 못하는 고이노보리鯉のぼり** 모두 남자 냄새가 풀풀 나는 것들이에요. 그에 비해 여자의 축제인 히나마쓰리는 어떻습니까? 남자 히나인형이 여자 히나인형과 쌍을 이뤄 장식되지 않습니까."

그거야 뭐……

"여자 히나인형만으로 히나단을 장식할 수 있습니까? 그런 건

---

* 3월 3일에 열리는 여자아이를 위한 축제다. 가정에서 히나단이라는 재단과 히나인형을 장식하고 떡이나 술로 축하하며, 나쁜 운을 물리치는 기도를 한다.
** 단오절에 매다는 천으로 만든 잉어. 잉어는 입신출세를 상징한다.

여태껏 본 적도 없어요. 여자들 축제에는 남자가 있어야 축제로서의 의미가 있습니다."

"그건 그저 미적 경관의 문제예요. 아무리 그래도 그렇지, 여자는 남자 없으면 아무것도 못한다는 식의 구실을 대다니, 그런 사람 정말 싫어요."

"잠깐만요. 여자아이가 태어나면 주변 사람들이 모두 모여서 생애 첫 축제인 히나마쓰리를 열어 기꺼이 축하해 줍니다."

"네, 그렇죠."

"부모는 우리 딸이 나중에 아름다운 처녀로 자라 좋은 인연을 만나게 해 달라고 기도합니다. 즉, 여자의 행복은 좋은 반려자를 만나는 거예요. 그게 누구였더라? '떡 올려 딸을 기쁘게 하는 히나마쓰리. 복숭아 주변에 뿌리는 시로자케白酒*'라는 노래를 불렀던 사람이요. 아무튼 그 노래 참으로 명곡이었죠."

"그렇군요."

"그렇게 좋은 배우자를 만나 기쁨과 슬픔을 함께하면서 기나긴 세월이 지나면, 그때부터는 무참하고 노쇠한 여자의 인생이 됩니다. 히나마쓰리를 여자 인생의 봄이라고 한다면, 중년, 초로의 여자는 인생의 가을을 사는 것과 마찬가지입니다."

* 히나마쓰리 때 마시는 희고 걸쭉한 단술.

"뭐야, 정말……."

"어떤 시인이 '바싹 말라 이슬도 외로워하는 갈대밭, 노파의 일 그러진 목소리, 가을이로다'라고 하지 않았습니까."

"어떤 녀석이 그런 말을 했어요?"

"히나마쓰리가 여자만의 축제니까 마지막에 쏘아 올리는 불꽃 또한 여자들끼리 하셨으면 좋겠습니다. 생애 첫 축제, 그리고 생애 마지막 축제를요."

아니야, 여기에서 승복할 수 없지.

그건 공평하지 못하단 말이야.

왜 여자만 마지막 축제를 해야 한다는 거야? 옛날에는 부부를 한자로 여부女夫라고 썼다고 하잖아. 부창부수라는 말도 있고. 여 자가 마지막 축제를 하면 남편도 따라가는 것이 당연하다.

내가 못마땅해하는 모습을 본 가모카 아저씨는 이 이상 내 심기 를 건드렸다가는 술을 못 얻어먹겠다 싶었는지,

"좋아요, 좋아. 정 그러시다면 남자도 마지막 축제를 하면 되지 않습니까. 어차피 부활절이라는 것도 있으니."

"뭐라고 하셨어요, 지금?"

"아니, 혼잣말입니다."

왜 우리가 일부러 사람을 모아 놓고 시끌벅적하게 침소 사퇴식 같은 걸 열어야 하죠? 그런 건 언제라고 할 것 없이 자연스럽고 은

밀하고 무심하게 하면 되는 거라고요. 마치 도깨비불의 꼬리가 남기는 여운처럼 어렴풋이 스러지는 편이 그윽하고 고상하지 않나요. 아무것도 모르는 사람한테 굳이 알리고 천지신명님 앞에서 굳이 선언할 만한 게 아니라고요.

"어허, 그거야말로 억지입니다. 그럼 결혼식은 어떤가요? '우리 이제부터 하겠습니다'라는 것을 다른 사람들한테 굳이 알리고, 천지신명님, 부처님께 굳이 선언하는 의식 아닙니까."

아저씨는 계속 말했다.

"시작할 때는 제대로 식을 올리는데 끝낼 때 마무리를 제대로 안 하다니요. 그건 공평하지 않아요."

"하지만 왠지 부끄럽잖아요."

"그러면서 결혼식은 어떻게 하셨어요? 길일에 신칸센 같은 걸 타 보십시오. 정차하는 역마다 신랑신부를 둘러싸고 만세삼창을 하고 있어요. 고다마児玉 같은 역에서 타면 정차하는 역마다 그 소리를 듣습니다. 그건 창피하지 않고 침소 사퇴식은 창피합니까? 억지라고 생각합니다."

"그 사퇴식이란 대체 뭘 하는 거예요?"

"만세삼창을 할까요? 만약에 중매했던 분이 그때까지 살아 계신다면 중매쟁이가 부부에게 표창장을 수여하는 겁니다."

"이른바 30년 근속 표창장이군요."

"하객 연설, 축사, 침소 사퇴식 케이크 커팅 등을 합니다. 말하자면 결혼식처럼 하는 거예요. 다른 점이라면, 결혼식 때는 첫날밤에 근육 운동을 하지만, 침소 사퇴식에서는 전날 밤에 맹렬한 운동을 합니다."

"아……."

"오늘 밤이 마지막이라고 생각하면 아무리 서로 으르렁거리고 마음이 따로따로였던 부부라고 해도 애틋하게 정을 통하겠지요."

"과연 그럴까요? 이제 다 끝났다 싶어서 오히려 안 하지 않을까요. 느긋하게 차나 한잔하면서 옛날이야기도 하고 앞으로의 이야기도 하고……."

"어휴, 여자들은 왜 그렇게 깨끗하려고만 하나요. 결혼하고 나서 이런 적은 처음이다 싶을 정도로 애틋하고 격렬하게 거행해야지요."

"하지만 그러고 나면 미련이 남지 않을까요. 아! 그렇게 되면 아쉬운 마음에 침소 사퇴식을 연기할 수도 있겠네요. 그러다가 결국에는 연기했다가 말았다를 반복하면서 죽을 때까지 행복한 밤을 보낼 수도 있을 거예요."

내가 신이 나서 이렇게 말하자, 아저씨는 못마땅한 표정을 지었다.

어차피 쓸 거라면 다나베 세이코 씨처럼

사카이 준코

에세이스트,《책이 너무 많아》《결혼의 재발견》

이십대 때 엄마가 제게 들려준 이야기가 있습니다.

　"아빠가 '준코는 다나베 세이코 씨 같은 작품을 쓰는 사람이 됐으면 좋겠다'고 말씀하셨단다."

　음담패설을 그만두기는커녕 너무나 좋아하고, 지성이라고는 찾아볼 수 없는 에세이만 쓰고 있던 저였습니다. 부모로서 '젊은 딸이 음담패설이라니. 다나베 세이코 씨처럼 지적이고 유머러스하면서도 인생의 깊이가 느껴지는 글을 쓰면 얼마나 좋을까' 생각하시는 건 당연하겠지요. 그 후 아버지의 바람도 지당하다고 생각은 했지만, "좋아하는 거라서 어쩔 수 없다"며 열심히 음담패설을 쓰며 지내 왔습니다.

하지만 이 책을 읽고 저는 생각했습니다. 다나베 세이코 씨도 음담패설을 쓰시잖아! 그것도 이렇게 적나라하게……. 우리 아버지는 이걸 몰랐을까? '조몰락거리는 여자'를 아버지 무덤 앞에서 낭독해 주고 싶을 정도였습니다.

하지만 히죽히죽 웃으며 읽다가 깨달았습니다. 음담패설에 관한 소재만 다루고 있는데 전혀 천박하지 않다는 것을요. 마치 좋은 기름으로 바삭하게 튀겨 낸 튀김처럼 전혀 위가 거북하지 않았습니다.

《슈칸분슌週刊文春》에 연재됐던 이 에세이를 독자들은 분명 즐겁고 가벼운 마음으로 읽었을 것입니다. '과연 여자는 그런 생각(혹은 행위)을 하고 있구나'라면서요.

그리고 혹시 독자 분들 중 '다나베 씨도 분명 가볍게 쓰셨을 거야'라고 생각하는 분들이 계실는지 모르겠지만, 그건 아닐 겁니다. 튀김 장인이 재료를 태연하게 튀겨 내는 것처럼 보여도, 거기에는 주도면밀한 준비와 숙련된 기술이 숨어 있는 법입니다. '음담패설을 쓴다'는 행위도 마찬가지입니다. 제재題材를 음미할 수 있는 눈과 탁월한 기술이 없다면, 이 정도로 밝고 가볍게 완성해 낼 수 없습니다.

음담패설이라는 무거운 주재主材를 가볍게 완성하기 위한 기술은 이 책 곳곳에 숨어 있습니다. 가장 먼저 언급하고 싶은 것은 오사카 사투리입니다. 부드러운 오사카 사투리를 중간 중간 끼워 넣어서 직설적으로 썼다면 눈길도 주지 못했을 것 같은 제재를 완곡하게 표현하셨습니다. 그로 인해 비린내를 없애기도 하고 유머라는 밀가루를 묻힐 수도 있었습니다. 이것 또한 오사카 사투리만이 가진 효과일 것입니다.

그 밀가루를 털어 낸 곳에 입히는 지성이라는 튀김옷. 음담패설이란 매우 부드러운 소재에 가끔은 한어漢語적 표현을, 가끔은 고전 지식을 입혀서 표현하셨기 때문에 완성된 것을 맛보니 안은 부드럽고 겉은 바삭했습니다. 입에 댔을 때의 그 촉감이 참으로 절묘했습니다. 지성이라는 튀김옷도 너무 두껍지 않아 전혀 부담스럽지 않았고요.

밀가루를 털어 내고 튀김옷을 입힌 것에서 그치지 않습니다. 마지막, 그 절묘한 화학작용은 바로 가모카 아저씨의 존재입니다. 이에세이에서 가모카 아저씨는 언제나 한 손에 술을 들고 나타나는 중년 남성인데, 남성을 대표하는 캐릭터로 설정돼 있습니다.

요리 장인 다나베 세이코에 의해 준비된 재료가 가모카 아저씨라는 기름 속으로 투입됩니다. 그리고 지글지글, 바삭바삭 소리를 내며 익습니다. 여자의 생리를 모르는 남자, 남자의 기분을 모르는 여자. 그 반발과 비난의 응수가 그렇게 재미있을 수 없습니다.

하지만 단순한 비방이나 중상모략이 아니라는 것을 완성된 튀김이라 할 수 있는 이 한 권의 에세이를 읽으면 잘 알 수 있습니다. 음담패설이 머금고 있던 수분을 고온에서 튀겨 내는 것으로 적절히 빼내고 촉감을 바삭하게 만들었습니다. 입에 가져가 곱씹어 보면 소재가 가진 탄력과 끈기를 과연 제대로 맛볼 수 있습니다. 남자와 여자가 만나는 것에 의해 일어나는 화학반응은 서로를 깎아내리는 것이 아니라 돋보이게 하고, 요리를 꽤나 맛있게 해 주기에 페이지를 넘기는 손이 멈추지 않습니다.

우리는 이 에세이를 통해 '남자와 여자는 서로를 영원히 이해할 수 없는 존재'라는 사실을 재확인합니다. 하지만 상대방을 이해할 수 없기 때문에, 그래서 서로 이해하려고 노력하기 때문에 비로소 생겨나는 묘미에 대해서도 알게 됩니다. 이렇게 긴 음담패설을 읽고 났는데도 기분이 상쾌한 것은 남성을 무참히 때려눕히기보다 우열을 가리지 않은 채 끝맺었기 때문 아닐까요. 남자든 여자든 둘 다 마찬가지라는 것을 확인하고 무승부로 승부를 냅니다.

저는 이 책을 다 읽고 기분 좋은 포만감을 느꼈습니다. 그리고 맛있었다고 생각하며 깨달은 것이 있습니다. 예전에 아버지가 말하고 싶으셨던 건 '음담패설을 쓰지 말라'는 게 아니라 '어차피 쓸 거라면 다나베 세이코 씨처럼 감동적인 음담패설을 써라'가 아니었을까. 오, 아버지! 당신이 하고 싶었던 말씀을 이제야 겨우 깨달

있습니다. 바삭한 식감의 음담패설을 쓸 수 있도록 정진하겠습니다. 부디 저승에서 지켜봐 주세요. 저는 마음속으로 손을 모았습니다.

분별력을 획득한 여성의 위대함

다나베 세이코라는 작가의 이름을 들었을 때 우리가 연상하는 키워드라 하면 보통 '연애', '오사카', '여자' 정도 아닐까.

지금까지 한국에 소개된 작품에 익숙한 독자라면 그녀를 '연애소설'을 끝내주게 쓰는 오사카 출신의 작가로 알고 있을 것이다. 그리고 그 정도의 이미지를 생각하고 이 책을 읽었다면? 아마도 범상치 않게 '쎈' 내용에 적잖이 당황했을 것이다. 나도 그랬으니까. 하지만 다나베 세이코는 이런 작가이기도 하다.

잘 알려져 있다시피 다나베 세이코는 1928년 오사카에서 태어났다. 우리 할머니보다 나이가 많은 이 작가는 거의 50년이 넘는 세월 동안 수많은 작품을 집필해 왔다. 한국에 이름을 알린《조제

와 호랑이와 물고기들》을 비롯해 대표작인《감상여행》《아주 사적인 시간》《딸기를 으깨며》《침대의 목적》 등의 연애소설뿐만 아니라, 한국에 소개되지는 않았지만 일본 현대소설 역사상 가장 나이 많은 여자 주인공이 등장하는 소설 '한창 노파일 때' 시리즈, 자신의 전쟁 경험에 관해 쓴《원하지 않겠습니다, 이길 때까지는―나의 종전까지》, 고전문학《겐지 모노가타리》를 작가만의 현대적 감각으로 재해석한《신新 겐지 모노가타리》에 이르기까지 그녀가 50여 년에 걸쳐 이뤄 온 문학적 성과는 실로 엄청나다.

그런 다나베 세이코 문학의 일면이라 할 수 있는 에세이는 작가의 정체를 엿볼 수 있는 아주 흥미로운 영역이다. 작가는 어느 대담에서 에세이에 대해 "작가의 문학도가 얼마나 깊고 얕은지 알 수 있는 장르"라고 말한 바 있는데, 그런 그녀의 말대로《여자는 허벅지》또한 다나베 세이코가 그동안 일궈 낸 문학의 성과를 전방위적으로 드러내는 내공 있는 작품이다.

다나베 세이코는 1971년부터 1990년까지 20여 년에 걸쳐 주간지《슈칸분슌》에 칼럼을 연재했다. 연재 기간만으로도 엄청난 이 칼럼은 연재 직후 단행본으로 출간된 것만 15권에 이른다. 당시의 칼럼은 '가모카 시리즈'라고 불리며 특히 인기를 모았는데, 일본의 팬들과 작가들에게는 두고두고 읽힐 정도로 손꼽히는 작품이라고 평가받는다. 소설가 미야모토 테루는 "다나베 세이코 씨의 대단함을 가장 많이 느꼈던 작품이 바로 《슈칸분슌》에 연재한 에세이"라고 말하면서 "역사에 남을 것"이라고 극찬하기도 했다.

《여자는 허벅지》는 그 '가모카 시리즈'라 불리는 칼럼 중 1977년까지 연재된 내용을 골라 엮은 것이다. 이 에세이는 1970년대라는 시대적 배경 위에 지어진 것으로, 그 당시 사회, 여성, 문화, 정치와 관련한 문제들을 작가 특유의 유머와 풍자, 날카로운 통찰력으로 해석하고 비평한다.

시대적 배경 탓에 한국 독자에게는 다소 낯설게 다가올 수도 있겠지만, 작가가 제시하는 문제나 비판이 지금 우리가 사는 이 사회의 그것과 어쩐지 무관하지만은 않게 느껴진다. 예를 들어 집안일을 못하는 남자에게 "자신이 사는 집과 자신이 먹은 음식에 대한 뒷마무리는 인간이라면 당연히 해야 하는 일"이라며 일침을 놓는다든가('뒷마무리'), 포르노 비판 문제로 한 국회의원이 젊은이들에게 순결을 권장해 논란이 되자 "여자가 홀로 자립해 살아가고자 한다면, 성의 자유는 제 손에 꽉 쥐고 있어야 한다"며 여자의 성적 독립과 권리를 주장하기도 한다('불순함을 권장함'). 이런 대목에서 어찌 무릎을 탁 치지 않을 수 있을까.

다소 무거운 화제와 신랄한 비평 외에도 주목해야 할 것은 바로 다나베 세이코의 주전공인 '남자와 여자'에 대한 담론이다. "남자와 여자의 관계는 끝없는 흥미의 원천"이라 말한 작가답게 이 에

세이 속 사회 비판의 저변에는 남자와 여자에 대한 담론이 탄탄하게 깔려 있다. 심지어 아주 야하고 적나라하게 말이다.

'조몰락거리는 여자'나 '정관 수술'에 관한 일견, '남자의 3대 쇼크' 등 곳곳에서 튀어나오는 솔직대담한 농담은 우리에게 연애소설 작가로만 알려진 다나베 세이코가 실은 이런(!) 언니였다는 걸 깨닫게 해 준다.

이 시점에서 언급해야 할 인물이 있다. 다나베 세이코 자신인 '오세이 상' 외의 주요 등장인물, 바로 '가모카 아저씨'다. 작품 속에서 가모카 아저씨는 남자의 입장을 대변하는 역할을 하는데, 그의 활약은 실로 눈부시다. 어떤 때는 세상없는 변태 영감처럼 처녀를 잡아먹는 상상을 하며 읽는 사람을 부들부들 떨게 만들다도('산도깨비'), 여학생에 대한 환상을 풀어낼 때는 순수한 남학생의 면모를 보이기도 하며('세일러복을 입은 여학생'), 때때로 '오세이 상' 다나베 세이코의 비판에 본의 아닌 설득력을 부여하기도 하면서('넉 장 반 판결에 대하여') 이야기를 균형 있고 활기차게 만들어 준다. 또한 시종일관 만담을 방불케 하는 가모카 아저씨와 다나베 세이코의 입씨름은 이 에세이가 '가모카 시리즈'로 불리는 이유를 상기시켜 주고, 가모카 아저씨라는 명불허전의 존재감을 확인하게 한다.

그런데 이 가모카 아저씨란 사람, 과연 누굴까? 하루가 멀다 하고 술을 얻어 마시러 오는 옆집 아저씨. 실제로 그는 다나베 세이코의 남편으로 알려져 있다. 다나베 세이코는 동료 작가를 하늘로 떠나보내던 날 그 친구의 남편이었던 가모카 아저씨와 처음 만나게 되고, 그 후 둘은 결혼해 서른여섯 해를 함께 살았다.

에세이에 등장하는 가모카 아저씨는 다나베 세이코가 글을 써서 파는 걸 시시하다고 말했지만('인생은 주마등'), 실제로는 작가의 열렬한 팬이자 지지자였다고 한다. 작가 세토우치 자쿠초는 다나베 세이코와의 대담에서 처음 가모카 아저씨를 만났을 때를 이렇게 회상한다.

"당연하다는 듯이 함께 나와 자리에 앉았습니다. (……) 그리고 대담 중 가끔씩 아저씨가 끼어들어 말을 합니다. 그 대화가 뭐든지 간에 매우 생각이 깊은, 정곡을 찌르는 말이었기에 대담이 한층 활발해졌습니다."

이 일화는 어느 자리에나 끼어서 자신의 의견을 피력하는 가모카 아저씨의 모습이 실생활 속에서 비롯된 것이로구나 싶어 미소를 머금게 한다. 이 에세이집에서는 옆집 아저씨로 나오지만, 사실은 그가 다나베 세이코의 남편이었다는 점을 염두에 두고 읽는다면, 그들의 대화가 조금 더 재미있으리라 생각한다.

다나베 세이코는 '독립적인 여자'를 노래하는 작가다. 남자에게 끊임없이 사랑을 갈구하지만 결국엔 더블침대에서 혼자 자는 걸

선택하는 여자, 남자와 결혼하고 싶어 안달하고 원하는 것을 사주길 바라면서도, 결국 자신이 번 돈으로 예쁜 옷을 사 입고 맛있는 걸 사 먹을 때 가장 행복해하는 여자를 그린다.

하지만 이 에세이집에서 만난 '여자'는 우리가 아는 소설 속 그녀들과 어쩐지 조금 달라 보인다. 드세고 꼬장꼬장한 중년 아줌마 같아서 낯설게 느껴지기도 했다. 나는 번역 작업을 끝내고 나서야 비로소 그 '낯섦'이 바로 '분별력'에서 왔다는 사실을 깨달았다.

한 엄마가 "남자아이가 그런 것 하나하나 신경 쓰다 보면 나중에 큰일 못해요"라고 말하자 "그 큰일이라는 건 고작 돈벌이 아니면 전쟁에 우르르 끌려가는 것" 아니냐며 호통을 치고, 남녀를 막론하고 "자기 힘으로 먹고 사는 것 또한 인간이 해야 할 뒷마무리"라며 멋진 말을 한다('뒷마무리'). 이러한 일갈은 다나베 세이코가 이제껏 이뤄 온 문학이라는 바다 안에서 건져 올린 '분별력' 때문에 가능한 것이다. 이런 그녀를 그저 "타인의 결점을 잘 들추며 남자를 가르치려고 하는" 중년 여자로 보는 사람이 있을지 모르겠지만, 그의 '분별력'은 분명 여자를 독립적으로 만들어 주는 그것이다. 자신의 성생활을 당당히 챙기고, 남성의존적 생활을 탈피하기 위해 필요한 그것 말이다.

만약 이 에세이를 읽으며 이따금 남자와 여자에 대한 편견을 보았다면, 다나베 세이코가 전쟁과 고도성장 사회=남성 중심 사회를 겪은 일본의 여성 작가라는 점을 감안해 주었으면 좋겠다. 남학생에 비해 열등하고 불순한 존재라 여기며 자란 여학생 다나베 세이코가 이 정도의 '분별력'을 획득할 수 있었던 건 그녀가 '여자'라는 존재에 대해 끊임없이 고민해 왔기 때문이 아닐까 생각한다. 그리고 그것이 바로 다나베 세이코라는 작가의 '정체'일 것이다. 그 정체가 참으로 멋있고 위대해 나 또한 작업 내내 즐거울 수 있었다.

마지막으로 중년의 다나베 세이코를 파헤칠 수 있도록 기회를 주신 바다출판사에 감사드린다. 그리고 어려운 상황 속에서도 마음껏 번역하도록 지지해 준 우리 집의 '가모카 아저씨'와 앞으로 '분별력'을 획득할 어린 딸에게도 이 지면을 빌려 고맙다고 말하고 싶다.

2016년 3월

조찬희

참고 자료

〈上方に上品のあり－ことばとこころの美しさに向けて〉, 田辺聖子・宮本輝, 《ユリイカ》(2010. 7)
〈田辺聖子さんのおっちゃん〉, 瀬戸内寂聴, 《ユリイカ》(2010. 7)

옮긴이 조찬희

고려대학교 대학원 중일어문학과에서 일본문학을 전공했다. 졸업 후 출판사에서 일본 도서를 한국에 소개하는 일을 했고, 현재는 일본어 번역가로 활동하고 있다. 옮긴 책으로《아내와 함께한 마지막 열흘》《침대의 목적》《사실은 외로워서 그랬던 거야》등이 있다.

여자는
허벅지

초판 1쇄 발행 | 2016년 3월 28일
초판 3쇄 발행 | 2016년 5월 6일

지은이   다나베 세이코
옮긴이   조찬희
책임편집   나희영
디자인   주수현

펴낸곳   바다출판사
발행인   김인호
주소   서울시 마포구 어울마당로5길 17(서교동, 5층)
전화   322-3885(편집), 322-3575(마케팅)
팩스   322-3858
E-mail   badabooks@daum.net
홈페이지   www.badabooks.co.kr
출판등록일   1996년 5월 8일
등록번호   제10-1288호

ISBN 978-89-5561-824-2 03830